뻔뻔스런 녀석 ②

머리말

　내가 특별히 이 긴 이야기를 이전부터 간직하고 있었던 것은 아니다. 또 즉석에서 누구라고 말할 수 있는 모델이 있는 것도 아니다. 더구나 이 작품을 쓰면서 이런 대 장편으로 할 생각도 없었다.
　소설쓰기란 이상한 작업이어서 작가 자신도 예측하지 못한 뜻밖의 결과를 초래하기도 한다.
　'도다 기리히토'는 어디서나 존재하는 인물이다. 구태여 모델을 찾는다면, 내 고향 마을에서도 제일 가난한 집 아이가 있었는데, 그였을까?
　나보다 두세 살 아래였다. 양친을 초등학교 1학년 때 잃고, 자기 손으로 도시락을 싸들고 학교에 다녔다. 공부도 못했고 같은 반 친구들에게 늘 바보 취급을 받았다. 나는 왠지 그 아이가 좋았다. 그가 내 부하나 되는 것처럼 붙어 다녔기 때문인지도 몰랐다. 나는 그를 노예처럼 냉혹하게 부려먹었다.
　고향을 떠난 뒤 습관처럼 고향 산천을 떠올리면서 더불어 생각나는 것은 그 애였다. 나는 그를 노예처럼 다룬 것에 대해 조금도 후회하지 않았고, 그도 역시 꽤 오랜 세월이 흐른 뒤에도 나에게만은 성실한 일면을 보여주었다.

그는 몇 번인가 철창신세를 지기도 했지만, 내가 아는 한 그는 가장 얌전하고 착한 사람이었다.

  불운하게도 태평양 전쟁에서 그는 죽었다. 형제도 없고, 고향의 오두막집은 이미 헐리고 없었다.

  나는 언젠가, 일본에서 가장 밑바닥 삶을 산 그를 소설 속에서나마 살려내고 싶었다. 그것이 '도다 기리히토'인지도 모른다.

  지금까지 많은 소설을 썼고 그것은 앞으로도 계속될 테지만, 먼 훗날까지 애착이 가는 주인공은 그리 많지 않다. '도다 기리히토'는 그 많지 않은 인물 중의 한 사람이다.

  글을 쓰는 도중에 꽤 많은 욕을 먹었다. 하지만 그것은 인텔리 인체하는 비평가들이 '도다 기리히토'에게 한 빗나간 모욕이며, 그것은 그들 자신의 교만에서 기인한 것이라 생각한다.

  나로서는 '도다 기리히토'에게 공감을 한 많은 서민층들의 지지가 더할 나위 없이 고마웠다. 독자로부터 이렇게 소박한 지지를 받은 것은 첫경험이면서 귀중한 체험이다.

  앞으로 이렇게 사랑을 받은 소설을 또 다시 쓸 수 있을지 두려움이 앞선다.

가루이자와에서 저자

차 례

제 1 권

머리말 ·················· 3

서막 ··················· 7

하늘의 소리 ············ 63

땅울림(1) ············· 235

제 2 권

머리말 ·················· 3

땅울림(2) ··············· 7

사람의 노래 ············ 81

작품해설 ·············· 311

땅울림(2)

기리히토는 일본이 일으킨 태평양전쟁에 참전하여 숱한 위기와 고난을 겪게 된다. 그러나 잡초처럼 밟혀도 다시 돋아나는 생명력을 지니고, 그 어떤 상황에서도 꺾이지 않는 불굴의 정신과 지혜를 발휘하여 새로운 삶을 모색하게 된다.

12

소화 15년은 '황기 2,600년' 봉축이라는 슬로건과 함께 시작되었다. 그러나 황기 2,600년을 봉축해야 할 일본은 전쟁으로 상당히 지쳐 있었다. 정월 초하룻날의 천황의 식탁이 그것을 증명하고 있었다. 아침 식사는 팥 3할을 혼합한 떡을 넣은 수수죽과 구운 양고기이며, 점심은 중국 만두, 저녁 식사는 콩밥과 냉동 생선 튀김이었다. 그러나 새로운 수상 요나이 미쓰마사는 시정 연설을 통해 전쟁에서 곧 이길 것처럼 큰소리치고 있었다.

3월에 중국에는 난징 국민 정부가 수립됐다. 5월에 들어서자 유럽에서는 독일군이 네덜란드와 벨기에를 침공하여 5일 만에 네덜란드 수도 헤이그를 함락시켰고, 일주일 만에 브뤼셀을 점령했다. 그리고 벨기에와 프랑스의 국경에 설치된 난공 불락이라던 요새의 마지노선을 향해 노도와 같이 진격해서, 드디어 전차 5개 사단을 선두로 모부즈 요새 남방을 돌파하여 프랑스 영내에 돌입했다.

플랑드르 전선의 영불 연합군은 독일군의 맹공격에 허무하게 무너지고, 5월 말에는 북부 됭케르크 해안이 헤아릴 수 없이 많은 병사의 선혈로 물들여졌다. 6월 14일 새벽, 쿳히러 장군이 이끄는 독일군은 파리 북부 성문을 통해 시내로 들어가 샹제리제 대로를 행진했다.

그러나 프랑스 국민들은 이를 승복하지 않았다. 항복이 공식적으로 발표되던 날, 프랑스 국기의 상징인 적·백·청색의 옷을 입은 세 명의 여학생이 팔짱을 끼고 국가를 부르면서 파리의 중심가를 행진했다. 드골 육군차관은 런던에 망명해서 임시 프랑스 국가위원회를 조직하고, 방송을 통해 프랑스 국민을 독려했다. 그렇게 프랑스 레지스탕스의 빛나는 역사가 시작됐다.

한 십대 소녀는 창부로 변장하여 나치스 장교의 목숨과 정조를 맞바꾸었다. 열한 살 난 소년은 자기 손으로 권총을 만들어 히틀러를 노렸다.

일본 국민의 생활은 나날이 어려워졌다. 설탕도 성냥도 숯도 그 밖의 모든 생활 필수품이 배급제로 공급되었다. 언론도 통제되고, 국민 감정에 영향을 주는 범죄나 폭력 사건은 신문의 사회면에서 일체 찾아볼 수 없었다.

골프장을 고구마 밭으로 만든다거나, 백의의 용사에게 사격장을 만들어 주었다거나, 소년 의용군들이 만주 몽고 지방 개척에 나섰다거나, 만주에 벚꽃 나무를 10만 그루 보냈다거나, 유족에게 훈장을 내렸다거나 등등의 가당치도 않는 하찮은 기사들로만 지면을 가득 메웠다.

9월에 들어서자 일본·독일·이탈리아의 3국 동맹이 성립되어 베를린에서 연합했다. 독일의 눈부신 승리에 일본 군부의 눈이 어두워진 것이다. 민정당도, 정우회도, 국민동맹도, 사회대중당도, 그 밖의 많은 정당이 해산되었다.

'사치는 적이다!'

각종 구호성 간판이 가두에 세워졌다. 사치품의 제조 판매는 전면적으로 금지됐다. 식당의 장식장에는 국가 시책에 따라 콩 섞은 무밥이나 호박밥, 비지밥, 유부 섞은 무밥 등 기묘한 요리가 진열되기 시작했다. 대부분의 셀러리맨은 도시락을 지참했다. 대정 익찬회라고 하는 단체가 발족되었다. 이 익찬회의 최하부 조직이 도나리구미(애국반)이었다.

통통 문소리는 도나리구미
격자문을 열면 낯익은 얼굴
돌려보아 주세요. 휘파람
알리기도 하고 알려 주기도 하고.

국민 가요로 널리 불려진 도나리구미는 도쿠카와 시대의 5인조를 꼭 그대로 본딴 것으로 상부 상조보다는 상호 감시 역할을 했는데, 이 또한 정부의 시책이었다.
이런 분위기 속에서도 11월 10일에는 황기 2,600년의 기념식이 성대하게 거행되었다.

이세다 나오마사는 귀국 후 내내 기리히토 집에서 머물며 아무런 하는 일 없이 생활하고 있었다. 처음에는 곧장 오카야마에 돌아가서 다카가 돌보고 있는 산장에서 지낼 생각이었다. 그러나 나오마사가 기리히토 집에 머물게 된 것은 미쓰에의 한 마디 때문이었다. 기리히토에게 몸을 허락했다는 그 한 마디……
그는 미쓰에에게 덤벼들어 실컷 두들겨 패고 싶은 충동을 느꼈다. 그러나 그렇게 하는 대신 나오마사는 기리히토의 집에 머물렀다.
그리고 어느덧 3개월이 흘렀다. 나오마사와 미쓰에는 여전히 남남인 상태였다. 식사때에는 마주 앉았으나, 그 시간마저 서로 부담스러워했다. 방문객은 전혀 없었다.
어느 날 오후였다. 미쓰에가 기리히토에게서 온 편지를 내밀었다. 나오마사는 서툰 글씨에다 오자투성이 편지를 아주 잠깐 들여다보았을 뿐이었다. 미쓰에는 부담을 덜고 싶었다. 오늘만큼은 나오마사와 얘기를 나누리라 생각했다.
"제가 경솔했나요?"
"……"

"화나시면 그렇다고 말씀하세요."
"내가 화낼 권리는 없겠지요."
"적어도 불쾌하신 거죠?"
"어째서 내 기분을 묻습니까?"
그가 차갑게 쳐다보자 미쓰에는 고개를 숙였다.
"전……, 당신이 일본으로 돌아오시지 않을 거라고 생각했어요."
"일본으로 돌아온다는 걸 알았다면 기리히토에게 몸을 허락하지 않았다는 말입니까?"
"……."
"나는 당신이 소노다 시로의 부인이었을 때 왜 억지로라도 내 사람으로 만들지 않았는지를 후회했었소. 남의 아내인 당신은 물론 허락하지 않았겠지만……. 하지만 내겐 폭력을 쓸 배짱이 없었소."
"……."
"나와 당신은 그 외에는 달리 맺어질 방도가 없었소."
"그럴까요?"
나오마사를 쳐다보는 미쓰에의 흰 얼굴에는 뜻밖에 거센 도전의 빛이 서려 있었다.
"당신과 이렇게 산 지 3개월이 지났지만, 내게는 당신을 안고 싶은 욕구가 일어나질 않소."
나오마사는 차갑게 말했다.
"내가 당신을 경멸한다면 벌써 당신을 범했을 거요."
"……."
"당신을 보고 있으면 당신이 정말 기리히토에게 허락했다고 믿기지 않소. 당신은 규방의 냄새를 조금도 풍기지 않는 여성이오. 당신이 그 보기 흉한 모양으로 쾌감에 신음하는 모양을 도저히 상상할 수 없어. 당신은 그렇게 조용히 앉아 있는 것만으로도 충분히 좋았소."
"잔인한 말씀을 하시는군요."

"단지 내 생각일 따름이오."

미쓰에는 잠시 눈을 내리깔고 있다가 낮은 목소리로 말했다.

"나 역시 여자의 즐거움은 알고 있습니다."

"기리히토가 당신에게 그것을 주었나요?"

나오마사가 뱀같이 잔인한 눈빛을 띠며 말했다. 미쓰에는 말문이 막혔다. 그 때 거칠게 현관문을 두드리는 소리가 들렸다. 미쓰에가 나갔다. 국민복을 입고 머리를 짧게 깎은 강한 인상을 풍기는 중년의 사나이가 서 있었다.

"이세다 나오마사 씨, 계시죠?"

인사도 없이 느닷없이 물었다.

"누구신지요?"

미쓰에가 되묻자 사나이는 날카롭게 거듭 물었다.

"안에 있죠?"

"네……."

미쓰에가 끄덕이자 거의 동시에 사내는 경찰 신분증을 척 보여주고는 집 안으로 올라섰다. 머리에서 피가 빠져 나가는 듯한 공포가 미쓰에를 사로잡았다. 반쯤 열려진 현관문 틈으로 문 곁에 두 사람의 형사가 대기하고 있는 것이 보였다.

'무슨 일이지? 어째서 나오마사 씨가 연행당하는 걸까?'

미쓰에는 눈에 띌 정도로 덜덜 떨리는 무릎을 양손으로 힘껏 눌렀다.

형사가 식당에 들어섰다.

"이세다 나오마사 맞나?"

나오마사가 잠자코 쳐다보자 형사가 재빨리 다가와서 손목을 잡았다.

"경시청으로 함께 가야겠소."

"왭니까?"

침착한 나오마사의 태도가 거슬리는지 형사의 말투가 거칠어졌다.

"가 보면 알아!"

나오마사는 형사의 진득한 손을 떨쳐 버렸다.
"지금 반항하는 건가!"
형사는 공격 자세를 취했다. 나오마사가 냉소를 흘렸다.
"옷을 갈아입어야겠소."
미쓰에가 쓰러질 듯한 발걸음으로 따라 들어왔다.
"나오마사 씨, 어떻게 된 거예요?"
"일본 전체가 온통 미치광이가 되어 버렸어."
나오마사가 비웃었다.
"당신이 무슨 일을 했다고 그러나요? 이 집에 이렇게 내내 계셨을 뿐인데……."
"미치광이들한테 무슨 말을 하겠소."
옷을 다 갈아입은 나오마사는 미쓰에를 응시하며 낮은 목소리로 말했다.
"죽게 될지도 몰라요."
"싫어요!"
미쓰에는 정신없이 나오마사에게 매달렸다.

그 뒤로 두 달이 지났지만 나오마사는 돌아오지 않았다. 나오마사를 면회하려고 각 방면으로 부탁을 하고, 경시청으로 자주 걸음을 했지만 헛일이었다. 마침내 나오마사가 스파이 용의자로 잡혔다는 말을 듣고 미쓰에는 절망했다. 나오마사가 유럽에서 공산당원이 되어 활동했고, 그 밀명을 받고 귀국했다는 것이었다.
'나오마사님은 이제 영원히 자유의 몸이 될 수가 없게 된 거야!'
생각이 거기에 미치자 미쓰에는 자기가 얼마나 나오마사를 사랑하고 있는지 깨달았다. 미쓰에는 이젠 신에게 호소할 수밖에 없었다. 전황이 악화되든, 생활이 궁핍해지든 말든 그런 것은 미쓰에에게는 상관없는 일이었다.
그러나 자신이 나오마사를 위해 더 이상 할 수 있는 일이 없다는 것을 깨달은 미쓰에는 꼼짝 않고 종일 집 안에 틀어박혀 지냈다. 심심찮게 열이 나고 몇 번 각혈을 했다. 구로야에서 간호원이 두 사람이나 왔지만, 미쓰에는 완강히 거절했다. 산다는 것이 무의미했다. 몸이 공중에 떠 있는 듯 나른한 것이 모든 것이 꿈만 같았다.

그러다 문득, 누군가가 베갯머리에 앉아 있는 것 같은 느낌에 미쓰에는 눈을 가늘게 떴다. 거기에 나오마사가 앉아 있었다. 미쓰에는 미소로 답하고는 다시 눈을 감았다. 아주 짧은 시간이 흘렀다.

'아니?'

번쩍 정신이 들었다.

'꿈이 아니다.'

미쓰에는 가슴이 철렁 내려앉았다. 꿈 속에서 나오마사를 만나고 있던 미쓰에는 베갯머리에 앉아 있는 나오마사를 꿈에서 보는 것이라 생각했던 것이다. 미쓰에는 다시 눈을 떴다. 그것은 현실이었다. 나오마사가 가만히 내려다보고 있었다. 더욱 핼쑥해져서 그늘진 얼굴이 미쓰에의 가슴을 조이게 했다. 아무 말도 할 수가 없었다. 울지 않으려고 입술을 깨물었다. 그러나 눈물은 거침없이 속눈썹을 밀어올리며 쏟아져 나왔다.

"걱정을 끼쳤군."

나오마사가 그렇게 말하며 부드럽게 미쓰에의 손을 잡았다. 미쓰에는 눈물을 흘리며 눈을 감았다.

"안아 주세요."

둘 사이에 더 이상 어색한 침묵은 없었다.

"그래."

나오마사는 이불을 걷고 깨지기 쉬운 물건을 다루듯 살며시 미쓰에의 여윈 몸을 일으켰다. 미쓰에는 나오마사의 가슴에 얼굴을 묻었다.

"이제……, 안심하고 죽을 수 있어요."

"만약 유치장에서 나가게 된다면 이런 식으로 당신을 안아주리라 생각했었지. 하지만 그저 꿈으로 끝나리라고 단념했었는데……, 지금 당신

이 내 품에 있소, 미쓰에."
 미쓰에가 생전 처음 듣는 나오마사의 숨김없는 고백이었다. 오열이 터졌다. 이어 심한 기침을 했다. 나오마사가 앙상한 등을 쓸어내렸다.
 "여기가 사막이라면…… 이대로 바람이 우리들을 모래 속에 묻어 줄 테지만……."
 미쓰에도 그렇다면 얼마나 행복할까 하고 생각해 본다. 밖에서는 방공 연습으로 우왕좌왕하는 소동이 일어나고 있었다. 검은 헝겊으로 싼 전등의 희미한 불빛을 받으며 나오마사는 미쓰에를 안고 영원을 생각하고 있었다.

13

미쓰에가 T대학 병원에 입원한 것은 그로부터 열흘 후였다. 귀찮은 입원 절차를 나오마사 혼자서 처리했다. 자동차를 부탁하는 것도 쉽지 않은 터에 나오마사에게는 벅찬 일이 많았지만 일체 남에게 부탁하지 않았다. 나오마사가 자진해서 귀찮고 번거로운 일을 묵묵히 해치운 것은 이번이 처음이었으리라. 구로야에는 입원 후에 알렸다.

그러나 구로야에서는 지점장이 형식적으로 문병을 왔을 뿐 부친 리헤이는 끝내 모습을 보이지 않았다. 황실 어용 상점 주인으로서 결핵 환자를 문병한다는 것이 허용되지 않았을 것이다.

"당신 아버지는 양갱 이외는 아무것도 사랑하지 않는 모양이군. 우리 아버지가 후작이라는 신분의 존엄성 외에는 아무것도 인정하지 않는 것처럼 말이오."

나오마사가 말하자 미쓰에는 쓸쓸히 웃으며 말했다.

"제가 기리히토 집에 올 때 이미 친자의 인연이 끊어진 거였죠."

"친자의 인연이라……, 아주 우스운 거지."

나오마사는 어두운 눈길로 먼 곳을 보았다. 아버지에게서도 어머니에게서도 사랑받은 기억이 희미한 나오마사였다. 아니, 소학교 시절부터 부모님과 3일에 한 번 정도밖에 얼굴을 맞대지 않았다. 부모의 사랑을 느낄 기회가 없었다.

"나오마사 씨."
마쓰에가 불렀다.
"응."
"당신이 처음 키스했을 때 실은 독약을 갖고 있었어요."
그녀가 아무렇지도 않게 말했다.
10년 전 대학생이었던 나오마사가 소노다 가를 출입한 지 1년이 되던 날, 로비에서 춤출 줄 모르는 미쓰에를 억지로 권해서 세우고는 입맞춤을 했었다.
"독약을?"
"네. 저는 소노다가 죽도록 싫었어요. 늘 죽을 생각을 했죠. 그래서 독약을 언제나 허리띠 사이에 숨기고 있었지요."
"그러니까 자포 자기 심정으로 나에게 키스를 허락했다는 건가?"
"아니오. 그 땐 이미 당신을 사랑했죠. 하지만 당신 마음을 알 수 없었던 나는 계속 죽음을 생각했어요. 당신의 키스가 나에게 자살을 단념하게 했던 거예요."
"역시 그 때 당신을 억지로 내 사람으로 만들어 버릴 걸 그랬나 보군."
"그래요."
미쓰에의 대답에 힘이 들어 있었다. 갑자기 나오마사는 침대로 다가섰다.
"당신을 사랑해."
"……."
미쓰에는 잠자코 쳐다보았다. 나오마사가 가만히 입맞춤을 했다. 미쓰에의 입술은 뜨거웠다.

나오마사는 내내 병원에서 지냈다. 미쓰에가 아무리 사정해도 막무가내였다. 미쓰에는 사랑하는 남자의 정성스러운 보살핌에 눈물겨워 했다. 나오마사가 이런 섬세한 신경을 지닌 사람인지 미처 몰랐었다. 뭔가 먹고 싶다고 생각하면 어느 새 어디선가 그걸 구해 왔다. 20년 넘게 살아온 사랑하는 남편 같았다.

　미쓰에는 죽는 것이 조금도 무섭지 않았다. 다만 혼자 쓸쓸히 가는 것은 싫었다. 그런데 뜻하지 않게도 이 세상에서 가장 사랑하고 있는 사람에게 간호받으며 죽을 수 있는 미쓰에는 행복했다. 몸이 회복되고 몇 년 후에 나오마사에게 버림받는 것보다는 이대로 죽는 편이 행복하다고 미쓰에는 몇 번이나 자기 자신에게 타일렀다.

　해가 바뀌어 매화꽃 봉오리가 터질 무렵 어느 날 밤, 미쓰에는 나오마사가 잠든 사이에 숨을 거두었다. 잠에서 깬 나오마사가 소파에서 일어나서 창 밖에 가늘게 날리는 흰 눈발을 바라보았다.

　"언젠가 이런 때가 있었던 것 같군······. 애인은 병상에 누워 있고, 창 밖에는 흰 눈이 흩날리고······, 영화에서 본 장면일까?"

　미쓰에가 누워 있는 병상에서는 아무런 대답이 없었다. 그녀는 이맘때면 늘 잠에서 깨어 천장을 응시하고 있었다. 나오마사가 뒤돌아보았다. 그녀가 여전히 잠들어 있었다. 가슴이 철렁했다.

　당황해서 침대로 다가선 나오마사는 맥을 짚어 보지 않고도 그 잠든 얼굴이 이미 생명이 떠난 것임을 인정하지 않을 수 없었다.

　나오마사는 일부러 구로야에 알리지 않았다. 그 혼자서 간호해 온 여인이었다. 장례도 혼자서 치러주고 싶다. 나오마사는 그 일 역시 모든 것이 궁핍한 시절이라 쉽게 진행되지 않음을 절감해야 했다. 화장 허가를 받기 위해서 몇 번이나 구청과 병원을 왕복해야만 했다.

　그는 미쓰에의 옷을 벗겨 깨끗이 씻어주었다.

　"당신을 화장하고 나면 나는 이제 아무것도 할 일이 없겠구려, 미쓰에."

　나오마사가 혼자 중얼거렸다.

　"이젠 유럽에도 갈 수 없고 일본에서도 할 일이 없으니, 어쩌면 좋지?"

　그의 손놀림에 따라 움직이는 희고 가느다란 나신의 미쓰에는 아무 대답이 없었다.

해가 지자 미쓰에의 시신은 병동에서 운반되어 마치 17세기 서구의 괴기 소설에나 등장할 법한 새까만 포장을 두른 마차에 실렸다. 시체 안치실은 병원에서 멀리 떨어진 곳에 있었다.

포플러 가로수가 괴물처럼 하늘 높이 늘어선 병원 구내의 돌길을 바퀴 소리를 높게 울리면서 검은 마차가 가는 광경은 그 뒤를 따르는 나오마사의 마음을 형용할 수 없이 처연하게 만들었다.

'이건 너무나 안성맞춤인 풍경이군.'

지나치게 어울린 풍경이 나오마사는 오히려 불쾌했다. 별이 밝고 추위는 매서워 손발이 얼어붙은 듯한 계절인 것도 박복한 여인의 운명과 너무나 어울렸다.

시체 안치실은 시조바즈 연못 쪽 내리막 중턱에 창고 같은 음산한 건물 지하실에 설치돼 있었다. 마차에서 시체를 옮기기 위해 침대차를 밀고 온 시체실 여자를 보는 순간 나오마사는 섬뜩했다. 시체 안치실과 너무도 잘 어울리는 기분 나쁜 얼굴을 한 초로의 여자였다. 눈꺼풀도 뺨도 푸석푸석 부어올랐고, 창백하기 그지없었다. 이 여자가 미는 침대차에 실려 가는 미쓰에가 애처로웠다.

콘크리트 지하실은 사소한 소리도 기분 나쁘게 울렸다. 시체를 안치하는 곳은 꽤 높았다. 봉당 안 공물을 차린 선반 너머로 유족들이 서성거렸다. 봉당에는 속이 삐져나온, 곧 쓰러질 듯한 소파가 하나 놓여 있었다. 거기에 걸터앉아서 담뱃불을 붙인 나오마사는 심한 피로를 느꼈다.

하얀 가제를 씌워 콧날 부분이 두드러진 죽은 얼굴을 바라보며 나오마사는 말을 걸었다.

"피곤하지, 미쓰에? 죽는 일은 간단하다고 생각했었는데 정말 성가신 일이 많군."

그 때 관리하는 여자가 그림자처럼 들어와서 꽃을 놓고 향을 피우고는 형식적으로 손을 모은 다음, 또 쓰윽 소리 없이 나가 버렸다.

······어느 새 나오마사는 소파에 기대 앉아 꾸벅꾸벅 졸고 있었다. 사

람이 들어 온 낌새에 무거운 눈을 가늘게 뜬 나오마사는 그게 소노다 시로라는 것을 알고 흠칫 몸을 일으켰다. 소노다는 힐끗 나오마사를 노려보고는 영단을 향했다. 합장도 않고 가만히 미쓰에의 시신을 응시하더니 갑자기 뒤돌아보았다. 두 눈에는 적의가 가득했다.

"자네가 죽였나?"

느닷없는 말이었다.

"죽여? ……그게 무슨 말입니까?"

"미쓰에의 병든 몸을 네놈이 마음껏 농락한 게지?"

"……."

나오마사는 맥이 빠졌다. 나오마사에게 소노다는 기를 쓰고 달려들었다.

"그렇지? 너 미쓰에를 농락한 거지?"

이 T대의 문학부 교수로서 저널리스트로서도 꽤 이름 난 신사의 흥분한 모습을 보며 나오마사는 피식 웃었다. 미쓰에가 소노다의 전처라는 것을 알고 있던 간호사가 연구실에 전화를 걸어 알렸음에 틀림없었다. 나오마사는 간호사의 지나친 간섭에 화가 치밀었다.

"그렇게 생각한다면 그것도 좋습니다."

나오마사는 냉정하게 대답했다.

"염치를 알란 말이야! 남의 여편네를 농락하고……. 이 중대 시국에 너 같은 놈이야말로 없어져야 해."

"당신과 미쓰에는 벌써 이혼하지 않았던가요?"

"천만에! 이혼은 우리의 본의가 아니었어. 기회가 오면 다시 한 번 합쳐서 재출발할 의논을 했었단 말이야."

"미쓰에는 그럴 의사가 전혀 없었습니다."

"그런 걸 네놈이 알 턱이 있나! 너라는 악마에게 사로잡힌 덕분에 미쓰에가 이 지경이 됐어."

"죽은 사람 앞에서 싸움질을 하고 싶지 않군요."

"난 미쓰에의 영혼에게라도 들려주고 싶단 말이다. 네놈이 얼마나 무서운 악마였나를."

나오마사는 그의 광기어린 모습에 진저리치며 눈을 감아 버렸다.

"이봐!"

소노다는 점점 더 흥분하고 있었다.

"난 알고 있어! 넌 미쓰에가 내 집에 있을 때에도 정을 통했지. 어때? 그게 틀림없지!"

"……."

"네놈을 수없이 죽이고 싶었다. 너 같은 악마 때문에 평화로운 가정이 파괴됐어. 뻔뻔스럽게 잘도 밤샘을 하고 있구먼."

나오마사는 불쑥 일어나서 나가려 했다.

"이봐, 어딜 가는 거야?"

소노다가 어깨를 잡았다. 나오마사는 뿌리치며 말했다.

"기다리라고!"

복도에 나온 나오마사는 시체 안치실의 문을 열고 들어갔다. 봉당 쪽에서는 들어갈 수 없었기 때문이다. 그는 조용히 미쓰에에게 다가서자 씌워진 가제를 젖혔다. 그리고 살그머니 얼음처럼 차가운 뺨을 양손으로 감싸 쥐고 봉당쪽으로 돌렸다.

"미쓰에! 봐요. 당신의 전 남편이 저기서 사납게 날뛰고 있어. 당신이 저 사내를 단 한 번이라도 사랑한 적이 있었소?"

소노다는 백랍 같은 죽음의 얼굴에 흠칫 전율하면서 숨을 죽였다.

"미쓰에. 당신은 저 사람을 손톱의 때만큼도 사랑하지 않아. 그런데 저 놈은 엉뚱한 소릴 하고 있소."

"그만둬."

소노다가 손을 저었다. 나오마사는 시체를 원래 자세로 고쳐 놓고 천천히 봉당으로 뒤돌아왔다. 그리고 소노다 앞에 멈춰 섰다.

"나가지 않으면 죽여 버릴 테다!"

나오마사의 음성이 떨리고 있었다. 소노다가 뒷걸음질쳤다.

나오마사가 덜컥거리는 소파 위에서 잠을 깬 것은 문에 붙은 창문으로 비쳐 들어온 아침 햇살의 눈부심 때문이었다. 일어나서 얼마간 멍청하게 담배만 피우고 있던 나오마사는 밥을 먹어야겠다는 생각을 했다. 건물을 나와 돌길에 또박또박 구두 소리를 내며 언덕길을 내려갔다.

아직 이른 아침이라 거리는 텅 비어 있었다. 아침 햇살만이 눈부셨다. 추위는 심한데 햇살이 가득 찬 세상이 나오마사는 견딜 수 없었다. 미쓰에는 영원히 이 세상을 떠나 버렸는데 세상은 무척이나 청명했다. 그것이 나오마사를 견딜 수 없게 했다. 구내를 빠져나와 적당한 음식점을 찾아 두리번거리던 나오마사는 가벼운 현기증을 느꼈다.

'어짜피 나도 그리 오래 살 목숨은 아니야.'

이윽고 너절한 식당을 찾아 휘청거리며 들어선 나오마사는 묵묵히 아침을 먹는 노동자들의 모습을 둘러보며 또다시 미쓰에를 생각했다.

'오늘도 살아남은 인간은 이리도 많은데……'

코가 들린 여자 아이가 주문을 받으러 왔다.

이윽고 날라 온 보리와 수수가 태반이나 섞인 밥과 미역국을 앞에 두고 나오마사는 젓가락을 들었으나 식욕이 일지 않았다. 억지로 입에 조금 넣었을 때 갑자기 가슴이 뻐근해지며 눈물이 솟구쳤다. 울지 않으려고 이를 악물었지만 눈물이 뺨에 흘러 내렸다. 미쓰에의 주검을 보고도 울지 않았었다. 그런데 어째서 이제 와서 슬픔이 엄습하는 것일까.

아까 주문을 받았던 아이가 주방 입구에 서서 그런 나오마사를 의아하다는 듯이 쳐다보고 있었다.

14

소화 16년 12월 8일, 일본은 어처구니없는 큰 도박을 벌였다.

오전 6시. 라디오에서 일부러 꾸민 듯한 비장감이 넘치는 아나운서의 목소리가 흘러나와 전국민의 숨을 죽이게 했다.

"대본영 육해군부 발표. 제국 해군은 금 8일 미명(未明) 서태평양에서 미·영군과 전투 상태에 들어갔다."

그리고 나서 몇 시간 후에 천황의 선전 조서가 낭독되었다.

그날 석간은 실로 신나는 것이었다.

1. 제국 해군은 금 8일 미명, 하와이 방면의 미국 함대 및 항공 병력에 대해서 결사적 대공습을 감행하였다.

2. 제국 해군은 금 8일 미명, 싱가포르를 공격하여 다대한 전과를 거두었다.

3. 제국 해군은 금 8일 미명, 상해에 있어서 영 포함 페트럴을 격침했다. 미 포함 웨이키는 동 시각 우리에게 항복하였다.

4. 제국 해군은 금 8일 조조, 다바오 웨이크 괌의 적군 시설을 폭격하였다.

당일의 〈아사이 신문〉에는 다음과 같은 사설이 실렸다.

우리 제국은 일·미 화협의 길을 탐구하려고 최후까지 도리를 다 했지만, 미국은 항상 잘못된 원칙론을 앞세워서 우리의 공정한 주장을 외면한 채 우리 육해군의 중국 대륙으로부터의 전면적 철병, 난징 정부의 부인, 일·독·이 3국 조약의 파기라는 전혀 비현실적인 제 조항을 강요할 뿐더러 영국·네덜란드·중경(重慶:자유중국) 등 일련의 위성 국가를 사주해서 대일 포위 공세의 전비를 강화하여 드디어 우리들의 평화 달성에 대한 원망(願望)은 수포로 돌아갔다. 일이 이에 이르러 제국이 자존을 다 하기 위해 여기 결연히 일어서지 않을 수 없게 되었다.

 대다수의 국민은 전쟁의 원인이 미국에 있다고 정말로 믿고 있는 모양이었다. 시인 다카무라 고타로는 다음과 같이 노래했다.

　　기억하자 12월 8일
　　이 날 세계의 역사가 바뀌었다.
　　앵글로 색슨의 주권
　　이 날 동아의 육지와 바다에서 부정되었다.
　　부정하는 자는 그들의 저팬.
　　넓은 바다에 뜬 동해의 나라이며
　　또 신의 나라인 일본이다.

 유치하기 짝이 없는 시이지만 버마재비가 도끼와 맞선 무모함을 상징하는 의미에 있어서는 어지간한 작품이었다. 틀림없이 그날의 전과는 국민을 기쁨의 도가니로 몰아넣을 만큼 화려한 것이었다.
 하와이 진주만을 습격한 전폭 연합 350기는 일대, 이대로 나뉘어 아메리카 태평양 주력 함대를 공격하여 전함 여섯 척을 격침하고 오아프 섬의 비행장 네 곳을 습격, 전투기 164기를 파괴했다.
 10일에는 영국이 세계에 자랑하는 불침 전함 프린스 오프 웰즈와 레팔루스를 콴턴 해상에서 포착하여 2시간의 전투 끝에 격침시켰다. 말레이

반도·필리핀·홍콩·웨이크 섬·보르네오·셀레베스 섬을 속속들이 점령하면서 온 세계의 이목을 집중케 했다.

군부에 대해서 불쾌감을 품고 있던 인텔리들조차 마음이 움직이기 시작했다. 창간 이래로 항상 중립적 입장을 견지하던 《문예춘추》마저도 이런 흐름에 들뜬 경향을 보이기 시작했다. 전쟁이란 공동 목표를 가진 국민의 마음을 어느 정도 정화시키는 작용을 하기도 했다.

> 부름받은 내일이 다가와도 내 남편의 마음은 힘차게 벼 베기에 나선다.
> 이제 떠나는 남편의 눈빛이 빛나는 모습을 아침 문전에서 나는 보았네.
> 전쟁터에도 가을은 깊어가고 내 남편의 말발굽에 풀씨도 날아가리라.
> 떳떳한 전사를 했다고 듣는다면 살아서 보람 있으리.
> 장부의 아내. 돌아가신 님의 사진. 엄숙하기만 하고,
> 내가 가는 길 지켜 주시리.

이러한 노래에는 확실히 남편이나 자식을 가진 일본 여성의 심금을 울리기에 충분했다.

국민들의 생활도 꽤 많은 변화를 겪었다. 20세에서 80세 가까운 노파까지 몸빼 차림으로 일본 군인으로 입대하는 등 생활 전반에 군복의 영향이 스며들었다.

아침이었다. 나오마사는 미쓰에가 죽은 후에도 계속 기리히토 집에 머물렀다. 가정부가 흔들어 깨웠다.

"큰일났습니다. 전쟁이 시작됐어요!"

나오마사는 일어나 잠자코 변소로 갔다. 가정부는 조금도 놀라지 않는 나오마사의 침착한 행동에 김이 빠져 그 자리에 털썩 주저앉았다가 또

당황해서 일어나 라디오 소리를 엄청나게 크게 높였다. 행진곡이 계속 울려 나오고 있었다. 불쑥 들어온 나오마사가 말없이 라디오의 스위치를 비틀어 껐다.
"왜 그러세요?"
가정부는 세모꼴 눈으로 나오마사를 노려보았다. 그녀는 나오마사가 유럽에 가기 전에 히가시 나카노의 집에 있던 여자였다. 기리히토가 성병에 걸린 것을 알고는 법정 전염병 환자 취급을 할 만큼 결벽증이 있었다. 남편은 만주사변에서 전사하고 아들 역시 일찍 죽고 없었다.
"어째서 안 들으세요, 우리나라가 미국과 영국과 전쟁을 해서 큰 승리를 거두었다고요."
나오마사는 흥분한 가정부를 차갑게 돌아보았다.
"그게 어쨌단 말인가?"
"어쨌다니오……. 대단하지 않습니까!"
"그래, 대단하군."
"그 보세요. 라디오를 듣고 전국이 온통 야단들이에요."
"흠……."
나오마사는 가정부가 구운 빵을 먹기 시작하였다.
"이런 빵도 머지않아 못 먹게 되겠지."
"네?"
가정부는 눈을 동그랗게 떴다.
"전쟁에 이기기만 하면 얼마든지 식량을 가져올 수 있지 않습니까?"
"그렇게 생각하나?"
"그럼요."
가정부는 약간 가슴을 폈다.
나오마사는 쓸쓸하게 웃었다.
"미국이나 영국이 항복할 거라고 생각하나?"
"주인님. 태평양에 미국 군함은 이제 한 척도 없어요."

땅울림(2) **27**

"하지만 다시 만들겠지."
"그리 간단하게 만들 수는 없는 물건이잖아요. 만들 동안에 일본은 태평양의 섬이란 섬은 다 점령해서 계속 물자를 가져올 수 있으니까 미국의 몇 배나 되는 군함과 비행기를 만들어서……."
"이제 됐어."
나오마사가 가로막았다.
"네 고향은 야마가타였지."
"그렇습니다. 오가미 강기슭입니다. 신조우란 곳에서 조금 들어간."
"돌아갈 집은 있나?"
"여동생 내외가 살고 있습니다."
"사정이 좋을 때 돌아가는 게 좋아."
"왜요?"
"도쿄는 머지않아 불바다가 될 거야."
"그런……, 당치도 않아요! 그런 터무니없는 일이……."
"미치광이들이 하는 일이야. 결과는 상상하고도 남음이 있어."
그렇게 나오마사는 비관적인 말을 던지고 나가 버렸다. 그날 방문객이 두 사람 있었다. 드문 일이었다.
먼저 찾아온 사람은 기품이 있는 풍모를 한 초로의 신사였다. 쓰모리 자작이었다. 앉기가 무섭게 쓰모리 자작은 입을 열었다.
"야단났네."
나오마사는 이 전형적인 영국 신사의 난처한 표정을 처음 보았다고 생각했다.
"어쩐 일입니까?"
"세잔을 헌병대에서 가져가 버렸다."
"세잔을 헌병대에서?"
"그래. 오늘 아침 행진곡이 울리는 중에 마사키 히데미 집으로 헌병이 들이닥쳐 그림을 가져갔어."

마사키 히데미는 철학자로 평론가로 이름을 떨친 발군의 수재였다.
쓰모리 자작은 절친한 사이인 그에게 세잔의 정물화를 빌려 주었던 것이다. 쓰모리 자작에게 일본이 미·영과 전쟁을 하는 것보다도 세잔을 잃는 것이 더 중대사였다.
"상대가 좋지 않군요, 단념하세요."
나오마사는 냉랭하게 말했다.
"그렇게 잘라서 말하지 말게나. 나로선 내 목숨 다음으로 소중한 물건이야."
"어차피 공습을 당해서 타 버릴 운명일 텐데요 뭘. 아예 단념하는 것이 맘 편하겠지요."
"공습? 음, 그럼 이 도쿄가 당한단 말이지?"
"히틀러에게 당한 런던에 비할 바 아닐 겁니다. 런던의 거리는 돌로 되어 있지만 여기는 나무와 종이로 되어 있으니까요. 눈 깜빡할 새지요."
"절망적인 진단이군."
"아저씨는 정신이 팔려 지옥문이 바로 발밑에 열려 있는 것을 몰랐을 뿐입니다."
"음!"
쓰모리 자작은 잠시 생각하다가 기발한 생각이 떠올랐는 양 눈을 빛내며 말했다.
"자네, 아사다노미야와 친하지. 아사다노미야한테 부탁해서 헌병대에 돌려주도록 말해 달라고 해 주지 않겠나?"
역시 고생을 모르는 신사는 전쟁보다도 세잔 쪽이 걱정인 모양이었다. 나오마사의 눈에 잠깐 연민의 빛이 스쳤다.
"아사다노미야에게 부탁하는 것은 전적으로 거절합니다."
"안 될까?"
"거절하겠습니다."
"내가 죽는다면 유언으로 세잔을 자네에게 기증해도 마찬가진가?"

"난 세잔을 원치 않습니다."

"어째서지?"

"아무것도 원치 않습니다. 자살할 배짱이 없기에 이렇게 겨우 살아가고 있을 뿐입니다."

"정말 곤란한 사람이군."

쓰모리 자작이 돌아가자 나오마사는 무심하게 정원을 바라보며 몇 시간이고 움직임 없이 앉아 있었다.

미쓰에가 죽고 나서 나오마사의 뇌리에는 언제나 그녀의 모습만이 자리잡고 있었다. 가만히 있을라 치면 미쓰에도 역시 자기를 지켜보고 있는 듯이 느껴졌다. 한 여자에 대한 사랑이 얼마나 깊었는지 새삼스럽게 발견한 나오마사였다. 그 여성이 이 세상에서 사라지고 나서야 비로소 자기 애정의 깊이를 깨달은 나오마사는 자기 일생에 주어진 어두운 운명을 새삼 느꼈다.

황혼 무렵에 찾아온 사람은 사쿠라기 교코였다. 거실에서 뒹굴고 있던 나오마사는 느닷없이 장지문을 열고 들어온 교코를 황당한 눈빛으로 쳐다보았다.

"역시 생각대로였군요."

비스듬히 앉아서 교코가 의미 심장하게 웃었다.

"뭐가 말입니까?"

나오마사는 일어나 앉아서 통명스럽게 물었다.

"온 일본이 야단 법석인데 당신만은 모르는 척 누워 계시리라 생각했었지요. 그 얼굴이 보고 싶어져서요."

"육군 대장의 딸이니까 전쟁을 경멸하고 있는 남자를 만나러 온 건가요?"

"묘한 논리군요."

사쿠라기 교코는 뜨거운 눈빛으로 나오마사를 삼킬 듯이 옆얼굴을 보면서 물었다.

"당신의 애인이 돌아가셨다고요?"
"……."
"이제는 굳이 보고 싶은 걸 참지 않아도 되겠군요."
"……."
"난 당신을 좋아해요. 죽도록 좋아해요. 어째서 좋아하게 됐는지 모르지만 어쨌든 정말 좋아해요."
교코를 쳐다보는 나오마사의 시선이 싸늘했다.
"돌아가세요."
"싫어요. 안 갑니다."
"애인은 죽었지만, 그 때문에 내 마음 속에서 결정적인 존재가 되고 말았습니다."
"그건 상관없어요. ……난, 나 나름대로 당신을 사랑하고 있으니까요."
교코는 나오마사의 옆으로 다가왔다.
"부탁이에요! 어떻게 해 주세요! 미칠 것만 같아요."
교코의 노골적인 말을 들으며 나오마사는 그녀의 신상에 무슨 일이 생긴 거라고 생각했다.
"부탁이에요, 안아줘요!"
"……."
"안아주세요!"
나오마사는 그녀를 안는 대신 밀쳐 버렸다. 그리고 따귀를 갈겼다.
안색이 돌변한 교코는 나오마사를 응시하다가 순식간에 눈물을 줄줄 쏟았다.
"돌아가요!"
나오마사가 위엄 있게 명령했다.
교코가 돌아가고 나서 또 자리에 누워 뒹굴던 나오마사는 자기가 밥벌레 같다고 생각했다. 틀림없이 밥벌레였다.
'기리히토란 놈, 어떻게 지내고 있을까?'

갑자기 그 못난 얼굴이 떠올랐다.
'그놈이라면 이 전쟁에서 운 좋게 살아남을 거야.'

15

 2년이라는 세월이 흘렀다.
 기리히토는 후쿠야마 육군 병원에 있었다. 한 달간의 신병 교육이 끝나자 위생병이 되어, 다시 오카야마 육군 병원에서 3개월 동안 교육을 받고 후쿠야마 육군 병원으로 배속된 것이다. 기리히토와 함께 근무하는 사람은 오카야마에서 온 시바타 렌자부로(저자명)라는 안색이 창백하고 바싹 마른 음침한 사나이였다. 게이오 대학 문학부를 나온 무명이나 다름없는 신인 작가였다.
 기리히토는 이런 자의식이 강하고 허무주의에 빠진 사람이 가장 다루기 힘들었다. 그 행동거지는 어딘지 이세다 나오마사와 비슷했지만 풍기는 분위기는 전혀 이질적인 것이었다. 나오마사는 철저하게 냉혹한 행동을 했지만, 그것은 명문 귀족의 기품과 시원스러운 결단력 때문에 도리어 대범한 인상마저 느껴지곤 했다.
 그에 반해, 시바타 렌자부로는 일체 그 심리 상태를 남이 엿보지 못하게 애썼고, 행동에도 고의적인 애매함이 보였다. 오카야마 근처의 바닷가에서 중간 지주의 3남으로 태어나서 소학생 시절부터 문학에만 빠져 살아온 시바타는 늘 삶에 대해 회의적인 생활 방식을 버리지 못했다.
 기리히토는 나오마사와 시바타의 차이점을 본능적으로 감지했다. 그러나 어쨌든 함께 내무반에서 지내게 된 기리히토는 시바타와 생사를 함께 할 운명임을 막연하게 느끼고 있었다. 기리히토는 시바타가 탈영을 생각하고 있는 것을 알고 있었다. 아니, 이미 시바타는 그 탈출을 시도하고 있었다.

세월이 흘러 전후 문단에 등장한 시바타는 그 때의 경험을 수기 형식으로 발표했다.

〈시바타 렌자부로의 수기〉

……나는 우선 내가 얼마나 군인이 되는 것을 싫어했는지 그것을 쓰지 않을 수 없다. 나는 소집 영장을 받아들자 가족과 짐을 시골로 옮겨 버리고 텅 빈 도쿄 나카노의 집안에서 오랜 시간 막연히 앉아 있었다.

나는 돌연 달아날 결심을 했다. 절대로 붙잡히지 않는다! 10년이고 20년이고 전쟁이 끝날 때까지 숨어 지낼 수 있을 것만 같았다. 나는 비장한 심정으로 급히 손에 잡히는 대로 우선 필요한 물건을 보스턴 백에 쑤셔 넣었다. 그러다 다시 갑자기 생각을 돌려 그런 것들을 전부 팽개치고 대신 단 한 권의 책을 넣었다. 모리스 파레스의 《자유의 사람》이었다. 애독서는 아니었다. 제목이 마음에 들었던 것이다.

단 한 권의 책을 들고 도망을 기도한다, 그 와중에서도 한편으로는 자신이 낭만적으로 느껴졌다.

나는 이튿날 아침 도쿄 역에서 기차를 탔다. 누마즈 역에서 서둘러 내렸다. 이즈 산중에 숨으리라 막연히 생각했던 터였다. 옛날 전과자들이 세상 관심이 식을 때까지 몸을 숨길 때 이즈 산중을 선택했다는 이야기를 어디선가 읽은 것이 암시가 된 모양이었다.

내가 미토 행 어선을 타고 그 곳에 못 미쳐 후미진 선착장에 내렸을 때는 벌써 검푸른 바다가 회색빛으로 변하려는 시각이었다. 선착장 중간에 여름철 무명옷을 입은 여자가 웅크리고 있었다. 그 곁을 지나가려니까 여자가 얼굴을 들었다.

"가방이 텅텅 비었네요."

아주 친한 사람에게 말을 건네듯 자연스런 말투였다.

나는 여자를 보았다. 가늘게 뜬 눈 언저리가 그늘져 있었다. 용모는 단정했지만 바싹 말라서 살갗은 까칠해 보였다. 느슨한 칼라 틈으로 들여다보이는 가슴은 늑골이 숨김없이 드러나 있었다.

"댁과는 상관없는 일입니다."

여인은 그렇게 말하는 나를 무표정하게 쳐다보며 다시 말을 걸었다.

"묵을 곳은 있어요?"

나는 여인이 모든 것을 꿰뚫어보는 듯한 으스스함을 느꼈다.

"없습니다."

"그래요?"

여인은 천천히 일어서서 나와 어깨를 나란히 하고 걸었다. 여인이 나를 데리고 간 곳은, 반 년쯤 전에 문을 닫았다는 작고 허름한 여관이었다. 여인은 거기서 100여 미터 떨어진 술집에서 일했다.

나를 집 앞에 기다리게 하고, 교섭을 벌인 뒤 여자는 현관에 나타나 고개를 끄덕였다. 이 여관에는 72세나 되는 노파가 혼자 지낸다고 했다. 손자 세 명이 모두 군대에 갔다고 했다.

여인은 나를 이층에 데리고 올라가자 차를 내오면서 평범한 이야기를 내키지 않는 듯한 말투로 지껄였다. 내 보스턴 백이 텅 빈 것까지 관심을 가졌던 거와는 달리, 그 외에 나의 행선지에 대해선 전혀 묻지 않았다.

해가 저물어 먼 바다 쪽에서 불어오는 해풍이 거세지자, 나는 외롭고 하릴없는 시간을 견디지 못해 여인을 재촉해서 밖으로 나왔다. 이름만은 긴자와 같은 〈살롱 봄〉이란 간판을 내건 그 지저분한 술집에서 나는 그 날 밤 어지간히도 마셔 댔다.

여인의 태도는 극히 퉁명스럽고 귀찮게만 보였다. 여관에 돌아온 것은 9시가 지났을 무렵이었다. 나는 벽장에서 이부자리를 꺼내 푹 뒤집어쓰고 그대로 잠들어 버렸다.

열린 창으로 들어오는 차가운 밤바람에 잠시 깼다. 달빛이 방 안 가득히 스며들었다. 일어나서 어슬렁어슬렁 창가에 다가가 기대니 흐르는 구름 사이로 달도 흐르고 있었다. 해면에 부서지는 달빛 조각이 먼 바다까지 이어지고, 검은 수평선이 의외로 가깝게 느껴졌다.

저 건너편에서 전쟁이 벌어지고 있다. 그런 장소에 내가 끌려가리라곤 도저히 생각할 수 없었다. 문득 나는 왼쪽에 튀어나온 방파제 끝에 웅크리고 있는 사람의 모습을 보았다. 그 여자인 듯싶었다.

나는 계단을 내려갔다. 눈이라도 내린 듯 하얀 거리에 나서자 내 가슴은 갑자기 급히 뛰기 시작했다. 역시 그 여자였다. 나는 그 뒤에 우두커니 섰지만 달리 할 말이 없어 여인의 흰 목덜미를 내려다보고 있었다.

물고기가 힘차게 뛰었다. 그 때 여인은 흐느적거리며 일어서 돌멩이를 차서 바다에 떨어뜨렸다.

"댁은 왜 이런 곳에 왔나요?"

뒤돌아보지도 않고 물었다. 내가 뒤에 섰을 때부터 알아차리고 있었던 것이다.

"빨간 딱지가 왔길래 도망 나왔죠."

"그래요?"

"이 부근 산 속에 조용히 숨어 있을 만한 곳이 없습니까?"

여인은 내 간절한 기대도 아랑곳없이 잠자코 걷기 시작했다. 여인이 술집에 돌아가지 않고 내 여관 쪽으로 발길을 돌렸기 때문에 어쩌면 각본대로 될지도 모르겠다는 생각에 갑자기 기대가 부풀어 올랐다.

'인생에 절망한 이 여인이 처음 만난 이 사나이를 숨기는 데 돌연 삶의 보람을 느낀다!'

내 기대는 꽤나 진지했다. 여인은 이층에 올라오자 서둘러 이불을 깔기 시작했다.

'그랬었나, 잠자리를 펴러 왔었나?'

나는 낙심하며 한쪽 구석에 책상다리를 한 채, 벽에 기대앉았다. 조금

후 여인은 아래층으로 내려가 주전자와 컵을 들고 와서 베개 머리에 놓고는 창가에 걸터앉아 무릎을 포개고는 다리를 흔들었다.
"이겨서 돌아오마, 용감스럽게……."
그녀가 작은 목소리로 노래하기 시작했다.
"그만둬요!"
나는 날카롭게 꾸짖었다. 그러자 여인은 나를 빤히 바라보았다.
"당신, 부인 있죠?"
"있습니다. 아이도 있어요."
"당신이 도망가는 걸 부인도 좋다고 했나요?"
"아니오, 친정집으로 보냈죠, 영장이 나온 것도 아직 모릅니다."
"당신이 만약 잡히면 부인이나 아기까지도 비국민 취급을 받아요. 불쌍하지 않아요?"
"전쟁터에서 개죽음당하면 나야말로 불쌍하지요."
나는 이런 두서없는 문답에 차츰 화가 치밀었다.
"그래도 군대에 가는 편이 나아요. 군대에 가면 반드시 죽는다고 정해진 건 아니니까요."
"……."
"가세요. 그러면 좋은 걸 보여 드리지."
"뭔데?"
"물구나무서기."
"물구나무서기?"
"그래요. 물구나무서기를 보여줄게요. 내 18번 중의 18번이죠."
여인은 비로소 밝게 웃는 얼굴을 보였다. 벽에 기댄 내 몸이 점점 미끄러졌다. 나는 턱을 괴고 엎드렸다.
여인은 영차 하고 소리를 내며 일어서자 옷매무새를 고치고 치맛자락을 양 발뒤꿈치 사이에 끼운 다음 다다미에 양손을 짚었다.
목을 쳐들고 가만히 내가 있는 쪽을 진지한 눈길로 바라보고 나서 발을 세차게 튕겼다. 그녀의 물구나무서기 솜씨는 과연 훌륭했다.

전혀 매력이 없던 여자였다. 그런데 거꾸로 선 순간 세상에도 보기 드문 매력을 가진 모습으로 돌변하는 것을 나는 느꼈다. 필사적일 만큼 야무진 표정과 늘씬한 곡선을 그린 작은 몸집은 살아 있다는 사실의 애처로움을 물씬 풍기고 있어 나로 하여금 숨을 죽이게 했다.

여인은 양팔로 걷기 시작했다. 찰싹 달라붙은 끈끈이를 억지로 떼내는 듯한 고통스런 재주였다. 그 여자는 그런 자세로 나를 향해 다가왔다. 나와의 거리가 점점 더 가까워졌다.

"이제 됐어요."

내 가슴이 답답해졌다. 그 순간이었다. 여인의 발뒤꿈치가 벌어지면서 치맛자락이 빠졌다. 무명옷과 속옷이 미끄러져 내렸고, 의외로 살집이 좋은 하얀 허벅지가 드러났다. 얌전하게 딱 붙인 다리는 날씬하게 뻗어서 아름다웠고, 통통하게 부풀어오른 엉덩이는 조금도 추잡하게 느껴지지 않았다. 여인은 그대로 결국은 내가 누워 있는 곳까지 걸어왔다. 그리고 내 이마에 이마를 문지르듯이 땀투성이인 얼굴을 비벼왔다. 기묘한 입맞춤이 얼마나 계속되었을까, 여인의 몸집이 울릴 정도로 굉장한 소리를 내며 넘어졌다. 그러곤 여자는 죽은 것처럼 움직이지 않았다.

나도 움직이지 않고 다다미에 흐트러진 여자의 머리카락을 말없이 오랫동안 바라보았다. 이윽고 살그머니 그 머리카락을 쓸어 모았으나 여인은 여전히 움직임이 없었다. 나는 느릿느릿 몸을 일으켰을 때야 다다미에 한쪽 볼을 댄 여인이 소리 없이 울고 있는 것을 알았다.

이상한 울음이었다. 크게 뜬 눈에서 눈물이 흘러내릴 뿐 표정이 없었다. 눈물은 눈물일 뿐 자기 의사와는 아무 관련도 없다는 표정이었다.

다음날, 나는 입대하기 위해 그 해변을 떠났다.

이 수기가 발표된 것은 전후 10여 년이 지나서였다. 기리히토는 《문예춘추》에 게재된 이 글을 우연히 읽었다. 늘 비탄에 빠져 있던 시바타 렌자부로의 모습이 떠올랐다.

"거짓인지 진짜인지 모르지만 재미는 있군."

 기리히토는 그 이야기를 내무반에서 심심풀이로 시바타에게 들은 적이 한 번 있었다. 그 때는 시바타를 경멸했고, 시바타가 위생병으로 오카야마 육군 병원에서 교육을 받으면서 탈영하지 못해 전전긍긍하는 모습을 늘 볼 수 있었다. 그 방법은 매우 필사적이긴 했지만 보기 거북한 것이었다.

"그렇지. 이런 창피한 일을 거침없이 발표할 정도니까 군대 시절의 얘기도 쓰고 있는지 모르지."

 기리히토는 곧 시바타에게 전화를 걸었다.

"기억하실지 모르겠군요. 이번에 잡지에 쓰신 《물구나무 서기》란 글을 읽었는데요, 아주 좋았어요. 그래서 또 다른 군대 시절 이야기를 쓰지 않았나 해서 전화했습니다. 쓰셨다면 한번 읽어 볼 수 있을까 해서요."

 시바타는 승낙했다. 여전히 음침하고 차가운 목소리였지만 기리히토는 그가 그리웠다. 그 만남 덕분으로 시바타는 기리히토란 인물에 새삼스럽게 흥미를 느꼈고, 《뻔뻔스런 녀석》이란 소설이 태어날 수 있었다.

16

〈시바타 렌자부로의 수기(속)〉

……눈을 딱 감고 기요미즈 바닷물에 뛰어내릴 셈으로 입대한 나는 즉흥적인 결단에 후회하며 밤낮 몸부림쳤다. 일본 군대 내무반의 우매함은 실로 표현하기 어려운 것이었다. 나는 얼마 안 가서 꾀병으로 입원하는 데 성공했는데, 그 병실의 실장으로 있던 중사까지도 군 생활을 힘겨워 했다.

"만약 화장실에서 똥물을 한 그릇 들이마시면 보내주겠다고 한다면 기꺼이 하겠어."

어느 날 그가 이렇게 말하는 것이었다. 그는 마치 하사관이 되기 위해 태어난 것 같은 그런 사내였다.

인내심이 한계에 다다르면 몇 년 후에나 자유의 몸이 될지 상상도 못할 두려움에 빠져 발작적으로 정신이 이상해지거나, 탈주를 꾀하는 자도 나왔다. 결국 군사령부의 작전상 형편이라든가, 부대의 인원 과잉으로 운 좋게 소집 해제가 되지 않는 한, 빠져나갈 법적 수단이 없음을 알고는 정말 탈주를 시도하는 것이었다. 그러면서도 자유를 갈구하는 희망이 없어지지 않는 곳이 군대였다.

나는 위생병으로 3개월간의 신병 교육을 받고 후쿠야마 육군 병원에 배속되었다. 육군 병원의 위생병은 인원수가 적었는데, 그만큼 또 신병

학대는 처참하기 그지없었다.

　내겐 당시의 수첩이 있다. 그 메모에 의하면, 후쿠야마 육군 병원에 와서 입원할 때까지 20일 동안에 나는 74회나 구타당했다. 여기서 1회는 한 대 맞는 것으로 끝나는 것이 아니었다. 또 따귀를 때리거나 주먹질을 하는 건 아니었다. 죽도(대나무 검), 고무 슬리퍼, 총검의 가죽 띠로 사정없이 때렸다. 나로서 참을 수 없었던 것은 구타당하는 아픔보다도 두들겨맞아야 하는 어처구니없는 이유와, 어린 사내들에게 절대 복종해야만 하는 굴욕이었다.

　내가 속바지나 양말을 빨아야만 했고, 꿇어앉아서 각반을 감아 주어야만 했던 전우인 상병은 군에 입대하기 전에는 전선 인부로 일을 하던 자였다. 나는 그에게 차 따르는 법이 서툴다고 현기증이 날 만큼 세차게 두들겨맞곤 했다.

　'좋다! 내 개인의 의지와 지능으로 이 지옥에서 탈출해 보이마!'
　나는 불가능을 가능케 할 결심을 했다.
　……어느 날, 우리 신병들이 전염병으로 죽은 환자의 침대를 태워 없애는 사역을 나갔을 때 함께 오카야마에서 온 도다 기리히토라는 동료에게 아무렇지도 않게 어떻게 탈출할 방법이 없을까 하고 농담삼아 물었다. 그러자 도다 기리히토는 달팽이 눈을 번쩍이며 주위를 두리번거리더니 나직하게 속삭이는 것이었다.
　"있고말고! 간장을 마시는 거야. 그러면 심장이 이상해져서 엄청나게 맥박이 빨라진다고. ……어째서 빨라지는지 의사도 절대 모른다고 하니까, 한번 해 보겠어?"
　"너는 어쩔래?"
　내가 꾀자 도다는 고개를 저었다.
　"난 군대 생활도 좋은 경험이라 생각하고 있으니까 별로 하고 싶지 않아. 네가 한다면 도와주지. 너는 내가 신세진 이세다 도련님을 어딘지 닮았고, 대학을 나와서 위생병 노릇을 하다니 체신이 맞지 않거든. 빨리 돌아가는 편이 좋겠어."

의외의 반응이었다. 문학도인 나는 별세계에서 살아가는 이 인물에게 그 때서야 비로소 친근감을 느꼈다.

그날 내무반은 3년 8개월 만에 겨우 제대하게 된 상병 두 사람의 송별회로 야단법석이었다. 기쁨에 겨워 까부는 신병들에게도 한껏 너그러운 표정을 짓곤 하는 두 사람을 둘러싸고 고참병들은 부러움을 누릴 길 없이 술을 들이 켜고 노래를 하고 고함을 지르고 춤을 추었다. 그러더니 이미 예정이나 된 것처럼 자연스럽게 식기를 집어던지고 긴 책상을 둘러엎었다. 여기저기서 토악질을 해댔다. 이 송별회에 끌려든 신병들도 떠들어 대기 시작했을 때였다.

나는 도다 기리히토에게 검은 액체가 가득 담긴 그릇을 받았다. 나는 눈을 꼭 감고 대담하게 꿀꺽 마셨다. 간장 특유의 강렬한 냄새와 맛도 꾹 참고 다시 1/3쯤 마셨다. 그러나 그 이상 마실 수 없을 것 같았다.

나는 도다 기리히토와 말을 맞추어 둔 대로 양손으로 가슴을 누르고 머리를 끌어안는 듯하면서 마룻 바닥에 쓰러졌다.

"큰일났어, 시바타 이등병이 굉장히 아픈가 봐!"

도다 기리히토가 고함쳤다.

"무슨 일이냐, 칠칠치 못하게!"

고참 하나에게 허리를 걷어 채이자 나는 이 때다 싶어 신음하며 벌렁 넘어지면서 고통으로 일그러진 표정을 지었다.

"뭐야, 시바타 신병. 어디가 아파?"

누군가가 곁에 쭈그리고 앉아 내 손을 잡자 나는 정신없는 듯 떨치고 다시 엎어져서 비통한 신음을 거푸 질렀다. 지랄병이라는 둥, 급성 맹장염이라는 둥 와글거리고 있는데, 반장인 중사가 와서 빨리 오야마다 군의관을 불러오라고 명령했다.

나는 누가 뭐라든 고통 때문에 귀가 들리지 않는 것같이 거칠게 숨을 몰아쉬는 사이사이에 발작적인 경련을 일으키며 몸을 비틀었다. 하지만 그것은 꾸민 것이 아니었다. 쌓였던 괴로운 내 심정을 그대로 표현한 것이었다. 지난 3개월간의 노예 같은 생활의 괴로움이 일순간에 폭발하고 있었다.

이윽고 들어온 오야마다 군의관이 도다 기리히토에게 경위를 물으면서 내 맥을 짚었다. 나는 겨우 발작이 진정되는 것처럼 꾸며댔다.

"빠르기는 하지만 맥은 든든하군. 시바타, 심장이 어떻게 아프지?"

군의관이 내 눈꺼풀을 뒤집어보며 물었다. 나는 소집당하기 반 년 전에 협심증으로 심장 발작을 일으킨 적이 있었다. 나는 그 때의 상황을 그대로 재연한 셈이었다.

군의가 나가고 겨우 내무반이 잠잠해졌을 때, 도다 기리히토가 의무실에서 당당하게 돌아와서 침대에 죽은 듯 누워 있는 내 곁으로 다가와 큰 소리로 말했다.

"입원이야. 입원하기로 됐어."

나는 그날 밤 크게 코를 골며 잤다고 한다. 나중에 안 일이지만 군의관이 나를 입원시키기로 결정한 것은, 도다 기리히토의 교묘한 거짓말에 속아넘어갔기 때문이었다.

"시바타는 언제나 심장의 상태가 나쁜 것 같습니다만, 매우 편벽해서 동료에게도 가르쳐 주지 않았습니다. 새파랗게 질린 얼굴을 하고 곧 넘어질 듯해도 몸이 아프다고는 하지 않았습니다. ……입영하고 나서 쭉 함께 지냈는데, 매독 때문이 아닐까 생각됩니다."

도다 기리히토는 그럴 듯하게 잘도 꾸며댔다. 나는 감쪽같이 입원하는 데에 성공했다. 그러나 아무 이상도 없는 지극히 건강한 몸으로 병원 신세를 진다는 것이 얼마나 괴로운 일인지 나는 지겹도록 체험해야 했다.

일주일에 두 번 실시하는 정기 검진도 그럭저럭 세 번까지는 오야마다 군의관의 지극히 의례적인 검진으로 무사히 끝났다.

네 번째 검진을 받은 때였다. 군의관은 버릇대로 청진기로 똑똑 이마를 두들기면서 말했다.

"맥도 정상이고 라셀(청진기에 들리는 호흡음 외의 잡음)도 들리지 않고 뢴트겐을 보아도 아무 이상이 없고……, 또 움직이면 발작이 일어날 가능성이 있다는 것밖에는 아무 이상이 없어. 증세를 정확히 모르고는 병상 일지에 정확히 기록할 방도가 없단 말이야."

'드디어 올 것이 왔구나!'

나는 범죄자가 관헌의 방문을 받으면 도리어 침착함을 되찾는다는 것을 생각하고, 오히려 평범하게 서툰 변명을 하기보다는 침묵한 편이 낫다고 마음먹었다. 그래서 군의관은 부모의 유전병은 없는가, 좋지 못한 곳에 다닌 적은 없는가, 심장 질환에 관한 상식적이 질문을 받게 되면 그 자리에서 부정해 줄 만큼의 여유를 지니고 있었다.

"어쨌든 발작을 일으킨 장면을 보지 않았으니 알 수가 있나."

자리를 뜨면서 군의가 흘리는 말을 들은 나는 순간적으로 다시 한 번 그런 추태를 연출해 보라는 뜻으로 받아들였다.

'하고말고! 두 번이라도 세 번이라도!'

그리고 나서 닷새가 지난 일요일이었다. 나는 몰래 우유병에 가득 모아둔 간장을 필사적인 각오로 변소 안에서 마셨다. 구토를 참으며 병동을 빠져 나와 취사장 뒤쪽으로 돌아가 닭장과 모르모트 사육장이 늘어선 밭길로 나갔다. 거기는 하루 종일 사람들이 지켜보는 곳으로, 병원 안에서는 유일하게 한산한 장소였다.

시간을 미리 짜 놓았기 때문에 도다 기리히토는 먼저 와서 기다리고 있었다.

"마셨어?"

"마셨어."

"좋았어. 코를 꼭 쥐고 100미터만 뛰는 거야."

"음."

나는 코를 잡은 채 쏜살같이 달리기 시작했다. 50미터쯤 달리자 심장이 엄청난 속도로 방망이질치기 시작했다. 얼굴에서는 핏기가 사라져 가는 것이 느껴졌다. 그리고 멈추어 선 순간, 갑자기 깜깜해지고 어찔어찔 현기증이 나서 그 자리에 주저앉아 버렸다.

"다 끝났어, 시바타. ……힘을 내라고."

도다 기리히토의 등에 업혀 병실로 옮겨지는 동안 끊임없는 구토감이 치밀었지만 끝내 그것을 참았다. 그런데 침대 위에 뉘어진 순간 나는 전혀 예상 밖의 증상이 돌발해서 죽음의 공포를 전율하지 않으면 안 되었다. 양손이 마비되어 굳어지고 비틀리더니 얼음장처럼 차가워진 것이다.

"아얏! 손이 마비된다! 손이, 손이 왜 이래! 아악! 아, 아, 아 아악! 앗."

나는 미친 사람처럼 외쳐대며 손과 발을 비벼대기도 하고, 흔들어 보기도 하고, 입 안에 넣어서 깨물어 보기도 하며 병실이 떠나가라 법석을 떨었다.

"저, 정말이야 시바타? 이봐, 이봐, 정말이야?"

기리히토도 어찌할 바를 몰랐다. 훗날 그의 이야기에 의하면 내 안색이 창백을 넘어서 거무죽죽하게 변했다고 한다.

손이 얼음장처럼 차가워지더니 강철처럼 굳어졌다. 군의관이 들어왔음에도 아랑곳하지 않고 도다 기리히토는 나를 안아 일으키더니 턱에 양손을 대고 입을 벌리고는 손가락 세 개를 푹 찔러 넣었던 것이다. 순간 울컥하고 새까만 오물이 입 밖으로 쏟아졌다.

내게는 아직 다소의 이성이 남아 있었다. 군의관이 얼굴이 도다 기리히토의 등 뒤에서 어른거렸다.

'아뿔사! ……도다, 이 바보 같은 자식!'

마음 속으로 그렇게 절규하며 오물을 가리려는 몸부림 때문에 또 왈칵 토해 버렸다. 간장은 고스란히 다 쏟아졌다. 아무것도 나오지 않을 때까지 생침을 흘리며 계속 토하고 난 나는 죽은 듯 늘어져 버렸다.

군의는 손에 튄 오물을 닦은 손수건을 유심히 들여다보았다. 나는 눈을 가늘게 뜨고 그것을 엿보며 만사 끝이구나 하고 체념했다.
"군의관님, 더럽습니다."
도다 기리히토가 그 손수건을 뺏으려 했다.
"기다려!"
군의관은 고개를 숙여 그 냄새를 맡아 보았다.
한동안 침묵이 흘렀다. 군의관은 아연실색한 표정으로 나의 추악한 모습을 내려다보더니 이윽고 음산한 목소리로 말했다.
"시바타, 멍청한 자식! 간장은 한 홉만 마셔도 죽어!"
그러고는 도다 기리히토를 쏘아보았다.
"네놈이지? 시바타에게 이런 짓을 시킨 것이?"
도다 기리히토는 눈을 깜박거리다가 꾸벅 머리를 숙였다.
"죄송합니다."
나와 도다 기리히토가 히로시마 우지나에 있는 아카쓰키 제2953부대로 전속된 것은 그로부터 반 년 후였다. 말하자면 그것은 징벌이었다.
아카스키 2953부대의 명칭은 선박 포병 제1연대였다. 이 부대는 육군용 수송선의 비포대(고사포와 기관총을 배 갑판에 설치하는 소대)였다. 완전 소모 부대로 한번 배를 타게 되면 본토로 돌아올 2~3할을 빼고 나머지는 영원히 귀환할 수 없었다.
도중에 격침당해 물고기 밥이 되든가, 겨우 목적지에 닿자마자 거기서 배가 격침이라도 당하면 상륙 부대와 행동을 같이할 수밖에 없고, 그렇게 되면 굶주려 죽거나 총에 맞아 죽는 것이 다반사였다.
자연히 연대 쪽에서는 연이어 소집병을 끌어 모았고 승선한 소대가 제대로 가는지, 어디 있는지, 행방불명됐는지, 또 전멸했는지, 살아 있는지 짐작도 못 한 채 계속 새로운 소대를 편성해서 내보내고 있었다.
즉, 아카쓰키 부대에는 전국의 연대에서 밥만 축내는 처치 곤란한 병사가 전속되어 와서 모조리 죽임을 당하고 있었던 것이다. 따라서 이 부대에서는 만기 제대라든가 소집 해제 따위는 전혀 없었다.
　나와 도다 기리히토는 그런 예비 지식을 갖고 있긴 했지만, 아직 우리가 전사한다고는 도저히 생각되지 않았다.

17

 소화 20년 3월 10일 새벽, B29대 편대가 메뚜기처럼 하늘을 까맣게 뒤덮으며 군도 상공으로 날아왔다. 세계에서 세 번째로 크다는 도시 도쿄는 완벽하게 파괴되었다. 관동 대지진 때에는 용케 소실을 면해서 그 공덕의 위력을 보였던 아사쿠사의 관음보살도 어이없이 불타 버렸다.
 18일에 천황은 화염이 휩쓸고 간 후카가와 방면을 시찰했지만 국민들은 그것을 고마워할 여유를 잃고 있었다.
 미 공군은 연달아 나고야·오사카, 그리고 전국의 중소 도시에 숨 돌릴 틈도 없이 폭탄과 소이탄을 퍼부었다.
 4월 1일. 사령관 스폴안스 제독의 지휘하에 미군 제5함대 총 병력 54만 8천, 군함 318척, 보조 함정 1,139척 및 상륙용 주정이 오키나와에 상륙을 개시했다.
 이에 일본은 우시자마 미쓰루 중장 지휘하에 육군 5만, 해군 육전대 1만, 그 밖에 현지 의용군 4만 병력으로 맞섰다. 대본영은 이른바 '키크스 작전'이라 부르는 항공 육탄전을 기도하였는데, 전함 '야마토'를 비롯한 10척의 함대에 편도 연료를 싣고 적진으로 침투하는 거였다.
 전함 '야마토' 호는 4월 7일 오스미 반도 남방에서 미군 함대 폭격기의 폭탄 세례를 받고 침몰했다. 호위 구축함 세 척도 순식간에 격침당하여 일본 연합 함대는 문자 그대로 지리멸렬한 상태였다.

오키나와의 사투는 처절하기 그지없었다. 일본군 사상자는 헤아릴 수 없었고, 미군도 슈리시를 점령하기까지 1개월 동안 2만 명이 쓰러졌다.

유럽에서도 독일군은 패전에 패전을 거듭했다. 스탈린그라드 전투에서 승리한 소련군은 돈 강을 건너 우크라이나 백러시아를 탈환하더니 폴란드를 공격하고, 다시 프로이센을 친 다음 파죽지세로 베를린으로 진격하고 있었다. 소련군의 총격전이 도심에 일어나자 선전을 위해 게펠스는 베를린을 전장 도시로 선언했다.

교외에는 네다섯 겹의 대전 참호가 파이고, 거리 곳곳마다 바리케이트가 구축되고, 도로의 곳곳은 시가전의 무대가 되었다. 베를린 시가전은 처참했다.

5월 1일, 나치스는 마침내 적기 아래 항복했다. 오키나와에 있는 사범학생과 제일여고 여학생들이 사살당했을 무렵이었다.

쨍쨍 쬐는 초여름 햇볕에 달아오른 후쿠야마 시 교외 도로를 두 사람의 병사가 어깨를 나란히 하고 터벅터벅 걷고 있었다. 시바타 렌자부로 병장과 도다 기리히토 상병이었다. 두 사람 다 거지에 가까운, 아니, 거지 그대로였다. 몸에 걸친 것 중에 그래도 쓸 만한 것은 군모뿐이었다. 녹이 슬어서 빠지지 않는 대검을 차고 있는 것은 시바타 병장뿐이었다. 대신 시바타는 짚신을 신고 있었고, 도다 상병은 군화를 신고 있었다.

시바타의 웃옷은 20년 전에 만든 투박하고 두꺼운 동복이었다. 바지는 여름 것이었지만 무릎 언저리가 헤져서 너덜거리고 있었다. 기리히토는 그 반대로 여름 윗도리에 겨울 아랫도리를 입고 있었다. 두 사람은 하·동 한 벌씩을 나누어 입었던 것이다.

각반도 찢어진 것을 삼끈으로 이어 두른 누더기였다. 두 사람은 모지 육군 병원에서 쓰다 남은 물건을 지급받아 들고양이처럼 쫓겨난 것이었다.

시바타 렌자부로는 수송선이 바시 해협에서 격침당해 일곱 시간 넘게 헤엄친 끝에 구축함에 구조되어 모지 육군 병원으로 후송된 것이다. 그리고 거기서 우연히 도다 기리히토를 만났다. 그도 역시 이로이로 섬 먼 바다에서 익사 직전에 병원선에 구조되어 거기까지 오게 된 터였다.
 둘 다 정규 수속을 밟고 입원한 것이 아닌지라 두 사람이 걸신들린 것처럼 밥을 먹기 시작하자 병원에서 추방해 버린 것이다.
 일본 군대란 곳은 참으로 이상한 세계였다. 망설임 없이 정원 이외의 열외가 된 병사는 그야말로 찬밥 신세였다. 뜻하지 않게 자기의 부대에서 이탈되어 버린 병사는 그 순간부터 아무런 쓸모없는 열외자가 되어야 했다.
 부대 내에 자기 중대가 제대로 남아 있으면 그런 대로 밥을 나눠 주기도 하지만, 다른 중대에 편성시키지 않고 어느 부대에서도 밥을 제공하지 않았다. 즉, 그런 경우에는 서류 수속 방법이 없는 것이다.
 부대에서 다른 부대로의 전속은 있어도 전멸한 중대의 생존자를 다른 중대에서 받아들이는 융통성은 없었다. 왜냐 하면 중대가 전멸했는지, 아직도 어디엔가 생존해 있는지, 아키쓰기 부대로서는 통 알 수 없기 때문이다.
 바다를 헤엄쳐 돌아온 병사들은 어쩌면 영원히 돌아오지 못할 자기 중대를 기다리며 반갑지 않은 식객이 되어 먹다 남은 밥을 먹으며 매일 빈들빈들 놀고 있을 수밖에 없었다. 시바타 병장과 도다 상병은 그런 전형적인, 추방당한 군인이었다. 모지 육군 병원을 쫓겨나서 우지나까지 돌아와 보니 부대는 이미 후쿠야마로 이동하고 없었다. 그래서 다시 후쿠야마로 와 보니 중대는 흔적조차 없었다. 본부에 가서 알아 볼 방법밖에 없었다.
 "너희들에게 먹일 밥은 없다. 열외병들은 연병장 주위에서 자급 자족하고 있으니까 그쪽에 가서 재워 달라고 해라."
 기가 막힐 노릇이었다. 구사일생으로 귀환한 병사를 돌볼 여유 따윈 이미 일본 군대에는 없는 것 같았다.
 "자기가 자기를 소집 해제할 수는 없을까?"
 도다 상병은 서로 아는 사이인 취사 중사에게서 누룽지를 몇 뭉치 얻어 면회소에서 기다리고 있는 시바타 병장에게 돌아와 그런 말을 태평스럽게 건넸다.
"이 전쟁에서 이길 가망은 없어."
시바타 병장은 누룽지를 씹으며 나직이 중얼거렸다.
"흠, 그래요."
기리히토는 건성으로 대답하면서 한쪽 구석에서 소집병이 가족들과 얼굴을 마주대고 얘기하고 있는 광경을 바라보았다. 거기에 벌여 놓은 맛있는 음식들은 정말 침을 삼키기에 충분한 것이었다. 끝내 참지 못한 기리히토는 어슬렁어슬렁 그 곳으로 다가갔다.
"신병님."
진심을 담아 신병에게 '님'자를 붙여 부른 것은 아마 기리히토가 처음이었으리라. 초년병은 후딱 일어서서 경례를 붙였다.
"아니, 편히 쉬어. 실은 알다시피 우리는 열외병 아닌가. 너무나 배가 고파 견딜 수 없거든. 그 음식을 조금 나누어 주지 않겠나?"
신병과 가족들을 번갈아보면서 부탁했다. 시바타는 양손에 먹을 것을 가득히 안고 돌아온 기리히토를 못마땅하게 쳐다봤다.
"못난 자식. 거지 노릇까지 하나."
"배가 고프면 싸움을 못하잖아요."
"아니, 두 번 다시 배를 타는 것은 싫어. 이번에는 여자 위에나 태워 줬으면 해."
시골 길은 먼지가 많고 지저분했다. 더위에 흐린 시선 탓인지, 낡아빠진 집들은 한결같이 추녀가 비뚤어지거나 기울어져 가고 있었다. 어느 가게나 계속된 전쟁으로 제대로 물건을 갖추지 못해 빈집처럼 더럽고 지저분했다. 길고 꾸불꾸불한 거리를 다 지나는 동안에 물건을 팔고 있는 가게라곤 죽세품과 빗자루를 진열한 집과 두부집을 보았을 뿐이다. 그 두부집 앞에 줄지어 선 십여 명 남짓한 여자들의 생기 잃은 시선을 받으며 지나가는 두 사람의 군인 역시 이 쓸쓸한 풍경에 어울렸다.

갑자기 도다 상병이 중얼거렸다.
"아, 실수했군!"
"무슨 소리야?"
"지난번에 약품 수송선이 대만의 다카오에 들렀을 때 큰 마대에 설탕을 가득 담아 들여와 모지의 병원까지 가져 왔었는데……."
"……."
"병장님이 보기만 해도 소름 끼친다던 간호부장이 말입니다. 어쩌다가 침대 밑에 숨겨 둔 마대를 발견하곤 나에게 추파를 던지잖아요. 한번 생각해 보세요."

시바타 병장은 요괴같이 입이 뾰족한 바싹 마른 사십 줄의 여인의 얼굴이 생각났다.

'그 여자와 기리히토가!'

상상하기만 해도 웃음이 터질 것 같았다.
"그래서?"
"소등 후에 사역이라고 하며 나를 외과 수술실로 불러들이지 뭡니까."
"음."
"자꾸만 수작을 걸더라고요."
"차려진 상 먹지 않으면 사나이의 수치라든가."
"나도 그렇게 생각하고 그 여자를 침대 위에 뉘어 놓고 그 위에 올라 탔었죠."
"그리고?"
"그 여자도, 나도 엄청나게 흥분했었거든요. 침대 발에 바퀴가 달려 있다는 걸 잊고 있었다고 생각해 보세요……. 한 차례 밀어붙이려는 순간에 데굴데굴 굴러가기 시작한 거예요."

수술실 바닥은 피를 씻어 내리기 위해 약간 경사져 있었다.

침대는 단숨에 미끄러져 문을 들이받아 열어젖히고는 복도로 달려 나가 버렸다는 것이다.

그 장면을 운 사납게 주번 하사관에게 들킨 것이었다. 기리히토는 당황해서 마대에 가득 든 설탕을 진상할 테니 눈 감아 달라고 부탁했다. 그 때 간호부장은 조금도 부끄러워하는 기색도 없이 무표정했다고 한다.
"게도 구럭도 놓친다는 게 바로 그런 일이었어."
정말 유감스럽다는 듯이 기리히토는 머리를 저었다.
"만약 지금 설탕이 있다면 한 줌만으로도 어떤 미인이든 말을 듣게 할 텐데 말이죠."
"난 설탕보다도 옴 고치는 약이 있었으면 해."
시바타 병장은 현실적으로 말했다. 일 년 전 필리핀에서 옮은 남방옴이 아랫배에서 허벅지까지 온통 퍼진 시바타 병장은 밤낮 괴로움을 당하고 있던 터였다. 남방옴은 몸서리치게 집요한 피부병으로 한번 걸리면 거의 절망적이리만큼 시달려야만 했다.
잠자리에 들어 조금만 지나면 체온이 높아짐에 따라 가려움이 심해져 도저히 손을 안 댈 수가 없다. 긁으면 안되는 걸 알면서도 긁지 않을 수 없다. 긁기 시작하면 이젠 참을 수 없는 가려움이 일시에 온몸에 퍼지고, 그것을 마구 긁어대는 쾌감은 황홀하고 짜릿하기까지 했다.
그 다음은 극렬한 통증이 왔다. 이튿날 아침 일어나서 잘못했구나 하고 후회하며 서둘러 탈파스타를 문질러 바르고 아연과 연고를 처발라 보지만 이미 때는 늦었다. 그리고 밤이 되면 또 박박 긁어대니 아무 효과도 없었다.
이렇게 소득 없는 일을 되풀이하고 있을 동안에 옴이 붉고 무수한 알갱이가 겹쳐 고름을 듬뿍 머금게 된다. 당황해서 부스럼 딱지를 떼고 소독약을 바르기도 하지만 다음날에는 벌써 딱지가 앉아 있었다.
그것은 결코 나은 것이 아니었다. 딱지를 떼면 반드시 푸른 기가 섞인 진득한 고름이 고여 있었다. 몇 번 되풀이해도 마찬가지였다. 옥도정기라도 발라 주게 되면 견디기 힘든 고통으로 풀쩍풀쩍 뛰며 눈물을 줄줄 흘리게 되지만 그것은 도리어 나쁘게 자극을 줄 뿐이었다. 시바타 병장의 아랫배부터 허벅지·장딴지·발목까지 눈뜨고 볼 수 없는 상태였다.

시바타만의 괴로움은 아니었다. 기리히토도 이곳 저곳 부지런히 긁고 있는 것을 보아서 상당히 당하고 있는 모양이었다. 그러나 전혀 개의치 않았다. 태연스런 표정으로 여자 생각이나 하고 있다니, 시바타로서는 성욕을 운운할 계제가 아니었던 것이다.

"이봐, 여기 어디서 잠깐 좀 쉬자."

그들은 무려 30여 리를 쉬지 않고 걸었던 터였다. 시바타는 땀에 젖은 아래쪽 허벅지가 쓰리고 가려워 더 이상 견디기 힘들었다. 더구나 각반에 싸인 종아리의 가려움은 발을 동동 구르고 싶을 정도였다.

돌아보니 사람의 모습은 보이지 않았을뿐더러 자기들을 질책할 상관들도 나타날 것 같지 않았다. 두 사람은 한길을 벗어나 바람이 통하는 제방 위로 올라갔다. 시바타 병장은 급히 각반을 풀고 재빨리 바지를 벗었다. 죽었다 살아난 느낌이란 바로 이런 것을 말하는 것이리라.

서늘한 바람이 지금까지 스물스물 꿈틀거리던 수백만의 세균을 일시에 날려 보내는 느낌이었다.

"흠, 끔찍하구먼."

기리히토는 붉게 짓무른 허벅지를 들여다보며 고개를 저었다.

"너는 어떠냐?"

"저 말입니까. 다행히 사타구니는 무사하고 배꼽 부근이 엉망이지요."

"옷을 열어 놔. 한결 기분 좋다."

"그래요?"

기리히토는 윗옷을 풀어헤치고 바지를 끌어내려 아랫배를 바람에 쏘였다. 시바타 병장은 자기 환부의 참혹함에 태연했던 기리히토의 아랫배를 보자 소름이 끼쳤다.

그것은 마치 화산이 폭발해서 질퍽한 용암이 흘러내린 것 같았다. 상처가 깊은 듯 울긋불긋하게 잡다한 색이 섞인 상처들이 아랫배에 온통 퍼져 있었다.

"문제는요, 이게 고민이지요."

기리히토는 훈도시를 벗어 보였다. 용암은 치모를 범하고 남근에까지 흘러내리고 있었다.

"이걸 빨리 고쳐야 여자를 안을 수 있을 텐데요."

그렇게 말하며 머리를 긁적거렸다. 그 때였다.

"이놈들! 무슨 꼴이냐, 너희들!"

한길에서 고함 소리가 날아왔다. 그리고 두 사람은 정말 우스꽝스러운 모양새로 부동자세를 취하고, 아직 20세 남짓한 견습 사관으로부터 세차게 따귀를 얻어맞아야 했다.

18

　이윽고 시바타 렌자부로 병장과 도다 기리히토 상병은 음산한 거리를 빠져나와서 넓은 논이 펼쳐진 선로의 건널목으로 나왔다. 차단기가 내려져 있었다. 시바타 병장은 선로 저편에 피어 있는 삿갓처럼 뭉쳐 핀 담록색의 땅두릅꽃을 멍청히 바라보면서 땅을 울리며 돌진해 오는 기차 소리를 듣고 있었다. 우르르 지축을 흔들며 달려오는 괴물처럼 보이는 기차에 무언지 모를 불쾌감을 느끼면서 시바타 병장은 얼굴을 들고 '도쿄행'이란 안내판을 힐끔 보았다. 맨 마지막 칸이 통과하려는 찰나였다.
　"저건!"
　"저 자식 마쓰오다!"
　"아!"
　승강구에 서 있는, 흰 옷을 입은 사내는 의심 없이 모지 육군 병원에서 함께 있던 마쓰오 상병이었다. 제대해서 고향으로 돌아가는 것이리라.
　마쓰오는 시바타 병장이 고열 때문에 들어갔던 특별 병동에서 3개월간 침대를 이웃한 사람이었다. 그는 만성 늑막염이었다. 일주일에 한 번씩 혼탁한 물을 등에서 뽑아내고 있었는데, 시바타 병장이 볼 땐 간호사의 눈을 속여 담배를 피우거나 유행가를 흥얼거리거나 바느질을 하는 부러운 원기를 지니고 있었다. 때로는 시바타 병장의 시트나 환자복을 교환할 때 간호부를 돕기도 했다.

그러나 오후면 어김없이 찾아온 미열 때문에 앓는 소리를 하곤 했다. 그러든 중 시바타 병장이 건강을 되찾아서 병실을 나갈 때도 아직 물을 뽑아내고 있었다.

시바타 병장이 거리의 영화관을 출입할 정도로 좋아졌을 무렵 병원에 있는 마쓰오를 문병 갔을 때 그는 흥분하면서 어제 군의관이 퇴원 수속을 밟아 주었다고 말했다.

사고 퇴원이라는 것은 치유 퇴원과는 달리 군대 근무를 감당하지 못하는 자로서 2년이나 3년 기한을 두고 소집을 해제시키기 위해 원대에 도로 보내는 일이었다.

그 말을 들었을 때 시바타는 가슴이 덜컥했다. 반사적으로 자기의 불운을 생각했기 때문이다(우습게도 시바타는 자기의 병이 크루프성 폐렴인 것을 저주하고, 마쓰오의 병이 만성 늑막염인 것을 부러워한 것이다. 육군병에서 폐렴으로는 절대로 소집 해제가 되지 않기 때문이었다).

또 있었다. 마쓰오는 무식한 농사꾼에다 일본이 전쟁에 이길 것을 믿어 의심치 않는 사내였다. 시바타 병장으로서는 더더욱 화가 치미는 일이었다.

'빌어먹을!'

시바타는 속으로 창자를 쥐어뜯듯이 신음했다. 이 맹렬한 질투는 군대에 가본 자가 아니면 알 수 없었다. 14년간이나 군대 생활을 한 드뷔니마저도 자포 자기로 역설적인 만족을 느끼면서 다음과 같이 쓰고 있다.

"어떠한 곳에서도 군대에서만큼 자기 행동·말·욕망·사상마저도 그처럼 절망적으로 포기한 적은 없었다."

"시바타."

기리히토가 어깨를 쳤다.

"우리는 언제쯤이나 제대할 수 있을까요?"

"……."
 시바타 병장은 대답 없이 걷기 시작했다. 인가가 드문 한길을 오륙백 미터쯤 가서 왼쪽으로 구부러지니 경사가 급한 돌계단이 있었고, 산키지라는 상당히 큰 절이 구릉 중턱에 있었다.
 열외병이 틀림없는 스무 명 남짓한 병사들이 거기 있는 본당을 빌려 연병장의 한 모퉁이를 개간하고 있었다.
 "가서 부탁 좀 해 봐라."
 시바타 병장은 기리히토에게 이르고 부은 발을 끌며 뒤켠 묘지 쪽으로 돌아갔다. 묘비를 둘러싼 수목에서는 매미가 요란하게 울어댔다. 시바타 병장은 묘비 한쪽 모퉁이에 감제풀이며 물매화 풀꽃이 핀 숲에 다가가서 흙담 아래 그늘진 곳에서 바지를 내리고 걸터앉았다.
 "그 똘마이 견습 사관놈!"
 아까 따귀를 때린 놈의 앳된 얼굴을 떠올리면서 침을 뱉었다. 입 안이 터져서 피가 섞여 있었다. 숨 막히는 풀냄새가 코를 찔렀다. 시바타는 생각 없이 무심코 눈앞의 묘비의 한 구절을 읽었다.
 '속명, 야마구치 가즈야 향년 19세. 소화 10년 죽음'
 알지 못하는 이 사람의 죽음마저 시바타는 부러웠다.
 '자네는 자네가 죽고 나서 10년도 지나지 않아서 자기 나라가 이처럼 암흑의 심연으로 빠져들어가리라고는 꿈에도 생각지 않았겠지. 살아 있었다면 우리처럼 군인이 되어 노예 생활을 했을 거다. 아무것도 모르고 평화로운 시절에 죽어 이 묘비명이나 지켰으니 행복한 거다.'
 "시바타 병장님."
 기리히토가 큰 소리로 불렀다.
 흙담 너머 샘터 쪽에서 어슬렁 나타난 기리히토가 히쭉 웃고 있었다.
 "반장이 먹여 주겠대요. 워낙 몸이 쇠해서 농사일은 못하고 취사를 맡고 싶다고 했더니 승낙했어요."
 "그래. 잘 됐구나."

"나는 제국 호텔에서 10년 동안 요리를 했었다고 말했지요."
"뭐어, 너 정말 요리할 줄 아니?"
"여름철에 특별히 요리라고 할 만한 재료도 없잖아요."
"그야 그렇지."

시바타는 쓴웃음을 지었다. 그러고는 그대로 아무렇게나 풀밭 위에 누웠다. 푸른 하늘에 솜털구름이 하나 둥실 떠 있었다.

'이렇게 목숨을 부지한 게 어쩌면 악운인지도 모르겠어.'

이제 다시 전쟁터에 끌려갈 일은 없겠지 하는 안도감이 가슴 속에 솟아났다. 반 년 전, 바시 해협에서 수송선이 격침당했을 때의 일이 이제는 마치 남의 경험담처럼 어슴푸레한 기억으로 남아 있었다. 시바타의 인생에서 그 때 그 시간만은 짙은 안개에 싸인 듯이 그가 30년간 길러 온 능력과는 전혀 별개의 세계에 자리잡고 있었다.

시바타는 확실히 당했던 것이고 눈으로 직접 보았다. 그런데 그는 그 때 무엇을 느꼈을까. 아무것도 느끼지 않았다. 아니, 느끼지 않았다는 것은 거짓이다. 뜨거움·차가움·공포와 낭패를 느꼈다. 그러나 그것은 개나 고양이가 본능적으로 느끼는 것과 전혀 다를 바 없었다.

그러기에 시바타는 오랜 시간이 지난 뒤에 그 때의 상황을 수기로 쓰려다 몇 번이나 단념해야 했다. 동물적인 쇼크를 극히 유치하고 상투적으로 표현하거나, 눈에 비친 광경을 평면화된 기억을 되살려서 쓰는 것밖에 할 수 없는 것이 안타까웠다. 그런 비상한 경험은 인간의 지성이나 감성과는 무관한 것이었다.

……그날 밤.

시바타 위생병은 잠을 자다가 갑자기 판자벽에 호되게 부딪혀서 잠을 깼다. 시바타 위생병은 자기 몸이 심하게 비틀어졌다고 생각했다. 그가 자고 있는 위생실이 급경사였기 때문에 그렇게 느낀 것이다. 시바타는 벌떡 일어났다. 아직 몸이 뒤틀려 있는 것을 느꼈다.

'당했어! 드디어 당하고 말았어! 죽는다! 정말 죽는구나!'

그는 그렇게 속으로 외치면서 황급히 머리맡을 더듬었다. 어쩐 일인지 우선 안경을 써야겠다고 생각한 것이다. 그는 약간 원시였다. 그러니까 쓰거나 말거나 대단치는 않았다. 그럼에도 불구하고 그는 우선 안경을 써야겠다고 생각했다.

실내는 위생 기구가 흩어져서 시바타의 양손은 유리 파편에 상처를 입었다. 그 때는 그 아픔이 조금도 느껴지지 않았다. 시바타는 안경이 없으면 절대로 밖으로 뛰어나가서는 안 되는 것처럼 초조해하면서 마구 기어다녔다.

"이봐, 위생병, 뭣하고 있어?"

그 고함 소리가 머리 위의 연락 장교실에서 들리지 않았다면 시바타 위생병은 그 어리석은 짓을 계속하다가 결국 배에서 뛰어내릴 기회를 놓쳤을 것이다.

배는 7천 톤의 화물선이었다. 세 문의 고사포가 배치되어 1개 소대 21명이 이를 조작하고 있었다. 시바타는 이 배에 배속된 위생병이었다. 소대가 갑판에 배치되었기 때문에 위생실도 거기에 딸려 있었다. 게다가 참모본부의 연락 장교실이 있었다.

연락 장교는 호탕하고 활발한 대위였는데, 도쿄에서 우지나로 오는 도중 오사카에 있는 도비타 유곽에 들른 것이 환근이 되어 승선하자마자 사타구니를 끌어안고 앓기 시작했다. 시바타 위생병은 부지런히 주사를 놓아 주어야만 했다.

선실에는 2천 명 가까운 상륙 부대가 문자 그대로 통조림처럼 실려 있었다. 이들은 비포대인 선박병과는 일체 관련이 없었다. 같은 군인이면서 상륙 부대를 일종의 연민의 눈으로 보고 있었다.

잠수함의 일격을 받으면 상륙 부대의 9할은 살아날 가망이 없었던 것이다. 왜냐 하면 상륙 부대는 배의 맨 밑바닥 선창에 실리고, 병기 탄약류가 그 위의 각 방에 가득 쌓여 있었기 때문이다.

짐을 부릴 때의 편리를 생각해서 한 조치였겠지만, 그건 너무나도 인명을 우습게 여긴 처사였다.

 한 차례 어뢰를 먹으면 머리 위에서 탄약이 연달아 터지면서 튀어나온 병기가 다시 선창을 향해 낙하했다. 이미 어뢰 때문에 생겨난 구멍에서는 해수가 엄청난 압력으로 쏟아져 들어왔다. 갑판으로 피할 수 있는 트랩은 단 하나밖에 없다. 그것이 제대로 붙어 있으리라는 보장도 없었다. 이래도 살아남을 수 있다면 기적이다.

 그러니까 선박병들은 항구에서 갑판의 난간을 의지하며 속속 승선해 오는 상륙 부대를 바라보면서 측은히 여기지 않을 수 없었다. 하긴 갑판에 있다고 해서 반드시 100퍼센트 안전하다는 것은 아니고, 다만 달아나기가 수월하다는 것에 불과했지만……

 시바타 위생병은 연락 장교의 고함 소리에 깜짝 놀라서 구명대를 움켜잡고 위생실을 뛰쳐나가려다 우연하게도 그 손잡이에 매달려 있는 안경에 손이 닿았다.

 '나는 산다.'

 순간적으로 스친 생각이었다.

 날이 새기 전, 남방의 바다가 어슴푸레 보이기 시작했다. 흑백은 분명히 구분할 수 있었다. 시바타 위생병을 깜짝 놀라게 한 것은 수평선이 쑥 하늘을 향해 솟아올라 사선을 그리고 있는 것이었다.

 2미터 전방에서 난간을 붙잡고 있는 대위가 있는 곳으로 달려가려다 시바타는 보기 좋게 나뒹굴었다.

 "이건 너무해!"

 그가 외쳤다. 당연히 갑판이란 것은 수평이어야 한다는 관념을 거부당한 혐오감 때문이었다. 겨우 난간에 매달린 시바타는 해면을 내려다 본 순간 발끝에서 머리 꼭대기까지 차가운 것이 쓱 빠져나가는 것을 느꼈다. 빌딩 옥상에서 저 아래 보도 위를 내려다보는, 그런 견딜 수 없는 불쾌감 섞인 두려움이 온몸을 휘감았다.

 배는 선미에 어뢰를 두 방을 맞고 그 곳부터 가라앉고 있었다. 시바타

는 뱃머리 가까이에 서 있었다.
"알았나, 위생병? 내 구령에 맞춰 뛰어들어. 단단히 불알을 쥐고 있어. 뛰어들자마자 구명대를 벗어던지고는 헤엄쳐서 잡고, 또 던지고는 헤엄쳐 잡고, 또 던져서 배에서 50미터 떨어지거든 구명대를 메라. 알았지!"
시바타도 선박병이니까 침몰할 때의 대비책도 상세히 배웠고, 조난자들의 경험담을 듣는 데도 열심이었다. 그러나 시바타의 머릿속엔 안경과 혐오감과 두려움만 있을 뿐이었다. 당황하고 있던 그에게 대위의 호령은 구원이나 다름없었다.
거대한 배는 선미 쪽부터 가라앉을 때, 으레 2/3정도까지는 빠르게 가라앉다가 잠깐 정지하고 나서 세워진 채 바닷속으로 빨려들어갔다.
선수 갑판에서 바다로 뛰어내리는 것은 그 정지 순간이다. 빨라도 늦어도 안 된다. 배가 해면에서 사라질 때 굉장한 소용돌이가 일어나는데, 그 반경이 50미터는 족히 된다. 때문에 일단 뛰어들어도 필사적으로 헤엄쳐, 배에서 멀어져야만 한다. 물론 50미터 거리 밖으로…….
 그러나 구명대의 부상력이 도중에서 소용돌이의 흡인력을 뿌리친다.
 배가 가라앉으면 모든 기물이 떠오르게 마련이다. 50미터 떨어져 있으면 무서운 속력으로 떠올라 오는 기물에 부딪힐 걱정이 없는 것이다.
 "뛰엇!"
 대위의 호령과 함께 시바타는 몸을 공중에 날렸다. 그리고 나서 기억이 없었다. 정신이 들었을 때는 물 위에 떠 있었다. 이상하게도 골짜기의 늪에 떠 있는 것 같았다.
 시바타 위생병은 바닷속을 지나 어딘지 모를 육지 밑을 지나서 이 늪에 둥실 떠오른 느낌이었다. 그리고 그 착각은 얼마 동안 계속되었다. 시바타는 겨우 주위에 떠오른 것이 배에 있던 물건들이란 것을 알게 되었다. 그에게 착각을 일으키게 한 것은 엄청나게 많은 밀기울 상자였다. 하지만 그 부유물은 태양이 반짝이기 시작했을 무렵, 흔적도 없이 어디론가 떠내려가 버리고 없었다.
 거대한 파도가 굽이치는 가운데 저쪽에 한 무더기, 이쪽에 한 무더기, 살아남은 군인이며 선원들이 그룹을 지어 언제 구조하러 와 줄지 예측도 못 할 아군 구축함의 모습이 나타나기를 기다리며 해파리처럼 떠 있었다.

19

 산키지사(寺)에서의 기묘한 패잔병 생활이 시작됐다. 이 곳의 급식은 후쿠야마 육군 병원에서 떠맡고 있었다. 군인들의 태반은 아직 입원 중인 것으로 되어 있었다. 시바타와 기리히토는 말하자면 가짜 환자였다.
 병원의 위생병이 일주일에 한 번 모아서 이 절까지 날라오는 양곡을 두 사람이 1회분씩 리어카에 싣고 현장 근처에 있는 농가로 가져가서 밥을 짓는 것이었다. 현장이란 육군 용지인 구릉 한쪽의 밭을 말했다.
 패잔병들은 병원의 자급 자족을 위해 고구마와 호박을 재배하고 있었다. 병원에서 날라오는 급식은 매일같이 가지와 호박이었다. 그래서 기리히토가 제국 호텔의 요리사라고 선전하고 다녀도 발각될 염려는 없었다.
 여러 날이 지났다. 시바타가 쌀과 된장, 가지며 호박을 리어카에 싣고 있는데 기리히토가 부리나케 달려왔다.
 "시바타 병장님. 한 발 먼저 가세요. 나는 잠깐 저기 닭장에 갔다 올 테니까."
 벌써부터 두 사람은 구릉 기슭에 있는 큰 닭장에 눈독을 들이고 있던 터였다.
 "주지 마누라 얘기를 들어보면 상당히 인색한 영감인 것 같은데, 안 될 거야."
 "까짓 계란 대여섯 개, 감쪽같이 훔쳐내지 못하고서야 성채를 지을 수 없지."

"성?"

"아니, 아무것도 아닙니다. 그나저나 지금 간자키 하사란 놈이 또 아래 술집으로 갔는데요. 그 자식 영 빈틈이 없거든요. 나중에 우리도 한번 가보죠."

돌계단 아래 이어진 길을 따라 술·식초·간장류의 배급소가 있어서 술을 좋아하는 반장인 모리야마 중사의 제의로 가끔씩 한 되씩 입수했다. 그 역할을 간자키라는 하사가 맡았는데, 아무래도 혼자 가만히 술집 안방에서 대접을 받고 있는 모양이었다.

병사들 사이에 퍼진 소문으로는 간자키 하사의 목적은 술뿐 아니라, 그 안방에서 빈둥대고 있는 신장이 나쁜 카페의 여급이었다는데, 기리히토가 그걸 어느 새 알아낸 것이다.

"계란을 여분으로 구하게 되면 술 가게에 가서 그 여자의 뭣과 교환하는 게 어때?"

시바타의 놀림에 기리히토는 태연했다.

"글쎄요. 계란 3개면 괜찮을까요?"

"되겠지."

"내가 성공하거든 병장님도 3개 갖고 가세요."

"나는 괜찮아. 그보다도 너 그 물건을 쓸 수나 있겠냐?"

"어차피 가려우니까 손으로 긁기보다는 그 속에서 문지르는 편이 일거양득이죠."

기리히토가 총총히 사라져 갔다.

시바타는 밋밋한 구릉의 오솔길로 리어카를 밀고 갔다. 구름 한점 보이지 않는 맑은 하늘과 어우러져 파아란 논이 시야가 미치는 데까지 펼쳐 있었다. 실바람조차 없는 푹푹 찌는 듯한 강렬한 햇볕 속에서 길가의 빨간 개여뀌 그늘을 슬쩍 미끄러져 나가는 구렁이의 모습이 시바타의 어릴 적의 향수를 불러일으켰다.

왼편 비스듬히 경사진 층계 밭에 패잔병들의 모습이 흩어져 있었다. 그런 모습조차 평화롭고 한가하게 보였다. 길은 이윽고 내리막이 되더니 늪가로 이어졌다. 부들 이삭에 둘러싸인 파랗게 정체된 수면에는 하얀 수련꽃이 두세 송이 떠 있었다. 왼쪽 수면으로부터 멀리 굵적굵적 논의 김을 매는 물소리가 들려 왔다. 수건을 쓴 처녀였다.

'정말 전쟁 중인가?'

시바타는 조용한 전원 풍경에 빠져 자기가 군인이라는 것을 잊어 가고 있었다. 기슭을 따라 구릉 뒤편을 돌아가니 자연스럽게 깎인 벼랑이 나왔다. 그 벼랑에 착 달라붙듯이 한 채의 농가가 서 있었다.

시바타는 리어카를 닭이 없는 닭장과 헛간 사이에 밀어 넣고, 봉당 입구에 걸터앉아 있는 원숭이처럼 쭈그러든 노파에게 말해 두고는 뜰 앞의 샘터 곁에 군인들이 걸어 놓은 가마솥 앞으로 갔다.

먼저 자루 달린 수세미로 어제 물을 부어 두었던 큰 솥을 씻었다. 맑은 물을 다시 부은 후 불을 지폈다. 된장통에 수수와 콩과 옥수수가 섞인 쌀을 씻었다. 가지와 호박도 씻었다.

기리히토가 어정거리며 돌아온 것은 그로부터 1시간 정도 지나서였다. 시바타는 기리히토가 신문지에 싼 물건을 안고 있는 것을 보고 잘 해치운 것이라 생각했다.

"어때, 술가게 마누라 쪽은?"

"계란을 10개 주지 않으면 싫다나요. 정말 욕심이 많아요."

"그래서 10개 줬단 말이야?"

"그런데 딱 10개 슬쩍해 왔으니까 다 주면 병장님이 화낼 테니 8개로 깎아서 말이죠. 그 여자 앞에서 2개를 깨먹었지요. 그러고 나서 서서히 있잖아요······."

"무슨 소리냐. 그럼 다 주겠다고 약속을 한 게 아냐?"

그랬다면 어떻게 아직도 계란을 안고 있는지가 이상스러웠다.

"그게 요령이지요······. 여하튼 그 여자는 무척 사내에 굶주렸다고 생각하시면 돼요. 한바탕 치렀더니 벌써 축 늘어져 버리더라고요. 그 틈에 살짝 계란을 갖고 나왔죠."
"지독하군."
시바타는 쓰게 웃었다.
두 사람이 다 된 밥을 큰 솥에서 된장통으로 다 퍼 옮겼을 즈음이었다. 뽕밭 저편에서 고함치는 모리야마 중사의 소리가 날아왔다.
"집합!"
패잔병의 집합을 기다리고 있던 것은 병원의 젊은 준위였다. 윗옷을 벗은 군인들이 두 줄로 늘어섰다. 준위가 깐깐하게 말했다.
"어디 놀러 간 자는 없겠지."
"없습니다."
"멋대로 행동해서 농가에 폐를 끼치면 안 된다."
시바타가 힐끔 보니 기리히토는 덤덤한 표정이었다.
"급히 본원과 분원이 시외로 이동하게 되었다. 그 이유는 수일 중에 이 후쿠야마 시도 공습을 받을 절박한 상황이 됐기 때문이다. 어제 히로시마에 신형 폭탄이 투하되어 시가의 대부분이 파괴되었다. 가공할 파괴력을 가진 폭탄임은 사실이지만 세세한 것은 아직 잘 알 수 없다. 오카야마 시는 이미 지난 번 공습으로 불바다가 됐다. 이 두 도시 중간에 있는 후쿠야마 시는 공습을 면할 길이 없다. 더욱더 자급 자족을 계속하지 않으면 안 되게 되었다. 너희들이 한 개라도 많은 호박과 고구마를 생산해 줄 것을 기대하는 바이다. 이상."
해산하자 준위는 전해 들은 히로시마의 참상을 모리야마 중사에게 이야기하기 시작했다. 그러나 병사들에게 있어서는 준위의 훈시가 은근히 양곡 급여가 줄어든다는 것을 암시한 심각한 중대사였다.
병사들 대부분이 남해에서 치열한 전투를 경험했고 두세 번 배가 격침되어 해상을 표류해야만 했던 사람들이었다. 이제 폭탄 따위에 새삼 귀를 기울이는 사람은 없었다. 아니, 오히려 폭탄이니 전쟁이니 하는 따위의 얘기에 진저리가 난다는 무의식적인 혐오가 마음 속 깊이 자리 잡고 있었다. 히로시마에 투하된 폭탄이 세계를 새로운 국면으로 돌입시킬 만한 원자폭탄이라는 것은 상상조차 하기 힘든 것이었다.

저녁때 패잔병들은 전쟁이 종말을 향해 치닫는 것도 모르고 우르르 산키지로 돌아왔다. 침실은 본당의 마룻방이었다. 하사관만이 다른 방 한 칸에서 떨어져 지냈다.

지나치게 짙은 색채인 인조 연꽃, 등롱꽃, 금은 복륜 비단을 늘어뜨린 굵은 원주, 그들은 천장이며 새까만 수미단이며, 한 아름이나 되는 징, 붉은 채색이 벗겨져 가는 목어, 그런 것들이 자아내는 음산한 문자, 불교풍의 분위기는 내무반의 거친 생활에 익숙한 병사들을 어리둥절하게 하고 얌전하게 만들었다. 징이나 목어를 가지고 놀려는 자도 없었다.

시바타 역시도 평소에 염불하는 것과 같은 생활을 해왔지만, 책상 위에 놓여 있는 경전을 펴보아도 전혀 흥미가 일지 않는지 벌렁 누워서 팔을 머리 뒤에서 깍지끼어 멍하니 난간의 조각을 쳐다보며 쉬고 있었다.

기리히토가 곁에 다가와서 함께 누웠다.

"병장님. 이제 우리가 부대로 돌아갈 일은 없겠죠?"

"없겠지."

아침저녁 어김없이 행해지는 내부반의 부산한 점호, 훈련, 여러 가지 잡무 등이 벌써 딴세상의 일처럼 여겨졌다. 슬슬 모기장이라도 치고 잘까 하고 생각했을 때였다.

"이봐, 시바타 병장과 도다 상병. 잠깐 하사관실로 와라."

복도에서 고함치는 소리가 들렸다. 시바타는 흠칫 놀라 몸을 일으켰다.

"기리히토, 들통 났다."

"정말 그런 걸까요?"

기리히토는 태연했다. 아니나다를까, 두 사람이 방에 들어가자 간자키 하사가 느닷없이 기리히토의 얼굴을 갈기더니 시바타도 거세게 뺨을 얻어맞았다. 오랜만에 눈에서 불꽃이 튀었다.

"네놈들, 우리들이 잠자코 있으니까 우쭐해서 아주 사람을 병신 취급해! 취사 당번이라 해서 멋대로 하게 놔두지는 않아!"

당하기만 하고 손해를 본 술집 여자가 간사키에게 일러바친 것이리라. 모리야마 중사는 편지를 쓰고 있다가 잠깐 뒤돌아보더니 다시 부지런히 펜을 놀리고 있었다. 다른 하사관들은 재미있다는 듯이 구경하고 있었다.

"네놈들 몇 번이나 재미 봤지?"

"오늘의 계란뿐이에요."

기리히토는 평소와 다름없는 목소리로 대답했다.

"거짓말 마!"

질투로 지독히 흥분한 간자키 하사가 다시 한 번 기리하토에게 주먹질을 했다.

"정말이에요. 술집에서 물어 보시라고요."

"물어 보시라고요? 이 자식!"

눈을 돌리고 싶을 정도의 난타가 이어졌다. 그러나 기리히토는 양발을 버티고 쓰러지지 않으려고 안간힘을 썼다.

"이봐, 간자키 하사. 이제 됐어, 용서해 주라고. 그만하면 다시는 안 그러겠지."

보다 못 해 모리야마 중사가 말했다.

다음날은 아무 일 없이 지났다. 저녁을 먹고 나자 시바타는 경내 구석으로 가서 가슴 높이 정도의 흙담에 기대섰다.

가뭄으로 논이 말랐다고 하지만, 지금 바라보는 평야는 늦여름의 황혼 속에 파랗게 물든 풍요로운 정경이었다. 평야 한가운데로 산요 선 철로가 한 가닥 길게 뻗어 있었다. 초가을의 서늘한 기운을 머금은 실바람에 맡기고 멀리 그 철길을 눈으로 쫓고 있으려니 어느 샌지 시바타의 가슴 속에 애틋한 향수가 바위에서 흐르는 맑은 물처럼 솟고 있었다.

그러나 시바타의 집은 5월 말의 공습으로 타 버리고 없었다. 안식처가 사라졌다는 것이 시바타에게는 실감이 나지 않았다. 아직 그 곳에 그 넉넉하고 후덕한 모습으로 서 있을 것 같다. 문득 이즈의 해변 여인숙에서 물구나무서기를 보여준 창부의 모습이 되살아났다.
'어찌 됐을까, 그 여자는?'
어쩐지 이미 저세상 사람인 듯한 생각이 들었다.
"잠깐만요, 시바타 병장님."
기리히토의 목소리에 시바타는 정신이 들었다.
"잠깐 재미있는 연극을 보여드릴 테니 와 보세요."
"뭔데?"
"따라오세요."
도다 상병은 시바타를 돌계단 위로 데리고 갔다. 10분쯤 기다리고 있으려니까 간자키 하사가 돌계단 아래에 나타났다. 술집에 갔었음에 틀림없다. 두 사람이 있는 것을 아는지 모르는지 터벅터벅 올라왔다. 기리히토가 서너 계단 내려갔다. 간자키 하사가 발자국 소리에 아래서 멈추고 얼굴을 쳐들었다.
기리히토가 말했다.
"잠깐 시간 좀 내 주실까요?"
그리고 곧 발길을 돌려서 오른쪽 대나무숲을 따라 난 오솔길로 들어갔다. 간자키 하사도 말없이 따랐다. 4, 5미터 쳐져서 시바타도 뒤따랐다. 풀숲의 모기가 요란하게 울어댔다. 오솔길 막다른 곳에 묘지가 펼쳐 있었다. 짙어가는 황혼 속에 입구의 하얀 무궁화꽃이 시들어 고개를 숙이고 있고, 상수리나무 숲은 안개에 싸여 어두워가고 있었다.
기리히토는 한 묘비 앞에 오자 홱 돌아서서 꼼짝 않고 간자키 하사를 노려보았다. 시바타는 비로소 기리히토의 애교 있는 못난 얼굴이 엄하게 굳어 있는 것을 보았다.
"난 당신을 처음 보았을 때부터 주는 것 없이 미웠어. 당신도 그랬겠지. 어쨌든 오늘 아침 따귀를 얻어맞은 인사도 할 겸해서 여기서 결판을 내고 싶어."

그렇게 말하고 품 속에서 수건에 만 물건을 꺼내 주르르 풀었다. 그것은 두 자루의 취사용 식칼이었다. 그것을 기리히토는 아무렇게나 묘비 위에 놓았다.
 "어느 거라도 좋은 편을 골라잡아. 언젠가 시바타 병장님에게 서양의 결투 이야기를 들은 적이 있지. 그런 식으로 하자고, 입회인은 시바타 병장님 혼자밖에 없지만, 그건 양해하고 승부는 당당하게 하자고."
 기리히토의 담담한 오카야마 사투리가 어떤 위협이 섞인 말보다도 무시무시하다고 시바타는 생각했다.
 잠시 침묵이 흘렀다.
 "이봐 간자키 하사. 결투가 두려운가?"
 "너와 결투할 이유가 없어."
 "결투는 한쪽에 이유가 있으면 그걸로 성립된다. 시바타 병장님, 그렇지 않습니까? 신청을 받고 거절하는 것은 사나이의 수치야!"
 "그렇지만……."
 "그렇지만 뭔가?"
 간자키 하사는 머뭇거렸다. 보기에도 영악한 얼굴이 지금은 생기를 잃고 황혼이 깃들인 어둠 속에서도 파랗게 질린 것이 뚜렷이 보였다.
 "간자키 하사. 나는 말이야 비듬밥(비듬을 섞은 밥)을 먹이거나 가래침이 든 된장국을 먹이는 비겁한 복수는 하고 싶지 않아. 똑같은 조건에서 목숨을 건 승부를 하자는 거다. 어때?"
 "좋다!"
 간자키 하사가 갑자기 큰 소리로 말하며 손을 내밀었다.
 "미안했어, 사과한다."
 "까불지 마!"
 기리히토는 그의 손을 탁 뿌리쳤다.
 결국 기리히토는 간자키 하사가 양손을 짚고 땅에 꿇는 사과를 받았다. 간자키 하사가 황망하게 떠나 버리자 기리히토는 식칼을 다시 수건에 말아 품에 넣었다.
"정말 할 생각이었나?"
시바타가 안도의 숨을 내쉬며 물었다.
"할 생각은 없었죠."
기리히토는 시치미를 떼고 걷기 시작했다.
"공갈이죠. 사과하지 않고 배기겠어요."

20

 기리히토가 교섭하여 병사들이 그 술집에서 목욕탕을 빌려 쓸 수 있게 된 것은 그 이튿날 밤부터였다. 시바타는 제일 마지막에 타월을 들고 산키지의 돌계단을 내려갔다. 꺼림칙한 피부병을 생각해서였다.
 술집은 명치 시대 때부터 지금까지 한결같은 구조였는데, 낡은 대로 그럴 듯한 정취를 풍기고 있었다. 넓은 봉당의 시멘트 바닥에서 안내를 청하자 안에서 대답이 있었다. 부엌을 돌아 뒤뜰을 바라볼 수 있는 잠자리가 깔렸고, 삼십 전후인 유카다 차림의 여인이 무릎을 세우고 앉아 있었다.
 카페의 여급 출신이라는 선입관과는 달리 조용하고 침착성이 있는 우아한 첫인상이었다. 이목구비가 큼직큼직하고 살결도 희고 부드러워 보였다.
 "어서 오세요."
 여자는 빙그레 웃었다.
 "지금 도다 씨가 있으니까 잠깐 여기서 기다려 주세요."
 시원스럽고 뚜렷한 표준어를 사용하고 있어 시바타에게는 여인이 더욱 아름답게 보였다. 욕의가 그려내는 요염한 선이나 무릎에서 흘러내린 선정적인 속옷이 시바타를 못 견디게 했다. 시바타는 눈부신 듯 시선을 돌리며 툇마루에 걸터앉았다.

한줌 정도 되는 좁은 정원의 석등을 둘러싼 풀숲에서 귀뚜라미가 요란하게 울고 있었다. 거기에 맞추어 추녀 끝에 매달린 풍경(風磬)이 그윽하게 울렸다. 오랜만에 가슴에 스며드는 인가의 향수였다.
"병장이신데 어째서 제일 나중에 오셨나요?"
여인이 물었다.
"발에 부스럼이 나서요."
"어머, 그래요. 그거 안됐군요. 곪았습니까?"
"옴이 심해졌습니다."
"저런! 집에 좋은 약이 있는지 모르겠네."
여인이 일어나 옷장 위에서 약상자를 내리고 있을 때 기리히토가 목욕탕에서 나왔다. 여인은 시바타에게 바르는 약을 건네주고 나서 기리히토에게 고개를 돌렸다.
"저, 도다 씨. 시바타 씨는 인텔리 같죠."
"그래. 시바타 씨는 게이오 대학을 나오셨는데 우리들과는 다르지."
"시바타 씨는 이 전쟁이 도대체 이긴다고 생각하세요?"
"질 겁니다."
시바타는 시원스레 대답했다.
"저도 그런 생각이 들었어요. 히로시마에 떨어뜨린 폭탄은 성냥곽만하지만 한 번에 불바다로 만들어 버렸다죠. 그런 무서운 폭탄을 미국이 갖고 있는 한 이길 수 없을 거예요."
"그러나 이 후쿠야마라면 폭탄만 손해 볼 테니 괜찮겠지."
기리히토가 그렇게 말하자 여인은 머리를 저었다.
"그렇지는 않아요. 이삼일 전에 삐라가 뿌려졌는데요. 수일 내로 공습이 있을 테니 민간인은 피하라는 내용이었어요."
"그래……."
"도다 씨. 공습당하거든 저도 데리고 달아나 주세요. 네?"
"이런 시외는 염려 없겠지."

"염려 없기는요. 뻐라에도 폭탄에는 눈이 없다고 써 있어요."
기리히토는 입을 크게 벌려 한바탕 웃어젖혔다.
"그나저나 내일 밤쯤에 주인의 자전거를 빌려 주지 않겠어요?"
"자전거요?"
"그걸로 OO거리까지 달려갔다 오게."
"어머 기가 막혀!"
기가 막힌 것은 시바타도 마찬가지였다. 바로 엊그제 이 여자와 계란 8개를 미끼로 정을 통하지 않았던가. 그 사람보고 계집질하려고 자전거를 빌려 달라고 보채는 뻔뻔스러움이 어쩐지 조금도 밉살스럽지 않은 것은 기리히토의 인품 때문이리라.
이튿날 오후에 술집에서 자전거를 빌린 것은 시바타 병장이었다. 그러나 유곽에 가려는 것이 아니고 육군 병원에 가기 위해서였다. 병원은 이 구릉에서 1킬로미터 쯤 떨어진 초등학교에 피신하여 와 있었다.
시바타 병장은 우스운 자세로 자전거에 올라 눈이 시리도록 하얀 시골길을 달렸다. 초등학교는 산록의 매미들이 야단스럽게 울어대는 솔밭 속에 흐르는 물길을 따라 세워져 있었다. 교정은 채소밭으로 변해 호박이며 강낭콩·토마토가 가득 심어져 있었다.
강당일 듯싶은 건물이 분원으로 사용되고 있었으며, 바쁘게 소개해 온 짐이 이곳 저곳 쌓여 있었다. 간호사나 환자가 왔다갔다 하고 있었다.
치료실에 들어간 시바타는 통통하고 얼굴이 둥글고 흰 견습 간호사에게 오늘부터 치료받고 싶다는 뜻을 전했다.
"글세, 옴 정도로 그럴 수 있을지?"
간호사가 갸우뚱했다.
"옴이라도 병이 아닙니까."
"모르세요?"
"뭘요?"
"그저께부터 이 곳에도 히로시마에서 중환자가 실려 와서 야단법석이에요. 저기 저쪽 방에 한번 가 보세요."
 그녀가 강당을 가리켰다.
 시바타는 복도로 따라 걸어갔다. 입구에서 안을 들여다본 시바타는 얼굴을 일그러뜨렸다. 거의 전부가 다 죽어가는 환자들뿐이었다. 얼굴·가슴·어깨·팔·다리…… 전신을 감은 하얀 붕대가 선명하게 눈에 들어왔다. 이곳 저곳에서 고통을 참지 못한 신음 소리가 새어나왔다.
 시바타는 출입구 옆 짚을 넣은 요 위에 머리에서 목덜미까지 붕대로 감은 채 양손을 가슴 위에 얹고 죽은 것처럼 누워 있는 환자에게 눈길을 고정시켰다. 그 목에 감은 붕대를 따라 뭔가 꿈틀거리고 있는 듯해서 무심코 들여다본 시바타는 등줄기에 오싹 소름이 끼쳤다. 그건 벼룩보다도 더 작은 투명한 구더기들이 꼬물거리고 있었다.
 그 옆의 환자는 이미 시트를 머리 위까지 푹 쓰고 있었다. 시트 끝에서 얌전히 모아진 발이 보였는데, 그것은 이상하게 창백하고 작게 보였다.
 시바타는 발소리를 죽여 가며 교정으로 나와 하얀 꽃이 늘어진 등나무 선반 아래까지 달려와서 심호흡을 했다.
 후쿠야마 시가 공습을 받은 것은 그날 밤이었다. 소등하고 나서 얼마 안 있어 옆에 누웠던 기리히토가 살짝 시바타에게 속삭였다.
 "나, 술집에 자전거를 빌리러 잠깐 다녀올게요."
 그러고는 소리도 없이 모기장을 걷고 나갔다. 그것이 시바타와 기리히토의 이별이 되었다.
 기리히토가 나가고 나서 얼마 지나지 않아서 경계 경보 사이렌이 울려 퍼지고 곧 공습 경보가 이어졌다. 그러나 최근에는 매일 밤 있는 일이어서 지친 병사들은 누구 하나 일어나는 사람이 없었다.
 그러다가 여느 때와 달리 큰 폭음에 문득 의식을 되찾은 시바타는 남방에 있을 때의 경험이 되살아나면서 일순 예사롭지 못한 위기를 느끼고 후딱 일어났다. 동시에 꽤 가까운 거리에서 비가 쏟아지는 듯한 폭탄의 낙하 음을 들었다. 우르릉 쾅쾅, 울려 퍼지는 폭탄 소리로 순식간에 집

안이 시끄럽고 어수선해졌다.

　귀에 거슬리는 비행기음, 기분 나쁜 낙하음, 폭탄의 작열음, 그런 위협적인 음향은 아무리 많이 들어도 공포감이 줄어드는 일은 없다. 그 공포의 소리들이 지금 급속히 거리를 좁혀 오고 있었다. 그 어수선한 불안과 공포는 독특한 것이다.

"모포와 모기장을 갖고 나가!"

"방공호에 집합하라!"

　짧고 들뜬 외침을 들으면서 시바타 병장은 모포를 반으로 접어 머리부터 뒤집어쓰고 마당으로 뛰어나갔다. 달은 없고 짙은 구름이 낀 어두운 하늘이라 비행기 모습은 분간할 수 없었지만 분명히 머리 위를 통과하고 있다는 것을 알 수 있었다.

　왼쪽 구릉 기슭에서는 무럭무럭 검은 연기가 솟아오르면서 찰나에 몰아치듯 활활 타오르는 화염의 그 붉은 색이 눈이 아플 정도로 선명했다. 묘지를 느릿느릿 더듬어가는 시바타의 양 옆을 병사들은 민첩하게 달려나갔다. 달리지 못하는 시바타는 뒤처진 채 혼자 남을 수밖에 없었다.

　기분 나쁜 소리를 내며 떨어지는 예광탄을 머리 위에서 본 시바타는 재빠르게 묘지 앞에 엎드렸다. 주위가 대낮처럼 밝게 드러난 순간 무서운 굉음이 쏟아졌다.

'소이탄이군!'

　그렇게 직감한 시바타는 특별히 폭발음이 없는 것에 묘한 불길함을 느끼며 반사적으로 얼굴을 들었다. 뒤돌아보니 소이탄은 사원을 향해 우르르 떨어지고 있었다. 타닥타닥 터지며 흩어지는 파란 불꽃이 흰 벽이며, 추녀, 기와를 뚜렷이 드러내 보이면서 순식간에 타들어갔다. 시바타는 정신없이 묘지를 가로질러 뛰었다.

　묘지 밖에는 소나무와 상수리나무·떡갈나무 등이 울창하였고, 그 곳을 빠져나오자 오솔길이 가리워질 만큼 조릿대와 잡초가 우거진 습지대가 나타나고, 그 어둠 속을 손으로 더듬어 올라가니 구릉 정상이 나왔다.

층계 밭의 완만한 비탈 위에 이른 시바타는 무너지듯 쪼그리고 앉았다. 저편 시가는 이미 수십 군데에서 활활 화염을 뿜고 있었다. 그 곳으로부터 뭔가가 폭발하는 소리가 단발적으로 울렸다. 새로운 불길이 연달아 솟아오르고, 그리고 순식간에 퍼져나갔다.

공포가 사라지고 허무해진 시바타는 그 처참한 광경을 파노라마라도 보는 것처럼 멍하니 바라보았다. 쏟아지고 또 쏟아지는 예광탄의 꼬리, 뿜어 오르는 검은 연기, 타며 퍼지는 화염의 갖가지 색깔, 뚜렷이 떠오르는 후쿠야마 시의 모습. 우습게도 그것은 인공적인 조화의 극한을 보여주는 아름다운 광경이었다. 하늘에는 아직도 비행기의 사격 소리가 계속되고 있었다.

시바타는 움직이지 않았다. 움직일 수 없는 것은 아니었지만 허탈 상태에 빠져 움직이는 것마저 싫어 졌다. 모든 것이 이로써 끝나는 것 같았다. 갑자기 짙은 고독이 엄습해 왔다. 바비 해협에서 일곱 시간이나 해상을 떠다녔었다. 그 때도 이런 기분이었다.

문득 희미하게 여자의 음성을 들은 듯했다. 두 번째는 의외로 가까이서 그 여자 소리가 들렸다.

"어머니이."

시바타는 깜짝 놀랐다.

"어머니이."

그 소리는 어김없이 그 술집 여자 목소리였다. 그리고 그것은 암흑의 심연으로 끌려들어가는 듯한 슬픈 여운이 배어 있었다.

시바타는 일어서서 손나팔을 만들었다.

"이봐. 여기!"

"……살려 주세요. 살려 줘요."

시바타는 밭을 가로질러 목소리가 나는 쪽으로 내려갔다. 늪가에 나와 두렁에 빠지지 않게 주의하면서 어둠 속을 살피며 여자의 모습을 찾았다. 여자는 길 한가운데에서 까만 실루엣을 그린 채 조그맣게 앉아 있었다.

"어찌된 일입니까? 혼자서 이런 곳에 왔습니까?"
"시바타 씨군요."
 바싹 마른 쉰 목소리였다. 여자는 갑자기 시바타에게 매달렸다. 시바타는 여자의 손이 차가운 것에 놀라면서 앉아 일으켰다.
"불타 버렸어요. 모두 다. 전부 달아나 풍지박산이에요."
 여인은 절망적인 말투였다.
 시바타는 여자의 팔을 어깨에 걸치고는 방공호 쪽으로 걸어갔다.
"시부모도 다 소용없어요. 내가 어떻게 되든 전혀 신경도 안 썼다고요. 자기 혼자 달아나기에 바빠서는 ……. 빌어먹을!"
 여인은 헐떡이면서 시어머니 욕을 해댔다. ……여자의 병든 몸은 유난히 무겁고 환부는 쑤셔대 시바타에게는 먼길이었다.
 겨우 병원 환자 전용으로 만들어진 벼랑을 판 동굴식 방공호 앞에 도착해 보니 주위가 적막하고 사람 기척은 없었다. 시바타는 어쨌든 여인을 쉬게 하려고 캄캄한 호 안으로 들어갔다. 시바타가 첫발을 내디딘 순간 무엇엔가에 걸려서 비틀거렸다.
"누구야?"
 소리 지르자 나지막한 대답이 있었다. 그건 병사들이 취사장으로 쓰고 있는 농가집 노파였다. 병사들에 대해 묻자 모두 초등학교로 가 버렸다고 했다. 한 순간에 그들과 무관한 존재가 된 시바타는 더욱 안쪽으로 4, 5미터 들어가서 모포를 깔고 여인을 눕히고 그 곁에 함께 누웠다.
 여인은 깊은 한숨을 쉬었다.
"이젠 모든 게 끝났어요."
 시바타는 썰렁한 어둠 속에서 그 정적을 바라보듯 움직임이 없었다.
"이 의복은 한 벌밖엔 없어요. 내일부턴 거지예요."
 나지막이 중얼거린 여인의 말이었지만 시바타는 이제 그 말에는 아무런 슬픔도 배어 있지 않다고 생각했다.
 시바타는 망연히 이 정적을 즐기고 있었다.

여인이 몸을 뒤척이더니 그대로 미끄러지듯 어깨에 매달려 얼굴을 묻고 조용히 흐느끼기 시작했다. 여인의 체온과 눈물이 시바타의 지친 살갗에 기분좋게 스며 퍼졌다. 절망과 고독이 지친 두 육체를 융합시키고 있었다.

얼마 동안이나 그러고 있었을까, 시바타는 남성이 느끼는 가슴의 두근거림도 없이 돌아누우며 한 팔을 허리로 돌려 여인의 얼굴에 얼굴을 가까이했다. 여인의 입술은 눈물에 젖어 있었다.

'OO거리도 성하진 않았을 텐데. 도다란 놈, 창기를 안은 채 타죽어 버렸을까?'

그런 상상이 얼핏 뇌리를 스쳐갔다.

순식간에 화염에 싸인 유곽에서 재빨리 뛰어나온 기리히토가 쏟아지는 소이탄도 아랑곳없이 쏜살같이 달려간 곳은 육군 병원의 식량 창고였다. 시가에서 떨어져 이시다 강가에 있는 방직 공장 창고가 그것이었다.

기리히토는 위생병이 식량을 가져오는 데 이틀이나 늦은 걸 참지 못하고 자진해서 자기가 수령하러 갔다가 많은 식량을 목격한 터였다. 기리히토는 설탕이 가득 찬 큰 마대 하나를 리어카에 싣고 오카야마로 이어지는 도로를 부지런히 달리고 있었다.

여명이 밝아오고 있었다.

사람의 노래

전쟁이 끝나고, 폐허 속에서 모든 것이 새롭게 시작되는 가운데, 기리히토는 남다른 삶의 지혜를 가지고, 넘어졌다 일어서기를 반복하면서 일본에서 제일 가는 자기 성을 쌓겠다는 꿈을 이루기 위해 늘 새로운 발걸음을 내딛는다.

1

 소화 20년 8월 15일. 일본은 드디어 무조건 항복을 했다.
 그날 낮 12시에 전파를 탄 천황의 목소리는 전국민에게 포츠담 선언을 수락하는 뜻을 고했지만, 잡음이 웅웅거린 덕분에 항복하는 건지 아직 항전하는 건지 제대로 전달이 되지 않았다. 어떤 부대에서는 부대장이 이렇게 말했다.
 '이 말을 요약하면, 천황 폐하께서는 더욱더 전국민이 한덩어리로 뭉쳐서 연합군을 격멸하고야 말리라는 결의를 새롭게 할 것을 말씀하신 것이다.'
 이 칙서야말로 조금만 문구를 바꾸어 놓으면 순식간에 전의 양양을 위한 선동적인 내용이 되었다.
 순진한 국민들 가운데는 니주바시(궁성에 놓은 다리) 앞에서 주린 배를 끌어안은 지저분한 행색으로 땅바닥에 앉아서 슬피 울었던 자도 있었다. 그러나 대부분의 국민들은 방공호 속에서 기어나와 눈부신 늦더위의 태양 때문에 지친 몸으로 한숨 돌릴 틈도 없이 밀어닥친 기아와 싸우지 않으면 안 되었다.
 도처에서 패전이라는 현실이 갖가지 비극을 불러일으켰다. 우익의 항전파가 궁성 앞에서, 또는 아타고 산에서 집단 자살을 했다. 또 여자도 섞인 황국 의용군이 시네마 헌청을 습격해서 엉망으로 부숴 버리기도 했다.
 군부 지배자들은 기아에 허덕이는 국민 생활을 외면하고 어떻게 하면 단체를 유지할 것인지 무익한 구수 회의만을 거듭했다.

히가시구니노미야 나루히코를 수상으로 한 내각이 탄생했다. 시게미쓰 마모루・요나이 미쓰마사・고노에 후미마로・나카지마 치쿠헤이・오다카 다케도라 등이 요직에 앉았다.

17일에는 학도 동원이 폐지되었다.

20일에는 등화 관제가 해제되어 화염이 휩쓸고 간 거리에 드문드문 등불이 되살아났다.

21일에는 국민 의용대가 해산했다.

정부는 '일억 총 참회'라는 표어를 만들어 패전의 책임을 국민들에게도 지우려 들었다.

30일에는 맥아더가 바탄호로 아쓰키 비행장에 도착했다.

손으로 잡으면 한 줌에 들어올 듯한 솜구름이 뜬 가을 하늘만이 예나 지금이나 변함없었다. 지상에는 참담한 초토의 경치가 잔인하게 펼쳐 있었다. 사람들도 모두 스러진 것처럼 그림자조차 없고, 시가를 관통하는 큰 거리가 어스름하게 빛나고 있었다. 그 거리 군데군데 앙상하게 뼈만 남은 전차의 유해가 드러누워 있었다.

이세다 나오마사는 기모노 차림으로 손을 품에 넣은 채 불타 버린 오카야마 성지에 망연히 서있었다. 남아 있는 것은 돌담뿐이었다. 성채가 솟아 있던 곳은 어느 새 깨끗이 정리되어 널따란 공터로 변해 있었다.

'부귀 영화 뒤에는 쇠퇴가 뒤따르기 마련이다.'

옛말이 나오마사의 뇌리에 떠올랐다. 나오마사는 단 한 번도 입 밖에 낸 적은 없지만 오성이라고 불리는 검은 오카야마 성의 자태를 사랑하고 있었다. 자기는 결국 성주의 후예에 어울리는 인간은 아니었지만, 그 자태를 보고 있노라면 성주의 긍지가 가슴 속에 전해지는 것을 항상 느꼈다.

조상들의 영웅적인 행적을 동경하거나, 그 긍지를 이어받고 있는 자기를 과시하는 것은 정말 부끄러운 일이었다. 나오마사는 자신의 그런 비속한 근성이 남에게 알려지는 것은 죽어도 싫었다. 그러나 분명히 이 나이가 될 때까지 그것을 간직해 온 나오마사였다. 영주의 후예라는 긍지

가 이 같은 허무주의자로 만들었는지도 몰랐다. 그는 자기의 허무주의 따위는 곰팡내 나는 옛 증서와 같은 거라고 생각했다.

지금 흔적도 없이 사라져 버린 오성의 성터에 선 나오마사의 감개는 허무주의자에 어울리지 않게 매우 감상적이었다. 차라리 소년처럼 땅바닥에 웅크리고 앉아 양손으로 얼굴을 감싸고 훌쩍거리며 울고 싶었다.

그러나 황량한 공터에 말없이 시선을 던지며 움직이지 않는 나오마사의 모습은 그의 심장과는 달리 퍽이나 음산하게 보였다. 장발에 덮인 창백한 얼굴은 이목구비가 준수한 만큼 오히려 음산함을 더 했다. 깡마른 몸집은 시인 오카모토 가노코의 표현을 빌린다면 '병든 두루미'였다. 그의 가슴 속에서 소용돌이치고 있는 감상의 부스러기마저도 이 사나이 속에 있을 것 같지 않았다.

"……너무 오래 살았어."

아사히 강가에 내려가 고라쿠엔 뒤편의 산책길에 접어든 나오마사는 인적이 끊어진 세계에서 이상한 시원스러움을 느끼고 있었다.
 이윽고 고라쿠엔 입구에 와서야 비로소 나오마사는 사람을 만날 수 있었다. 젊은 여자였다. 수건을 눌러 쓴 감색 무명바지 차림이었지만, 엉겅퀴꽃을 들고 고라쿠엔을 나오는 모습이 나오마사의 눈에는 기품 있는 아름다운 자태로 비쳤다. 모든 사람이 먹을 것을 찾으러 혈안이 된 세상에 꽃을 꺾어오는 풍류심이 나오마사를 미소 짓게 했다.
 '세상을 싫어하는 마음, 엉겅퀴를 사랑하고 싶구나.'
 씨키의 시에 그런 노래가 있다. 정조가 굳은 미망인의 모습을 담은 꽃이라고 했다.
 '젊은데, 남편이 전사라도 한 걸까?'
 나오마사의 시선을 느꼈는지 여인은 얼굴을 들었다.
 "아."
 작은 감탄사를 토하며 뚫어지게 응시하고 있던 여인은 나오마사가 얼굴을 돌려 지나가려 하자 다급하게 불렀다.
 "도련님!"
 나오마사가 뒤돌아보았다.
 "……?"
 새삼 그 얼굴을 쳐다보았다. 본 적이 없었다. 미인은 아니지만 그늘에 드리운 갸름한 얼굴은 나오마사의 기호에 맞았다.
 "모리타 지즈코입니다."
 여인이 그렇게 이름을 밝히며 공손하게 고개를 숙였지만 아직 나오마사의 기억은 되살아나지 않았다. 여인은 나오마사의 표정을 보고 미소 지으며 말했다.
 "기억 못하시는 것도 무리는 아니지요. ……벌써 십 년도 넘었으니까요. 모리타 의원의 딸입니다."
 "아아……!"
 나오마사는 고개를 크게 끄덕였다. 모리타 아무개는 이세다 후작가의 서생의 한 사람이었다. 꽤 수재여서 6고(제6고등학교)와 오카야마 의대를 수석으로 졸업, 일찍이 박사가 되어 후작가의 시의로 평생을 보낸 인물이었다. 의원을 개업할 자금도 이세다 후작가에서 마련해 주었다.

나오마사가 고등학생일 때, 기방 출입을 해서 좋지 못한 병을 얻어 모리타 병원에 1개월쯤 다닌 적이 있었다. 모리타에게는 여학교에 다니는 외동딸이 있었다. 그 땐 2학년이나 3학년 정도 됐었다. 어느 날 저녁때 나오마사가 찾아가니 주인 내외도, 간호부도 외출하고 여학생 혼자 집을 지키고 있었다. 진찰실에 들어간 나오마사는 일시적 기분으로 약용 알코올을 마시면 어느 정도 취할까 시험해 보았다.

얼마나 마셨는지 어지간히 취해 버린 나오마사는 차와 과자를 가지고 온 세일러복을 입은 귀여운 여학생을 보자 갑자기 흥분을 느꼈다. 진찰대 위로 밀어붙이며 억지로 입을 맞췄는데, 저항을 받았는지 비명을 질렀는지 전혀 기억이 없었다. 기분좋게 자다가 눈을 떠보니 자기가 진찰대 위에 바로 누웠고, 모리타 박사가 웃으면서 내려다보고 있었다.

'그래, 그 여학생이 이 여자인가.'

나오마사와 지즈코는 자연스럽게 어깨를 나란히 하고 고라쿠엔 다리를 건넜다.

"그 때는 미안했소."

나오마사는 앞을 본 채로 사과했다.

"아니에요."

지즈코는 고개를 젓고 나서 얼핏 나오마사의 옆얼굴을 훔쳐보았다.

"당신에게 입을 맞춘 것까지는 기억이 나는데, 혹 다른 일이라도 있었소?"

"그런 일을 이제 새삼……. 먼 옛날의 일이에요."

어느 쪽으로나 받아들일 수 있는 대답이었다.

"결혼했소?"

"네. 주인도 오카야마 의대를 나왔는데, 소집되어 버마에서 돌아가셨습니다. ……지금은 원래 도련님이 살고 계시던 그 저택에서 어머니와 함께 살고 있습니다."
"병원이 못 쓰게 됐소?"
"네……. 저어, 언제 시간이 나면 한번 찾아주세요."
나오마사는 멈추어 섰다.
"내가 밉지 않소?"
지즈코는 미소 지었다.
"싫었던 사건도 세월이 흐르면 어느덧 그리운 추억으로 바뀌게 되죠."
'나보다 훨씬 인간이 됐어!'
나오마사는 가볍게 고개를 숙였다.
"언제 한번 찾아가지."
"기다리고 있겠습니다."
나오마사는 지즈코와 헤어져 철교를 바라볼 수 있는 제방으로 무심한 발길을 돌렸다.
'혹시 그녀를 범한 것이 아니었을까?'
10년도 훨씬 넘은 사건을 자꾸만 생각해 내려고 했다. 설사 그렇지는 않았다 해도 파렴치한 폭력을 휘두른 것만은 틀림없을 것이다. 나오마사는 평생 잊지 못할 모욕을 받은 원한도 증오도 조금도 품고 있지 않는 여자의 차분한 태도를 이해할 수 없었다.
나오마사는 조그마한 사당 가까이까지 걸어와서야 문득 현실로 돌아왔다. 사당 앞에 웅크리고 앉아 손뼉을 치고 있는(신불에 기원할 때의 행위) 남자를 발견했기 때문이다. 나오마사의 여위고 창백한 뺨에 미소가 스쳤다. 나오마사는 그대로 거기 멈춰서서 사내가 일어나기를 기다렸다.
사나이는 열심히 묵도를 올린 뒤 이번에는 팔을 뻗쳐 사당 속에서 대흑천상을 꺼냈다. 그리고 자꾸만 이리저리 돌리며 모양새를 뜯어보는 것이었다.
"정말 나를 닮았나, 닮았다면 닮은 것 같기도 하지만……"

"닮았고말고!"

나오마사였다.

힐끗 쳐다본 사나이는 눈을 껌벅이다가 크게 뜨고 쳐다보았다.

"도련님! 거 거기 계셨어요?"

대흑천상을 안은 채 기리히토가 급히 다가왔다. 이들의 만남은 실로 10년 만이었다.

"이, 이제 막 히가시야마의 저택으로 뵈 뵈오려 가려던 참이에요……. 도련님이 돌아오셨을 거라고 생각하고 있었지요!"

기리히토는 흥분한 나머지 더듬거렸다. 나오마사는 그 팔 안의 대흑천상을 턱으로 가리켰다.

"그거 네 아비가 만든 것이지?"

"그래요. 오사카에서 솜장수를 하던 사나이가 통제 덕분에 먹고 살 수 없게 되어 이 곳으로 돌아왔을 때 이놈을 보고 착안해서 대흑식부인 국민복을 만들어 큰 벌이를 했대요. 그래서 이 대흑당을 지었답니다만, 이번에는 제가 빌어서 운이 돌아오게 해야지요……. 아, 참! 도련님. 도련님이 주신 돈이요, 몽땅 날렸어요. 그리고 바로 군대에 갔죠. 죄송합니다. 이제부터 한번 단단히 결심하고 일하겠어요."

한참을 그렇게 떠들던 기리히토는 황망히 대흑천상을 사당 안에 안치해 두고 꽤 무거워 보이는 짐을 둘러멨다.

"너, 선박병으로 남방에 가 있었다지. 용케 살아남았구나."

"죽을 수가 없었어요. 할 일이 있으니까요. 도련님이야말로 용케 일본으로 돌아오셨어요. 전쟁은 끝났고, 이렇게 다시 만났고, 정말 이제부텁니다."

기리히토는 힘차게 말하고 나서 언덕을 바라보았다.

"오성은 타 없어졌지만 그 대신 제가 새 성을 지어 드리겠어요!"

"그러나 이제 내게는 너에게 줄 자금이 없어."

"천만의 말씀입니다. 자금은 제가 만들겠어요……. 자, 보세요. 이 걸로 할 수 있어요."

기리히토는 등에 멘 짐을 흔들어 보였다.

"뭐야 그건?"

"설탕이에요, 설탕! 후쿠야마가 공습당하는 틈을 타서 육군 병원 창고에서 들고 나왔지요. 이것만 있으면 무엇이든 구할 수 있다고 생각하지요……. 도련님, 다카 아주머니께 단팥죽을 끓여 달라고 합시다요."

"……."

한 줌의 설탕이 다이아몬드보다도 귀중한 시대였다. 몇 십 킬로나 되는 이 설탕은 머리만 잘 쓰면 마술 같은 효력을 나타낼 게 틀림없었다.

"설탕을 자금으로 해서 성을 쌓는다."

나오마사는 쓴웃음을 지었다.

"도련님. 이제부터 세상이 어떻게 되는지 가르쳐 주세요. 거기 따라 저도 일을 선택해야 될 것 같은데요……."

"세상은 민주주의가 득세할 게다. 덕분에 생존 경쟁은 격렬해지겠지. 그건 어느 시대나 같은 법칙이겠지만……."

"나도 그런 놈 중의 한 사람이 될 수 있을까요?"

"될 수 있을 거야."

"그런데 그……, 민주주의란 놈 말입니다. 어떤 형태의 것일까요?"

"하고 싶은 일을 할 수 있다는 것이다."

"하고 싶은 일을! 그것 참 좋네요! 그렇지만 그거 정말일까요?"

"내 짐작으로는 아마 그렇게 될 거다."

나오마사는 대답하고 나서 잠시 생각하더니 턱짓으로 설탕을 가리키며 말했다.

"단팥죽은 필요 없고, 그 설탕 두세 공기만 다오."

"얼마든지 드리죠. 뭣하시게요?"

나오마사는 그것을 남쪽 저택에 살고 있는 모리타 지즈코라는 여자에게 갖다 주라고 말했다. 그 여자에 대한 나오마사 나름의 보상이었다.

2

 사흘이 지났다. 기리히토는 다시 상경하기 위해 오카야마 역으로 나갔다. 역은 몹시 붐비고 있었다.
 11년 전, 기리히토가 고향을 떠날 때는 여행 가방 대신 아버지가 남겨준 초라한 봇짐을 메고 있었다. 우등 차표를 얻을 수 있었으니 출발부터 운이 좋았다고 생각했다. 이번에는 봇짐 대신 나오마사한테 얻은 배낭을 메고 있었다.
 그 때는 제일중학의 모자를 쓰고 있었지만, 지금은 군모를 쓰고 있었다. 기리히토는 끝없이 장사진을 치고 있는 승객들은 아랑곳없이 구내에 들어갔다. 차표는 3등이지만 어김없이 미리 구해 두었고, 줄을 서지 않아도 개찰구를 들어갈 수 있었다. 군대 밥통 하나만한 설탕이 역장을 비롯한 10여 명이 넘는 역원의 입맛에 미친 효과는 절대적이었다.
 기리히토는 오카야마로 돌아오면서 설탕을 비싸게 팔아서 새로운 장사 밑천으로 할 속셈이었다.
 그런데 전쟁 중에도 피해를 입지 않은 히가시야마 고개 근처의 이세다가의 산장에서 단팥죽을 먹으면서 모두가 무사히 살아남은 것을 축하하는 자리에서였다. 나오마사가 말했다.
 "기리히토. 너는 설탕을 팔아서 돈을 만들 생각이겠지만 그건 그만두는 편이 좋겠구나."

"어째서입니까? 지금이야말로 엄청나게 벌 수 있는 기회잖아요. 하나에 10원은 받을 수 있을 텐데요."

나오마사는 고개를 저었다.

"지금은, 적어도 이제부터 3, 4년 동안은 돈보다 물건이 귀한 시대가 된다. 원시적인 물물교환 시대가 되는 거야……. 역에 가서 10배의 돈을 낸다고 해도 도쿄행 차표는 팔지 않는다. 하지만 이 단팥죽을 역원들에게 대접하면 간단히 차표를 구할 수 있을 게다. 한번 해 봐라."

이튿날에 기리히토는 즉시 그렇게 해 봤다. 나오마사의 말대로였다. 패전한 조국은 돈이 아무리 많아도 주린 배를 허덕이고 있었던 것이다. 남아 있는 것이 없었다. 정말 놀랄 만큼 이 땅에는 아무것도 없었다. 내일은 말할 것도 없이 지금 당장 먹을 것이 없었다. 한 줌의 옥수수와 콩깨묵으로 만든 죽이 암시장에서는 날개 돋친 듯 팔렸다.

방공호나 움막 속의 생활은 참담했다. 도쿄의 세타가야에서는 굶주린 들개 떼한테 습격당해서 한 중년 부인이 물려 죽는 참극마저 일어났다. 그러나 방공호에서나마 지낼 수 있는 사람은 그래도 행복한 편이었다.

수십만의 사람들이 지붕도 없는 역의 어두컴컴한 대합실이나 지하도, 육교 밑, 불탄 자동차 안이나 사찰 처마 밑에 희망도 없이 기거하고 있었다. 부모를 잃은 아이들은 부서진 기왓장을 뒤적이며 차츰 야성화되어 갔다.

통계에 의하면 패전한 해 가을, 실업자가 448만 명에 달했다. 게다가 제대한 뒤 특별한 생계 대책이 없는 사람이 761만, 재외 귀환자 150만, 총계 1,359만 명의 실업자가 아무것도 없는 초토에서 아우성치고 있었다. 이들은 자기와 가족을 먹여 줄 장소를 찾아서 필사적으로 발버둥을 쳐야 했다.

창문의 유리조차 깨진 다 낡아빠진 열차는 거의 야수화된 인간들을 꽉 꽉 싣고 철길 위로 달리고 있었다. 열차가 플랫폼에 들어서기가 무섭게 승객들은 깨진 창문으로 고함을 지르며 꾸역꾸역 밀려나오고 밀려들어갔다. 기리히토도 창문으로 기어들어갔다. 사람의 등을 밟거나 머리를 차는 것은 예사였다.

좌석 사이사이며 통로가 삶에 지친 얼굴들로 빽빽이 메워져 있었다. 사람 위에 사람이 겹쳐져 오히려 그물 선반 위의 짐짝이 편해 보였다. 그 속에 자기 엉덩이를 들이밀려면 여간 뻔뻔스럽지 않으면 불가능했다.

기리히토는 한쪽 발로 통로에 서서 흔들릴 때마다 앞에 웅크리고 있던 여자의 어깨를 붙잡았다. 기리히토는 이런 끔찍한 여행이 조금도 고통스럽지 않았다. 아니, 어쩐지 오히려 유쾌하기조차 했다.

일본사람 전체가 공평하게 비참한 상태에 빠져 있다는 것이 재미있었다. 누구나 새로 시작해야만 하는 것이다. 그것은 분명 유쾌한 일이었다. 노력과 재간과 운으로 어떤 인간이 어떤 사업으로 얼마만한 부를 취하게 될지 아무도 예측할 수도 없었다. 기리히토는 이 전쟁이 마치 하느님이 빈부 격차가 심한 이 세상을 뒤집어놓기 위해 일으킨 것처럼 생각되었다.

일단 시작을 같이했으면 생존 경쟁에서 패배해도 그 사람은 이미 하느님을 원망할 처지가 못 된다고 생각했다. 교묘하게 그 찬스를 잡아 올라서는 인물이야말로 크게 성공하는 것이다.

지금도 이 생지옥에 가까운 열차 안에서도 정말 기분좋은 듯이 편안하게 누워 있는 사람도 있었다. 그물 선반과 선반 사이의 공간에 해먹(매단 침대)을 매달아 거기 누워 있었다. 거기 누워 있으면 눈 아래의 생지옥은 강 건너 불구경감이었다.

기리히토는 한 발로 몸을 지탱하면서 해먹을 쳐다보았다. 감탄스러웠다. 눈길을 돌리려 했을 때였다.

'아니?'

기리히토의 눈이 커졌다. 그의 옆얼굴이 눈에 익었다. 유난히도 발달한 콧날과 광대뼈의 생김생김이 미타무라 소우키치가 틀림없었다. 기리히토는 순간 이 너무나도 우연스러운 만남에 아연해졌다.

11년 전에 고향을 떠나는 차 안에서 처음 알게 된 사람이 이 인물이었다. 도쿄로 가던 중 교토에서 내렸다가 뜻밖에도 열차 안에서 다시 만난 사람!

기리히토는 그냥 우연이라고는 생각되지 않았다.

"미타무라 씨."

불쑥 고개를 치켜든 소우키치는 의아한 듯 기리히토를 바라보았다.

"접니다. 도다 기리히토요."

기리히토가 이름을 대자 소우키치는 큰 눈을 부라렸다.

"오오! 일제 그리스도! 반갑구나!"

큰 소리를 지르며 소우키치는 한 팔을 뻗쳐 기리히토와 힘차게 악수를 나누었다.

"어찌 지냈나? 군대엔 갔었고?"

"갔었습니다."

"무사해서 다행이군. 난 만주에서 간신히 목숨만 부지해서 도망쳤지. 군인의 마지막 용기였지, 하하하. 모든 것이 다 끝난 거지. 시원스러워 좋더구나. 네놈도 다시 시작하는구나."

"다시 한 번 도쿄에서 재출발할 겁니다."

"어때, 이번에도 교토에서 내리지 않겠나. 교토만은 옛날 그대로야."

"나는 돌 정원도, 중년 기생도 힘에 겨워요."

"허허허, 이거 한대 맞았군. 이번은 교토에 내리는 목적이 달라."

"뭔데요?"

"돈벌이다."

"어떤 돈벌인데요?"

"기밀이야. 어쨌든 함께 가자고. 네놈은 좋은 짝이 될 게다. 이봐, 그 배낭을 이리 올려라."

소우키치는 양팔을 뻗쳐 받아들었다.

"무거운데 뭐가 들었나?"

"비밀입니다."

기리히토가 웃으며 대답했다.

"음, 뭔가 꿍꿍이속이 있구먼. 그 기백이 좋았어."

이 때 기리히토 앞에 웅크리고 있던 여자가 못 견디게 힘든지 신음 소리를 냈다. 기리히토가 들여다보니 얼굴이 창백했다. 서른 안팎의 수줍음 많은 주부 같았다.

"왜 그러세요?"

"……."

여자는 대답할 기력도 없는지 고통스러운 표정을 더욱 일그러뜨릴 뿐이었다.

"어디가 아프세요? 지병이라도 있나요?"

"……."

"임신이라도 하셨나요?"

"……."

주부는 고개를 저었다.

"몸이 좋지 않군요. 제게 약이 조금 있어요."

기리히토는 후쿠야마 육군 병원 창고에서 설탕과 함께 약품도 훔쳤던 것이다. 마취제도 포함된 상당한 물건이었다.

"이봐, 그건 병이 아니야."

해먹 위에서 여자의 안색을 살피던 소우키치가 말했다.

"내놓아야 할 것을 내 놓으면 깨끗이 낫는다."

"네?"

기리히토는 소우키치를 쳐다보며 고개를 갸우뚱거렸다.

"이해가 느린 놈이군."

소우키치는 쓴 웃음을 지으며 공기 베개와 잭나이프를 훌쩍 기리히토에게 던졌다.

"거기다 시켜라."

겨우 납득한 기리히토는 앉아 있는 주부의 귀에 자기의 입을 갖다 대고 속삭였다.

"엉덩이를 들고 바지 끈을 푸세요."

이제는 도저히 참을 수 없는 지경에 이른 그 여자는 기리히토의 말에 망설일 여유가 없었다. 하긴 주위의 승객들도 남의 형편을 차분히 바라볼 여유를 가진 자는 한 사람도 없었다.

여자가 엉덩이를 들자 잽싸게 기리히토는 그녀가 궁둥이를 대고 있던 신문지 위에 발을 들여놓았다.

어정거리다가는 주위 사람들이 그 빈틈을 순식간에 메워 버리기 때문이었다. 손발이 비틀려졌으면 비틀린 채 참아야 했다. 차 안은 마치 통조림 상태였던 것이다.

기리히토가 여자와 바꾸어 앉아 엉덩이를 붙이고 그 위에 그녀를 앉혔다. 그것조차도 손쉬운 일이 아니었다. 그리고 나서 바지와 팬티를 벗기고 입을 잘라서 벌린 공기 베개를 위치에 들이대는 작업은 그야말로 큰일이었다.

여자가 자기 손으로 그렇게 할 여유는 없었을 뿐 아니라, 급하다고는 하지만 부끄러운 모양을 사람들 앞에 드러낼 수는 없는 일이었다. 되도록 은밀하게 기리히토의 무릎 위에서 궁둥이만을 드러내고 볼 일을 봐야 했다.

기리히토는 끝내 바지를 벗길 수가 없었다. 기리히토가 땀이 뻘뻘 흐르는 이마를 손으로 닦았을 때였다.

"나이프로 바지를 째 버려."

소우키치의 말이었다. 기리히토와 소우키치는 얼굴을 마주보며 빙그레 웃었다.

엉덩이 아랫부분의 바지와 팬티를 터서 넓히는 것은 멋진 착상이었다. 그렇게 하면 주위의 시선을 모을 염려도 없었다. 기리히토는 그 부분을 살금살금 더듬었다. 여자는 거의 실신 상태여서 그 더듬는 손길에도 수치심의 반응을 보일 여유도 없었다. 대강 짐작으로 그 부근에 공기 베개의 주둥이를 들이대고 말했다.

"자, 됐어요."

……액체가 힘차게 방출되는 소리가 들린 것은 그로부터 3, 4분 후였다. 주부는 양손으로 얼굴을 감싼 채 꼼짝도 하지 않았다. 그녀에게 다행스러웠던 것은 서너 자리 너머 저편 좌석에서 귀향하는 군인과 한국사람이 맹렬한 싸움을 시작한 때였다. 방사를 마친 여자는 순식간에 생기를 되찾았다.

"고맙습니다. 정말 고맙습니다."

여자는 눈물까지 글썽이며 인사를 했다.

기리히토는 미지근하게 부푼 공기 베개의 주둥이를 묶고 나서 소우키치를 쳐다보며 장난스럽게 웃었다.

"돌려 드릴까요?"

"웃기지 마."

소우키치는 웃으며 누워 버렸다.

그대로 기리히토는 주부를 무릎에 얹은 채 열차의 흔들림에 맞춰 몸을 흔들며 가게 됐다. 기리히토와 여자의 이런 모양새가 확실히 정상은 아니었다. 하물며 기리히토는 성인 군자도 아니며 양식을 가진 노인도 아니었다. 혈기 왕성하고 야심에 불타는 여자를 매우 좋아하는 젊은이였다.

'야단났군, 이것 참!'

기리히토가 콧망울을 불룩거리며 난처해 있을 때는 이미 히메지를 지났을 무렵이었다. 기리히토의 의사와는 상관없이 사타구니의 남성이 변화를 일으키고 있었다.

'도저히 안 되겠어.'

쇠막대기처럼 경직해서 바위라도 들어올릴 듯한 힘으로 뒤로 젖혀진 것이다. 여자가 이 변화를 느끼지 않을 리 없었다. 그녀가 느끼면서도 꼼짝도 하지 않았던 것은 수치심 때문이었을까, 아니면 생명의 은인에 대한 예의였을까? 하긴 몸을 움직여 보았자 상황이 달라지는 것도 아니었다. 히메지역에서 마구 밀고 들어온 승객 때문에 이젠 얼굴조차 제대로 둘릴 수 없는 지경이었다.

아무튼 여자의 그 부분은 잭나이프로 바지와 팬티를 터서 드러난 채였던 것이다. 변화를 일으킨 남성의 상징은 정확히 그것을 향해 일어서 있었다.

한 시간 후, 열차는 고베 역에 진입했다. 그 때 여자가 작은 비병을 질렀다. 그러나 그 슬픔이 배인 듯한 가냘픈 몸부림은 내리려는 자와 타려는 자가 밀고 밀리는 소용돌이 속에 말려들고, 누구 하나 그들을 거들떠보는 사람이 없었다.

3

"구제할 길이 없다는 말은 교토의 놈들을 위해 만들어진 것 같군요, 부인."

미타무라 소우키치가 묵고 있던 옛 친구 집에 저녁때 돌아와서 한 첫마디였다. 어제 교토에 내린 소우키치는 기리히토를 데리고 이 집을 찾아와 이삼일 묵기를 청했다.

사쿠라키는 3고 시절의 동창으로 지금은 〈마이아사〉 신문 교토 지국장으로 있었다.

"뭘 할 거야?"

사쿠라키가 묻자 소우키치는 싱글거리며 대답했다.

"돈벌이."

"돈벌이? 이 교토에서 말인가?"

"그렇지. 일본을 통틀어 타지 않고 남은 유일한 대도시 아닌가."

"돈벌이라면 오히려 불타 버린 도쿄나 오사카 쪽이 하기 쉽겠지."

"아니지. 내 생각엔 이 교토가 시작하기에 가장 좋아."

"그런데 일본을 통틀어 외지 사람이 돈을 벌기가 제일 힘든 곳이 바로 여길세."

교토 지국에 근무한 지 15년이 넘는 사쿠라키는 말했다.

"자네는 타지 않고 남은 유일한 대도시라고 말랑하게 생각하는 모양인데 그럴수록 더욱 더 교토 사람들은 외지 사람들이 들어올 틈을 주지 않도록 단단히 경계하고 있다는 걸 알아야 해. 자네 계획은 허무하게 수포로 돌아가기가 쉬워."

"어쨌든 두고 보라고! 이 정도면 괜찮지 않겠나."

소우키치는 자신 만만하게 가방 속에서 100만 원 묶음 몇 다발을 집어내 보였다.

사쿠라키는 웃으며 머리를 저었다.

"글쎄, 그게 얼마만큼 이 교토에서 위력을 발휘할지 의문이군."

과연 소우키치는 오늘 하루, 다리가 뻣뻣해지도록 돌아다닌 끝에 사쿠라키의 말이 틀림없다는 것을 뼈에 사무치도록 통감한 것이었다.

소우키치는 니시징오리(교토 명산 직물)를 매점하리라 생각했었다. 게다가 가장 호화스러운 것으로 그런 사치스런 직물을 굶주린 사람들이 거들떠 볼 리도 없었다. 소우키치는 연달아 바다를 건너오는 미군 고급 장교 부인을 염두에 두고 있었던 것이다. 서양 여자들이 일본에 와서 우선 갖고 싶어하는 것은 진주와 기모노라고 소우키치는 나름대로 추측하고 있었다. 확실히 그 판단은 정확했다. 그러나 니시징 도매상들은 소우키치가 들이민 돈다발을 보고도 서로가 협정이라도 맺은 듯이 눈썹도 까딱하지 않았다.

"요즘 같은 시절에 재고품이 어디 있습니까?"

대답도 판에 박은 듯 똑같았다.

'처음 보는 외지 사람이 내미는 지폐는 위조 지폐로밖에 보이지 않는 모양이군.'

소우키치는 체념할 수밖에 없었다.

"역시 안 되겠군요."

사쿠라키의 부인이 미소지으면서 얘기했다.

"교토는 몇 년 정도 살아서는 마음 놓을 수 없는 곳이에요. 아주 친하게 지내는 집에 가서도, 점심때가 되서 작별 인사를 하려 하면 제발 물에 만 밥이라도 먹고 가라고 권합니다. 그야말로 친절한 말투며 태도가 간절해. 모처럼의 호의라 생각하고 주저앉게 되면 이게 큰일이에요. 나중에 형편없는 험담을 듣게 되지요. 어쩜 그렇게 뻔뻔스런 사람이냐고요. ……벌써 준비해 두었다고 하는 것은 새빨간 거짓말이에요. 그게 듣기 좋은 사탕발림이라는 것을 알아차리고, 대접받고 싶은 마음은 태산같지만 지금은 볼 일이 급해서 요다음 기회에 꼭 대접받고 싶다고 맞장구치는 요령을 터득하지 않으면 이 교토에서 살아갈 수 없지요."

"흠!"

소우키치는 입을 꾹 다물고 고개를 설레설레 저었다.

"곤란한 곳이군요."

"옛날부터 관광 수입에 의존해서 성장한 도십니다. 외지 사람들은 유람하다 돈을 던져 주고 가는 곳이라는 관념 때문에 무슨 일에나 공치사를 하죠. 그리고 떨어뜨린 돈을 줍기 위해서는 어떤 시늉이라도 하지만, 자기가 돈을 내는 형편이 되면 움츠러들어요. 근처에 부모 때부터 출입하던 가게가 있어도 같은 물건을 십 리 밖 가게에서 1전이라도 싸게 파는 것을 알게 되면 그쪽으로 사러 갑니다."

"의리고 인정이고 나발이고 이득을 위해서는 아무 상관이 없다, 이 말이군요."

"이를테면 그렇죠. ……미타무라 씨는 정직하게 나시징오리를 매점하고 싶다고 도매상에게 말씀하셨지요?"

"그렇습니다. 아무리 비싸게 불러도 상관없다고 말했지요."

"도매상 편에서는 외지인인 주제에 교토로 돈 벌러 왔다고 생각하고 경계한 거죠. 외지 사람은 그냥 스쳐가는 존재잖아요. 미아무라 씨가 교토의 기생이라도 거느리고 이 아이에게 입혀주고 싶다고 말씀하셨더라면 기꺼이 내보였을 거예요."

"항복했어!"

소우키치는 자기 이마를 가볍게 때렸다.

"그나저나 기리히토는 왜 이리 안 오나."

기와라 거리 한 공터에서 장이 섰는데, 그 한 구석에서 기리히토는 밀감 상자를 대여섯 개 늘어놓고 고구마양갱을 팔고 있었다. 그러나 보통 고구마양갱이 아니었다.

그 위에다 서리가 내린 것 같은 새하얀 설탕을 뿌려 놓은 것이 특색이었다. 그리고 설탕을 수북이 담은 사발 네 개를 고구마 양갱 사이사이에 놓고, 가끔 집어서 고구마양갱 위에 훌훌 뿌려 주었다.

기리히토는 아침 일찍 교토 역전 선물 가게에 가서 그 고구마양갱을 샀다. 사람들이 아무리 굶주렸다 해도 고구마에는 이젠 질려 있었다. 하루 세끼 꼬박꼬박 수제비와 고구마를 먹는 사람들이었다. 양갱마저 고구마로 만든 것은 질색이었다. 선물 가게에는 팔리지 않는 고구마양갱이 쌓여 있었다. 그것을 헐값에 사들인 기리히토는 이 시장에서 좌판을 폈다.

"자, 오세요. 젊은 여자 몸같이 새하얀 설탕을 잊으신 분은 없겠죠."

큰 소리로 외쳐대며 기리히토는 수북이 담은 설탕을 혀로 한번 핥아 보였다.

"어이, 달다! 목숨이 10년은 길어지겠다."

리듬감 있게 울려퍼지는 그의 외침에 사람들이 순식간에 모여들었다.

"줄을 서요! 줄을 서! 한 사람 앞에 한 개씩밖에 팔지 않습니다."

다투어 내미는 지폐가 들린 손을 떨쳐내며 기리히토는 그렇게 말했다. 기리히토의 좌판을 향해 이어진 장사진은 공터를 가로질러 큰길에 이르고 있었다.

기리히토는 서둘지 않고 한 개 한 개 신문지로 만든 봉지에 넣어서 건네주었다.

"그 사발에 있는 설탕은 팔지 않는 거요?"

한 사람이 물었다.

"꼭 그런 건 아니지만 이건 돈으로는 안 됩니다요. 여자, 젊고 예쁜 여자라야 되지요."

기리히토가 웃으며 대답하면 대부분 쓴웃음을 짓거나 찡그리며 물러갔다. 그러나 개중에는 흥정을 하는 사람도 있었다.
"어때, 우리 집 딸은 교토 제일 가는 미인인데."
"나중에 데려와요. 마음에 들면 세 사발에 거래하지."
"정말이지?"
"설탕이 좋다고 하지 않았소."
어느덧 양갱은 동이 나고 없었다. 더 사올 생각으로 일어섰을 때 불량기 짙은 젊은 사내 네 명이 다가왔다.
"형님, 아주 잘 버시던데요."
기리히토는 한눈에 불량배라는 것을 눈치 채고 빙그레 웃었다.
"덕분에요."
"여기는 하나바타파(派) 관할이란 걸 몰랐나?"
"몰랐는데요."
"몰랐다면 지금이라도 늦지 않아. 인사를 차려야지."
"어떻게 하면 될까요?"
"글쎄 설탕 1관 정도면 괜찮겠지."
"좀 비싸군."
불량배들은 기리히토가 벌벌 떨 줄 알았는데, 태연한 표정으로 맞받으니 김이 빠진 듯했다.
"비싸긴 뭐가 비싸! 눈 깜빡할 새에 엉터리 양갱을 다 팔아 엄청나게 벌었잖아."
기리히토는 유유히 사발의 설탕을 나오마사에게서 얻은 배낭 속에 도로 붓고 나서 말했다.
"오야붕 집을 가르쳐 주세요. 나중에 인사하러 갈 테니까."
"까불지 마!"
하나가 느닷없이 밀감 상자를 발로 걷어찼다.
"까불긴 누가 까불어요. 너무 이러지들 마세요."

"이놈이 달아날 심산이지. 엿장수 마음대로 안 되지!"
"당신네들이야말로 내 설탕을 털어서 어디 가서 살금살금 핥을 생각이 아니었소?"
"이 자식!"
기리히토는 멱살을 잡혔다.
"잠깐만 기다려!"
기리히토는 소리나는 쪽으로 고개를 돌려 보고 눈을 크게 떴다. 쓰레기터에 학이 내려앉았다는 표현이 딱 들어맞을 것 같은 아름다운 기모노 차림의 젊은 여인이었다. 보기만 해도 교토 태생답게 인형처럼 얌전하고 정돈된 얼굴이 기리히토가 원하던 설탕 그대로의 살결이었다.
"이 다음은 내게 맡겨 주면 좋겠어."
여인은 억양이 없는 냉정한 말투로 말했다.

여인은 기리히토를 데리고 야사카 신사 경내를 지나 마루야마 공원에 들어서고 있었다. 기리히토는 여인을 따라 걸으면서 궁금해하던 걸 물었다.
"아가씨는 하나바타파의 여두목인가요?"
"그런 건 아니에요."
여인은 고개를 저었으나 그 이상은 대답하지 않았다. 기리히토는 여자와 어깨를 나란히 하고 걸으면서 설탕의 위력에 새삼 탄복하고 있었다. 도중에 여인은 기리히토에게 요염하게 곁눈질을 하며 교태를 부리며 말했다.
"이봐요, 젊은 미인이라면 설탕을 교환해도 좋다고 말씀하셨죠? 정말입니까?"
"정말이고말고요."
"……"

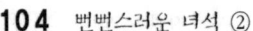

고개를 끄덕인 여인은 잠자코 야사카 신사의 돌계단을 올라갔다. 두서너 발자국 뒤쳐져 걷던 기리히토는 길게 뻗은 하얀 종아리를 훔쳐보며 군침을 삼켰다. 여인이 들어간 곳은 '장수암'이라는 현판이 걸린 다실풍의 집이었다. 원래는 요정으로 사용했던 곳이리라.

여인이 한 마디 안내를 청했지만 고즈넉한 집 안 어디에서도 기척은 없었다.

"좋아요. 구조를 훤히 알고 있는 집이니까, 들어가요."

그녀가 기리히토를 재촉했다. 기리히토가 이끌려 들어간 곳은 화로가 설치된 낮은 별채의 방이었다.

"저는 가시와무라 아야라고 해요. 잘 부탁합니다."

그녀가 이름을 밝힌 다음 공손히 고개를 숙였다. 기리히토는 당황해서 자세를 바로잡았다.

"도다 기리히토라 합니다만, 아까는 위급한 참에 구해 주셔서 정말⋯⋯."

"뭘요. 연극에 나오는 여자 협객이라도 된 것 같네요."

가시와무라 아야가 요염하게 웃었다. 창문에서 비쳐드는 오후의 투명한 햇살이 그녀의 자태를 한층 요염하게 만들었다.

"정말입니까. 설탕과⋯⋯ 저, 몸을 교환하신다는 게?"

"정말이에요."

"아무래도 믿을 수 없습니다. 마치 여우에게 홀린 기분이 들어요."

"이제 뭘 숨기겠어요. 맞아요, 히가시야마 산중에서 500년 넘게 살고 있는 여우죠."

양손을 귀에 대고 여우 모양을 해 보이며 재미있는 듯 깔깔거리던 가시와무라 아야는 선뜻 일어서더니 방을 나갔다. 꽤 오래 기다리고 있자니 상을 들고 돌아왔다.

"자, 한잔."

술을 권하는 태도가 매우 익숙해 보였다. 청주를 맛보는 것이 얼마 만

일까. 청주의 싸한 맛이 오장 육부에 스미듯 퍼졌다.
"커, 좋다!"
자신도 모르게 기리히토는 감탄조로 말했다.
"약주 좋아하세요?"
"군대에서 많이 강해졌지요……. 제대하고 나서 소주만 마셨거든요. 술맛 정말 좋은데요."
"천천히 많이 드세요."
그러나 기리히토는 한 병에 벌써 취기가 오르는지 참으려 해도 눈꺼풀이 내리 덮었다. 그 모양을 가만히 지켜보며 가시와무라 아야가 물었다.
"도다 씨에겐 원하는 대로 설탕을 입수할 수 있는 비밀 루트가 있으십니까?"
기리히토는 머리를 저으며 한쪽 구석에 둔 배낭을 가리켰다.
"그런 건 없어요. 단지 저것뿐이야."
그러더니 상을 밀어내자 엉금엉금 기어서 가시와무라 아야에게 다가갔다.
"꿈일지도 몰라, 꿈일지도……."
그렇게 말하면서 갑자기 그녀를 껴안았다. 가시와무라 아야는 밀리는 대로 뒤로 미끄러졌다. 기리히토는 입이 닿은 곳을 힘차게 빨며……, 그리고 난 후 정신을 잃었다.

"에, 에이취!"
야단스런 재채기와 함께 기리히토는 눈을 떴다. 깜짝 놀랐다. 큰 나무에 몸이 친친 묶여 있는 것이 아닌가. 주위를 둘러보니 마루야마 공원이었다.
"빌어먹을! 암여우에게 당했구나!"
군용 셔츠와 팬티 차림으로 새끼줄로 벚나무에 묶여 있는 자신을 훑어보며 깊은 자괴감에 빠져들었다.
새벽 안개가 느릿느릿 움직이고 있었다.

4

 사흘 뒤였다. 기리히토는 다시 아비규환의 소용돌이 같은 열차에 올랐다. 유일한 자본인 설탕을 암여우에게 털린 기리히토에게 소우키치가 오사카로 되돌아가면서 몇 다발의 지폐를 주었던 것이다. 기리히토는 소우키치한테서 받은 해먹을 그물 선반에 걸치고 유유히 누워서 갈 수 있었다.
 사쿠라키의 부인이 만들어 준 주먹밥을 씹으면서 밥을 싼 신문지를 읽으려고 펼쳐들었다.
 "뭐야 이건!"
 기리히토는 저도 모르게 소리쳤다.
 키 큰 남자와 키 작은 남자, 두 사람이 나란히 선 사진이 크게 실렸다. 장소는 아가사카에 있는 미국 대사관의 호화로운 접견실이었다. 키 큰 사람은 오늘날 같으면 필경 골프라도 할 듯한 경쾌한 차림으로 양손을 바지 뒷주머니에 찌르고 서 있었다. 그리고 작은 남자는 그 곁에 양손을 축 늘어뜨리고 멍청하게 입을 벌린 채 보기에도 불안하게 왼발을 굽히고 서 있었다.
 키 큰 남자는 연합군의 최고 사령관인 맥아더였고, 작은 남자는 천황이었다.
 기리히토는 천황이라는 존재에 대해서 특별한 생각을 품고 있지는 않았다. 두렵지도 존경하지도 않았으며, 그렇다고 미워하지도 않았다. 일본 사람이면 누구나 일본인이 세계 일등 국민인 이유는 만세일계의 천황을 위로 받들고 있기 때문이라고 배운 터였다. 천황은 절대적으로 훌륭하고 신성하여 범할 수 없는 존재였다. 그에 대해서 의견을 제기하는 그 자체가 그 존엄을 더럽히는 것이 된다고 했다. 대부분의 국민들은 그것을 곧이곧대로 듣고 별로 의심하지 않았다.

기리히토도 그 중의 한 사람이었다. 소년 시절부터 되풀이해서 신성시할 것을 강요당하고 늘 경례를 한 덕분에 천황에 대하여 악감정을 품을 겨를이 없었다.

어느 작가가 자신이 쓴 소설에, 수학여행 온 여학생이 니주바시 앞에서, "천황님은 금젓가락으로 밥을 드시는지 몰라." 하고 천진스런 생각을 했다는 내용을 써서 판금당한 일이 있다.

그만큼 신성시하고 똥도 오줌도 누지 않는 신으로 떠받들던 천황이 아무리 점령군의 우두머리라고 하지만 귀족도 아무것도 아닌 그 사람이 있는 곳으로 사죄하러 간 것이었다.

"천황이란 신성하지도 아무렇지도 않은 존재다. 다만 평범한 인간이 아닌가, 똑똑히 보라."

맥아더 원수는 일본 국민을 향해서, 빈정거리고 있는 것 같았다.

"안 되지. 이런 사진을 내면 천황 폐하 만세를 부르짖으며 전사한 군인들이 성불하지 못할 거야!"

기리히토는 억울한 듯이 혼자 중얼거렸다. 그러자 바로 아래 통로에 서 있던 사나이가 한 팔을 뻗어왔다.

"자네, 그 신문 잠깐 보여 주게나."

50줄 정도 되는 학자풍의 인물이었다. 반백의 머리칼에 안경을 끼고 단정히 넥타이를 매고 더블 양복을 입고 있었다.

"네, 보세요."

기리히토가 건네주자 신사는 부자유스런 몸을 비틀며 그 사진을 바라보았다. 그리고 입 언저리를 비틀며 냉소했다.

"아저씨께서는 그것에 대해 어떻게 생각하세요?"

상대가 틀림없이 이름 있는 학자일 거라고 생각한 기리히토는 몸을 빼며 물었다.

"글쎄……."

신사는 조용히 고개를 저었다. 옆에서 제대하는 군인들이 들여다보고 억양을 높여 말했다.

"빌어먹을! 아, 이럴 수 있나. 속았어, 완전히 속았다고!"

이 사진을 보고 대부분의 국민은 정도의 차이는 있을지언정 실망하고 분개했음에 틀림없다.

"무식해서 그런지 몰라도 어째서 이분이 신으로 떠받들어졌는지 잘 납득이 가지 않는데요."

기리히토가 신사에게 말했다.

"대중은 항상 자기들의 영웅을 만들고자 하지."

신사가 대답했다.

"네? 그렇다면 천황은 대중이 만들어낸 것일까요?"

"대중이 아니고 명치 시대의 정치가와 군인이 만든 거지. 영화 스타는 영화사가 만들고, 유명작가는 저널리즘이 만든다……. 이제부터는 민주주의 세상이니까 천황이나 군인을 대신하는 사람들이 연달아 나타나겠지요. 평범한 남자나 여자, 그 누구건 간에 전 일본 젊은이들의 동경의 대상이 될 수 있단 말일세."

"그러면 저처럼 태생도 성장 과정도 천한, 한 푼 없는 추남이 영웅이 된다는 것도 가능할까요?"

"물론이고말고. 충분히 가능하지."

도쿄제국대학 문학부 교수인 영문학자 다테노 유타가 박사는 분명히 고개를 끄덕여 보였다.

기리히토는 유쾌해졌다.

"그럼 내친 김에 묻겠는데요. 이제부터는 세상에 성을 짓는 것은 헛일일까요?"

"성!"

다테노 박사는 의아한 표정으로 기리히토를 쳐다보았다.

"정말이에요. 오사카 성이라든가, 시라사기 성이라든가, 그런 것 말예요."

"성이란 것은 전국 시대의 유물에 불과하지만……."

"물론 그렇지만 성이란 것은 정말 훌륭하고 아름다운 것이거든요. 제가 만약 영웅이 된다면 그것을 도쿄 한가운데 지어서 살겠는데, 그러면 재미있지 않겠어요?"

"그야 재미는 있겠구먼."

"자기 땅에 어떤 집을 짓든 그건 제 맘대로잖아요. 그게 민주라는 놈이 아닙니까."

"듣고 보니 그렇군."

다테노 박사는 그 기묘한 표정을 한 젊은이가 다시 보였다. 도쿄·오사카를 비롯하여 도시란 도시는 어디나 불길에 휩쓸린 벌판이었다. 바라크(허름한 판잣집)마저 귀중했다. 문자 그대로 비나 이슬을 피하는 장소라면 타 버린 자동차 속이든 공중 변소이든 아무 데나 좋았다.

이 비참하기 짝이 없는 세상에 성을 지어 살기를 꿈꾸고 있는 사람이 있다니, 다테노 박사는 혀를 내두르지 않을 수 없었다.

천황이 맥아더를 찾아간 것은 천황 자신의 의사였다. 점령군이 포츠담 선언 제10조에 기인하여 군국 일본의 군벌·관료·재벌·언론 기관 등의 수뇌부를 모조리 체포하기 시작했던 것이다. 따라서 최고 책임자인 천황은 스스로 맥아더가 있는 곳으로 묶이러 간 것인지도 몰랐다.

2주일 전에는 도조 히데키(당시 총리)가 체포되고, 이어서 도조 내각 각료들 4명이 잡혔다. 그날 연합군 관헌이 세다가야 다마키와 요가마치의 자택으로 들이닥치자 그는 권총으로 자결했다. 육군 대장이 고통으로 괴로워하며 쓰러진 사진이 신문 지상을 장식했다. 일본의 지배자가 바뀐 것이다. 궁성 앞의 개울가에 성조기를 내건 총사령부의 우두머리가 새로운 지배자였다.

낡은 열차는 그 새로운 지배자가 군림하는 도쿄에 미끄러져 들어왔다.

도쿄 역에서 중앙선으로 갈아탄 기리히토는 벌써부터 큰 소리로 외치고 싶은 충동을 억누르고 있었다. 그가 군인이 되기 위해 떠났을 때의 모습은 아무 곳에도 없었다. 기리히토는 흥분을 느꼈다.

역전 광장에는 노천 시장이 개설되어 낡은 군복에 전투모를 쓰고 쭈글쭈글한 바지를 입은 수많은 인파가 꿈틀거리고 있었다. 그리고 그 저편에서는 드문드문 불탄 빌딩이 서 있었고, 스미다 강 저편까지 깨진 기왓장들이 펼쳐져 있었다. 긴자 거리의 화려함이 스러진 지 이미 오래였다.

맑게 갠 가을의 햇볕 아래 황야를 관통하는 거리를 점령군의 지프가 때때로 빠른 속력을 내며 달려가는 것 외에는 거리는 텅 비어 공허함만 감돌았다. 다만 신바시 역전에만 살아남은 사람들이 우글거리고 있었다.

'좋다!'

기리히토는 새삼 자신을 부추겼다.

'집도 물건도 탈 것도 모두 없어져도 인간만은 살아남은 거야.'

사람들이 이렇게 매일 기차로 자꾸자꾸 돌아오는 이상 누군가가 생활에 필요한 모든 것을 만들어야만 했다. 누가 이 폐허의 한복판에서 거액의 돈을 움켜쥐게 될지 아무도 모를 일이었다.

어디 한 군데도 성한 유리창이 없는 전차가 달리는 것이 이상하리만큼 가도 가도 끝없는 초토였다. 승객은 드물었다. 하나같이 삶에 찌든 얼굴이었고 복장도 엉망이었다.

전차는 나카노 역에서 멈췄다. 기리히토는 그 곳에서 코엔지까지 걸어가야만 했다. 거리 곳곳에 불탄 흔적이 뚜렷이 남아 있었다. 초라한 모습이 지금은 진귀하게 보였다.

기억에 남아 있는 다다미집의 간판이 눈에 띄자 기리히토는 미소 지으며 그 가게 모퉁이를 돌았다. 순간 힘이 빠졌다. 기리히토의 집과 주위의 집들이 깨끗이 타 버리고 없었던 것이다.

같은 날에 이세다 나오마사는 오카야마 시 교외 저택에서 각혈하고 있었다. 정원에 나와 한가로이 걸어다니다가 갑자기 목구멍으로 진득한 덩어리가 가슴 속에서 치밀어올랐다. 남천이 우거진 그늘에 토해 내고 보니 그것은 선명한 혈액이었다.

그뿐이었다. 열도 없었다. 피로하지도 않았다. 마음은 극히 평온했다.
'결핵균과도 꽤 오래 사귀었군.'
그렇게 느꼈을 뿐이었다. 나오마사가 이 집에 묵은 지 벌써 사흘이 지났다. 일전에 만났던 모리타 지즈코를 찾아 들렀다가 그대로 묵게 된 것이었다.

지즈코를 품은 것은 어젯밤이었다. 어젯밤, 독서하다가 싫증이 난 나오마사는 정원으로 나왔다. 어느 틈엔가 지즈코가 뒤에 와 서 있었다.
'이 여자랑 결혼해 버릴까?'
돌연한 결심이었다.
"지즈코에게 부탁이 있소."
"뭔데요?"
"지즈코가 제일 좋아하는 기모노로 갈아입고 내 방으로 와주지 않겠소?"
"……?"
"부탁해."
"지금 곧 말입니까?"
시간은 벌써 9시가 지나 있었다.
"그래, 지금 곧."
나오마사는 별채로 된 다실로 돌아갔다. 30분쯤 지나서 지즈코가 인사를 하며 들어왔다. 나오마사는 그 모습에 일순 숨이 막혔다. 예뻤다. 밝고 노란색의 파도 사이에 점점이 띄운 옛 무역선 무늬의 기모노를 산뜻하게 차려입고, 검은 머리를 감아 빗어 올려 아름다운 흰 목덜미를 드러내고 있었다. 엷은 화장도 하고 있었다.
"어머니가 깜짝 놀라셔서 도련님에게 보여드린다고 말했더니 도와 주셨어요."
지즈코는 얌전하게 맹장지 곁에 앉아서 거칠어진 손을 숨기듯이 양 소매를 무릎 위에서 마주잡았다. 퍽이나 긴장하고 있는 듯했다.
나오마사가 옆으로 불렀다. 그녀가 가까이 오자 분과 향수 냄새가 풍겼다. 오래도록 잊고 있었던 냄새였다. 나오마사는 잠자코 지즈코를 바라보았다. 지즈코는 그 시선이 부셔서 눈 둘 곳이 난처한 모양이었다. 그 부끄러워하는 모양새가 좋았다.
나오마사는 단도직입적으로 말했다.
"당신과 결혼하고 싶소."
"……?"
너무나 당돌한 말에 지즈코는 굳어진 얼굴로 나오마사를 찬찬히 응시하고 있다가 곧 얼굴을 돌렸다.
"농담이 아니오. 내가 결혼하고 싶다고 생각한 사람은 당신이 처음이야. ……대답은 지금 당장 듣고 싶소."
"……."
"당신만 좋다면 오늘 밤 나와 당신은 부부가 되는 거요."
"……."
지즈코는 꽤 오랫동안 그대로 바닥만 내려다보고 있었다.
나오마사는 참을성 있게 기다렸다.
이윽고 지즈코는 머리를 숙인 채 입을 열었다.
"나 같은 여자도 좋으시다면."
"고마워."
나오마사는 지즈코를 끌어안고 입맞춤을 했다. 지즈코는 처녀처럼 몸이 굳어져 떨고 있었다.
'내 평생 이것이 마지막 행위겠지.'

마음 속으로 그렇게 생각하며 나오마사는 지즈코 옆에 누워 기모노 앞섶을 조용히 헤쳤다.
 그리고 마치 그 행위의 보복이나 되는 것처럼 다음날 나오마사는 각혈하였다.
 나오마사는 별채에 돌아오자 아무렇게나 누워 뒹굴었다. 지즈코에게는 알리지 않을 참이었다.

5

 전쟁에 패하고 승리자에게 조국을 점령당한 현실에 직면한 일본은 모든 면에서 그 때까지 상상도 할 수 없던 현상이 일어났다.
 우선 그 해 10월 10일, 휴추 형무소를 비롯한 전국의 형무소 대문이 일제히 열리고 도쿠다 큐이치, 시가 요시오를 비롯한 사상범이 부슬비 내리는 속을 우르르 몰려나왔다. 사람들이 그를 향해 적기를 흔들며 인터내셔널가를 불렀다.
 교토의 요시다 산 속에 병든 몸을 요양하고 있던 라와카미 하지메는 출옥한 공산당 투사들을 위해 다음과 같은 시를 썼다.

 감옥에 가두어지기 10년, 8년
 독방에 기거하기 6,000여 일
 싸우고 또 싸우며 꿋꿋이 살아 끝내 지조를 굽히지 않아,
 다시 태양을 우러러보기에 이른
 동지 도쿠다, 동지 시가, 아아 그 얼마나 장한가.
 일본 역사 이래 지금까지
 일찍이 전에 그 예를 볼 수 없었던 일.

 출옥하기 무섭게 도쿠다 큐이치는 천황제의 타도와 인민공화정부의 수립을 독특한 쉰 목소리로 단상에서 외쳐대기 시작했다. 혈기 왕성한 청

년들은 2~3년 내로 혁명이 일어나 천황과 황후를 사형대에 보내고 도쿠다 큐이치가 인민공화정부의 주석이 될 것이라고 공공연히 떠들고 다녔다.

바다 저편에는 귀환병을 태운 배가 꼬리를 물고 돌아오고 있었다. 복원 제1선은 남양의 고도 미레욘 섬에서 1,700명을 태우고 베푸만에 들어온 다카사고 마루였다. 이어서 히카와 마루가 밀레 섬에서 3,000명을 싣고 귀환했다. 그 해에 귀국한 것은 362만 6천 명이었다. 더구나 아직도 북쪽은 만주로부터 남쪽은 뉴기니와 끝까지 400만 명의 일본인이 남아 있었다. 귀환한 사람들을 맞이한 것은 초토와 굶주린 가족, 실업이었다. 끝없는 비극이 일어나고 있었다.

정계에서도 우후 죽순처럼 정당이 부활되고 재계에서는 재벌이 해체되었다. 일본에는 4대 재벌이 있었다. 스미모도・야스다・미쓰이・이와자키 등이었다.

미쓰이는 본사 아래 미쓰이 물산, 미쓰이 선박, 미쓰이 광산, 미쓰이 화학, 도시바, 제국 은행, 미쓰이 조선, 미쓰이 전기, 도요 면화, 마루젠 석유, 다이쇼 해상화재, 도요 소다가 있으며, 게다가 제국 석유, 일로 어업, 왕자 제지, 대양 흥업, 도쿄 해상화재, 오노다 시멘트, 일본 제분, 일본 제강소, 이시카와지마 중공업, 동아 합성화학, 공양 고압공업도 그 산하에 포함되어 있었다.

이들 독점 기업이 뿔뿔이 해체되는 것이라면 그건 매우 유쾌한 일임에 틀림없었다. 그러나 점령군의 해체 지령은 실은 아무 효과도 발휘하지 못했다. 일본 재벌은 매우 머리가 영리했다. 전황이 불리해지자 재빠르게 재벌은 그 공장을 차례차례 군수 공장으로 돌려서 비록 전쟁에 지더라도 국가에 의해 보증될 수 있는 구조로 함과 동시에, 일본의 평상시 경제를 4년간 지탱할 수 있는 만큼의 자재와 재고품을 은닉하고 있었던 것이다.

돈을 가지고 있는 사람은 나라가 어느 쪽으로 뒤집어져도 조금도 손해 보지 않게끔 되어 있었다.

 어처구니없는 꼴을 당한 것은 국민들뿐이었다. 국민의 대부분은 하루 하루의 삶에 쫓겨서 전쟁 책임을 누가 져야 하는지 생각할 틈이 없었다. 연합국 측이 재판을 한답시고 거창하게 공판을 하는 그 자체가 어쩐지 바보스러워 보였다. 그렇게 패전의 해는 저물고 기아와 암거래와 인플레 속에 소화 21년이 밝았다.

 한 지프가 경쾌하게 달리고 있었다. 지프가 서면 폐허 속에서 누더기를 걸친 아이들이 메뚜기처럼 뛰어나와서 때가 새까맣게 낀 손을 내밀었다. 쩍쩍 껌을 씹고 있던 미군 병사는 벙글거리며 사탕이며 초콜릿을 던져 준다.

 친절해서가 아니었다. 자기의 풍요로운 생활에 아무런 지장이 없는 한도에서 선심 쓰는 것은 점령군으로서 즐길 수 있는 쾌락의 하나였기 때문이다. 미군 병사들의 눈에는 일본인의 용모나 골격이나 태도가 도저히 자기들과는 동등하게 설 수 없는 열등한 야만인으로밖에 비치지 않았던 것이다.

 타다 남은 빌딩은 모조리 뺏겨서 막사나 PX로 사용했다. 유타쿠 거리의 대극장에는 'WELCOME'이라고 쓴 커다란 간판이 붙여졌다. 그 극장 앞에는 원피스에 게다를 신은 양공주가 양담배를 불량스럽게 물고 키다리 미군 병사에게 매달려서 뽐내며 지나가곤 했다.

 긴자 거리 안내판이 서양식으로 가로로 세워지고, 일본인보다도 미군 병사들의 모습이 많았으며, 완전한 식민지의 모습을 보여주고 있었다.

 점령군 전용인 PX가 된 구 핫도리 시계점 앞에서 햇볕을 쬐며 미군 병사들이 적당한 아가씨를 물색하고 있었다.

 연합군 최고 사령관 맥아더 원수는 미군 병사들을 찬미하여 모범적인 모습을 보여 주고 있다고 공공연히 말했지만, 미군 병사들이 상륙한 지 열흘 동안에 신문 지상에 보도된 폭행·강탈 사건만도 821건을 헤아렸고, 신년을 맞을 때까지 수없이 많은 추태가 각지에서 행해졌다.

정부는 미군 병사들의 욕정을 충족시켜 주기 위해 관민이 한덩어리가 되어 유곽을 부흥시키기 위해 노력했고, 행정 관청에서는 객실·접대소·위안소 등의 명목으로 도내 30군데에 그런 유곽을 세우는 걸 허가해 주고 있었다.
인플레는 가히 살인적이었다.
'일당 12원으로 광산에서 석탄을 캐는 것보다는 암거래상으로 가두에 앉아 천 원을 버는 것이 훨씬 수월하다.'
〈아사이 신문〉에 위와 같은 기사가 실릴 정도였다.

도쿄로 돌아온 기리히토는 암거래상으로 나서 암시장 한 모퉁이에서 가게를 벌려 보기도 하고, 미어터지는 전차를 타고 도쿄 주변을 헤매기도 하고, 미군 병사를 상대로 일이 없을까 해서 긴자나 신주쿠를 쏘다니기도 했지만 전혀 실마리를 잡을 수 없었다.
미타무라 소우키치한테 얻은 돈을 그나마 2배 정도 늘렸지만, 정부가 화폐 개혁을 단행하는 바람에 어름어름하다가는 그 돈마저 날리기 십상이었다.
새 화폐와 구 화폐의 교환은 매우 불평등했다. 전국민 일인당 100원으로 제한한다는 규칙이었다. 어떤 부자라도 월 500원까지만 손에 쥘 수 있었고, 나머지는 강제적으로 예금하게 되었다. 그러니까 전 국민의 수중에 있는 돈은 싫든 좋든 간에 폭락하고 마는 것이다.
새 화폐로 교환하기 전에 기리히토는 그 돈을 무엇이든 물자로 바꾸어 놓아야만 했다. 그게 문제였다. 무엇으로 바꿔야 좋을지 판단이 서질 않았다.
'좋아! 일단 불에 탄 대저택을 모조리 찾아가 보자.'
기리히토는 대저택을 찾아가서 쫓겨나지 않을 자신이 있었다. 그에게는 쇠고기가 있었기 때문이었다. 자선이란 것은 베풀어 두고 볼 일이었다. 기리히토에게 쇠고기를 제공해 준 것은 가정부였던 키요와 결혼한

마사키 도타였다.

키요의 결혼 비용을 감당해 주었을 뿐 아니라, 이케부쿠로 역전에서 오뎅집을 차릴 자금을 빌려준 기리히토를 도타는 잊지 않았다. 전쟁이 끝난 뒤 일부러 몇 번이나 불탄 자리에 찾아왔다가 마침내 기리히토를 만날 수 있었다.

"이케부쿠로에서 꽤 자리를 잡았습니다. 암거래 물자라면 뭣이든지 구해 드릴 수 있어요. 필요한 것이 있으면 말씀하세요. 어떤 것이라도 갖고 오겠습니다."

도타는 이렇게 말하면서 양담배·청주·쇠고기며, 털 스웨터·외투를 안겨 주고 갔던 것이다.

이튿날 키요도 쌀을 메고 와서 기리히토를 감격시켰다. 기리히토는 도타한테 쇠고기를 무제한 제공받을 수 있게 부탁했다. 그리고 헌 자전거도 한 대 부탁했다.

짐받이에다 쇠고기를 싣고 기리히토는 우선 코엔지의 타다 남은 저택가로 달렸다. 기리히토는 부엌 쪽으로 들어가지 않고 당당하게 현관에 섰다.

"사모님 계십니까?"

방글거리며 마치 오래 전부터 아는 사이인 것처럼 말했다.

"누구신지요?"

"우리 돌아가신 부친이 옛날 댁에 신세진 일이 있어서 이럴 때 사례를 하고 싶어 뵈러 왔습니다."

그럴 듯하게 늘어놓았다.

기리히토는 이 곳을 찾기 전에 이 대저택에 사는 사람들이 누군지 세세히 알아놓은 상태였다. 사기 행각이 아닌지라 불안한 마음도 없었다.

'죽은 부친이 30년 전에 이 저택의 돌아가신 선대의 신세를 진 적이 있어 부친이 은혜를 한 번 갚고 싶다고 입버릇처럼 말했다'고 하면 이미 죽은 사람들인 이상, 당대의 사람들이 알 도리가 없다.

태어나서 아직 한 번도 부엌에서 물에 손을 넣어 본 일이 없는 것 같은 느긋하고 대범한 얼굴을 한 부인이 나왔다.
"도다 씨라고 하셨나요? 아버지가 어떤 일을 도우셨을까요?"
부인이 고개를 갸우뚱거렸다.
"아닙니다. 저도 상세히 듣지는 않았습니다만 어쨌든 아버님께서 우리들이 이렇게 무사히 살아갈 수 있는 건 이 댁 어른 덕분이니까 이 댁으로 발을 뻗고 잘 수 없다고 말씀하셨죠."
기리히토는 상투적인 말을 늘어놓았다.
의리와 인정이 박해졌다는 것은 이런 가진 자일수록 통감하고 있었다. 아무튼 그들은 그 때까지 남아도는 돈으로 모든 인간을 직업별로 판정해서 턱없이 부려먹었었다. 그들의 상식으로는, 하녀는 하녀일 뿐 아무것도 아니었고, 목수는 목수 이외 그 무엇도 아니었다.
하녀는 내 집을 나간 뒤에도 평생 하녀의 신분으로 인사를 드리러 와야 했고, 목수는 그 자식도, 손자도 목수인 한 내 집에 봉사해야 한다는 관념을 지니고 있었다. 그 대신 얼마간의 돈을 주거나 옷을 해 입혔다.
이와 같은 불문율은 실로 완고하게 지켜져 털끝만큼도 흔들리지 않는 미덕으로 내려왔다.
그런데 패전이라는 경천동지의 이변 때문에 이 미덕은 뿌리째 뒤집혀졌다. 아무리 찾아도 하녀로 와줄 사람은 없었고, 몇 번 걸음해서 머리를 숙여도 목수는 오지 않았다.
터무니없이 큰 저택에서 호령만 하며 청소도 식사 준비도 한 적이 없었던 부인에게 이처럼 견디기 어려운 고통은 없던 터였다. 그런데 돌연히 나타난 자그마한 몸집의 젊은이의 말과 태도가 부인을 감동시킨 것은 당연했다.
기리히토가 내민 한 덩어리의 쇠고기는 두 가지 의미에서 부인에게는 귀중한 것이었다.
기리히토는 아무리 들어오라고 해도 사양했다.

"저는 암거래상을 하고 있으니까 어지간한 것은 구할 수 있습니다. 가끔 찾아뵙고 심부름을 하게 해 주세요."

그런 말을 남기고는 재빨리 나왔다.

다음날은 코지마치로, 나흘째는 덴엥초우로, 기리히토는 도쿄 내에서 부유한 동네를 한 바퀴 돌면서 한 집씩 단골 손님을 만들었다.

물론 전부 성공한 것은 아니었다. 기분 나쁘게 현관에서 쫓겨나거나 느닷없이 사나운 개가 짖어대는 통에 허겁지겁 달려나오기도 했다. 고급 차에 미군 고급 장교가 드나드는 것을 보고 지레 겁을 먹고 물러나기도 했다. 어쨌든 여덟 집 정도가 기리히토의 마음먹은 대로 잡혔다.

일주일쯤 지나서 그들 저택을 다시 방문한 기리히토는, 이번에는 쇠고기 대금을 받았다. 그러나 그것은 상대방이 귀를 의심할 정도로 싼 값이었다.

다음에 기리히토는 순모 복지를 가져가서 이것도 아주 싸게 건네주었다. 그렇게 몇 번 출입을 한 기리히토는 이제 사업을 해 보고 싶다면서 골동품상이 어떨까 생각 중이라고 넌지시 말했다. 과연 짐작대로 부잣집 마님들은 흥미가 있는 눈치였다.

부인들은 물건을 메고 쌀이나 고구마를 교환하러 가는 수고가 싫었고, 그런 흥정은 더구나 질색이었다. 가보나 보물에 준하는 값비싼 골동품을 기리히토와 같은 정체 불명의 청년에게 맡길 용기는 없었고, 넘겨주어도 상관없을 정도의 물건은 미식(美食)을 위해서라면 조금도 아까워하지 않았다.

기리히토는 그런 물건들을 도타의 집으로 옮겼다. 도타는 점령군의 장교 부인들에게 일본의 진귀한 물품을 팔아넘겨, 돈 대신 통조림이나 담배·양장품을 받아내는 루트를 알고 있었다.

기리히토는 하나의 원칙을 세웠다. 고객들이 거래한 일을 후회하지 않도록 거래에 있어서 자기 욕심을 누르는 일이었다.

'기리히토는 신용을 지킨다.'

고객들에게 그런 이미지를 심어주기 위해 그는 철저히 자기 관리를 했다. 마침내 2월 17일에 새 돈으로 바뀌면서 전국민의 예금이 봉쇄되었다. 기리히토는 이미 한 푼도 갖고 있지 않았다. 그 대신 도타가 차지한 이케부쿠로에 있는 불탄 빌딩의 지하 창고에 사양계급(斜陽階級)이 건네 준 물건을 산더미처럼 쌓아두고 있었다. 그 중에는 이미 귀중한 골동품도 꽤 많이 섞여 있었다.

6

모든 것이 뒤죽박죽인 시대였다. 살인적인 열차에 간신히 매달려 얼마 안 남은 옷가지와 바꿔 온 쌀과 고구마를 죽을 힘을 다 해 들고 돌아오다 그대로 붙잡혀서 몰수당해 버린 사람도 있었다.
'짐은 배가 터지게 먹고 있다. 너희들 국민은 굶주려 죽어라!'
그런 플래카드를 든 군중이 궁성으로 밀어닥쳐 아우성이었다.
공산주의자 노사카 산조가 망명 16년 만에 귀국해서 국민들의 호감어린 시선을 모았다.
군부에서 숨겨 놓은 은닉 물자가 이타바 시에 있는 제일 육군 조병창을 비롯하여 각지에서 적발되었으나 아무래도 단 솥에 물 붓기였다.
구 화폐 봉쇄로 귀한 멧돼지 그림이 든 10원권은 일본에서 사라졌다. 어떤 부자라도 월 500원의 테두리 안에서 생활해야만 했다.
하기야 자본가들은 회사 경영이라는 명목으로 새 돈을 얼마든지 입수할 수 있었으니까 아쉬울 게 없었다. 또 빈틈없는 부자들은 합법적으로 봉쇄 예금을 인출하는 방법을 알고 있었다. 즉, 봉쇄 예금으로 주식을 사는 거였다.
당시는 일정한 주식 시장이 없었고, 집단 매매 혹은 점두 매매가 이루어졌다. 그리고 주식 시세는 구 화폐 시세와 새 화폐 시세의 두 가지로 나뉘어졌는데, 구 화폐 시세가 새 화폐 시세보다 1할이나 2할 정도 비쌌다. 봉쇄 예금을 인출하고 싶은 사람은 구 화폐 시세로 주식을 사기만하면 되었다. 어처구니없는 꼴을 당한 것은 정직한 국민들뿐이었다.

이제 더 이상 신이 아닌 천황은 요코하마 시찰을 시작으로 전국 시찰에 나섰다. 이상하게도 가는 곳마다 크게 환영받으며 만세가 연호되었다. 자신들을 비참하게 만든 주범 천황에게 일본 국민은 관대했다.

한편에서는 극동 군사 재판이 폐허가 된 도쿄가 내려다보이는 이치가야의 구 육군성 강당에서 진행되고 있었다.

수석 검사 조셉 키넌은 그날 오후 2시 반, 일본의 전쟁 지도자 28명에 대해서 평화에 대한 죄, 살인 통례인 전쟁 범죄 및 인도에 대한 죄에 이르는 총 다섯 가지의 소인을 포함하는 기소장을 낭독했다. 이 엄숙한 기소장 낭독이 한창 진행 중에 피고석에서 멍청이 같은 표정을 하고 있던 오카와 슈메이가 앞좌석에 있는 도조 히데키(총리대신)의 머리를 주먹으로 한 대 갈겼다. 도조는 쓰게 웃으며 별 반응이 없었지만, 가령 화를 냈다 해도 오카와 슈메이는 태연했으리라.

거리에는 암시장과 양공주와 부랑아가 넘쳐흘렀다.

"도다 씨, 우리들의 벌이도 대수로운 게 아닌가 봐요."

어느 날 불쑥 찾아온 마사키 도타가 분한 듯 말했다.

"자네는 벌써 2,300만 원이나 모았잖은가, 대수롭지 못한 액수는 아니지."

기리히토가 웃자 도타는 정색을 하며 말했다.

"내가 아는 놈이 황족의 저택을 샀다고요."

"황족의?"

"그래요. 아사부에 있는 아사다노미야의 저택인데요. 1,200평 대지에 180평인 의젓한 양옥이더라고요."

그 말을 듣자 기리히토는 자신도 모르게 부르르 몸을 떨었다. 아사다노미야와는 잊을 수 없는 악연의 기리히토였다. 아사다노미야가 오카야마에 왔기 때문에 기리히토는 모친의 유해를 담은 관을 분뇨통 곁에 꽤 오랜 시간 숨겨야만 했다. 또 미쓰에를 강간하려고 한 아사다노미야의 머리를 양갱 상자로 때려 준 덕분에 유치장 신세를 져야만 했다. 아니, 그보다도 기리히토가 평생 잊기 어려운 분노는 아사다노미야가 미쓰에의 정조와 맞바꾸어서 자기를 유치장에서 내보낸 일이었다.

인간 축에도 끼지 못할 놈이 황족으로 뻔뻔스럽게 국민 위에 군림하고 있는 것은 정말 참을 수 없는 일이었다. 기리히토는 아사다노미야의 얼굴이 떠오를 때마다 한 마디씩 욕하는 것을 잊지 않았다. 그래야만 마음이 풀렸다. 그리고 장래 큰 부자가 된다면 무슨 수를 쓰더라도 아사다노미야의 저택을 사 버려야겠다고 생각한 기리히토였다.

전쟁에 패하여 황족도 단순한 평민으로 격하되는, 그 때가지는 상상도 할 수 없었던 사태를 맞자 기리히토는 자기의 공상이 전혀 불가능한 것은 아니라고 생각하던 터였다. 그런 때였다.

그런데 그보다 한 발 먼저 아사다노미야의 저택을 매입한 자가 있었다니 놀라지 않을 수 없었다.

"도대체 어떤 작잔가?"

기리히토는 도토리 눈을 뱅글뱅글 굴리면서 물었다.

"영 마음에 들지 않는 놈이에요. 철로길 인부였는데요, 마침 8월 15일에 시나가와 역에 있던 해군용 가솔린을 가득 실은 화차에 눈독 들인 것이 운이 붙기 시작한 것 같아요."

그것을 동료 몇 명과 공모해 훔쳐서 단단히 한몫 벌자 신주쿠 역 근처에 바라크를 지어 공짜로 지상권을 확보한 것을 비롯해서, 하는 일마다 운대가 맞아서 일 년 만에 수천만 원을 벌었다고 했다.

"게다가 놈의 여편네는 다마노이에서 창녀 노릇하던 여자라지 뭡니까. 그런 여자가 아사다노미야 저택의 마님이 됐단 말입니다. 글쎄, 오늘 구경하러 가 보았더니 여편네는 키친이라든가 하는 거창한 부엌에서 단무지를 아작아작 씹으면서 이렇게 턱없이 넓기만 해서는 불편하기 짝이 없다고 불평을 하더라고요. 계란구이밖에 할 줄 모르는 여자니까요……."

남편이란 놈은 사람이 한층 작아 보이는 큰 응접실에서 검은 가죽을 입힌 안락의자에 뽐내며 버티고 앉아서 궐련을 비스듬히 물고, 그 뒤에는 신주쿠 연쇄점에서 사 온 후지산의 유화를 걸어 놓고 뻐기는 꼴이라니.”

기리히토는 아랫배에 힘을 주고 이를 악물었다.

'나도 질 수는 없어!'

“놈은 말예요, 아사다노미야의 아타미 별장까지 사들여서 머지않아 아바타미에서 제일 큰 호텔을 짓겠다고 큰소리치고 다닙니다. 정말이지 세상이 완전히 뒤집어졌어요.”

기리히토는 입을 꾹 다물고 허공을 노려보다가 입을 열었다.

“아타미 별장만은 머지않아 내가 매수하겠어.”

“네?”

“그 자의 행운이 계속되지는 않을 거다. 북새통에 돈을 번 놈은 오래가지 못한다고 도련님이 말씀했었지. 그 사내가 몰락하게 될 때 아타미 별장만은 반드시 내가 차지할 거야!”

“그 기백! 해 봅시다요! 도다 씨. 부족하지 않게 물품을 돌려 드릴 테니 곶감 빼먹듯 생활하고 있는 상류 계급을 더욱 포섭해 주세요.”

도타는 백만 장자를 꿈꾸며 가슴을 펴고 나갔다. 그러나 집으로 돌아갔을 때 잔뜩 기다리고 있던 형사에게 붙잡혀서 그대로 경찰서에 연행됐다. 당분간은 나올 성싶지 않았다.

고구마덩굴식으로 그 암거래 루트에서 활약하던 패거리가 뿌리째 검거되었다. 다행히 기리히토는 검거를 면했지만 지하 창고에 일벌처럼 근면하게 열심히 모아 둔 물건을 고스란히 몰수당해야만 했다.

이것은 자신의 사유 재산이며 마사키 도요타의 암거래 행위와는 관련이 없다고 말할 수도 있었지만, 긁어 부스럼이 될 염려가 있기 때문에 기리히토는 이를 악물고 모른 척했다.

모리타 지즈코라는 여자로부터 나오마사의 병이 위독하다는 통지가 온 것은 마침 그 와중이었다.

기리히토가 일 년 만에 만나는 나오마사의 얼굴은 구레나룻 때문에 다소 여위어 보이기는 했지만 갑자기 위험한 상태에 빠질 것 같지는 않았다. 기리히토는 숨을 돌리며 베갯머리에 웅크려 앉아 입을 열었다.
"워낙 글재주가 없어 편지도 못하고 아무 소식도 전하지 못해서 죄송합니다."
기리히토가 머리를 숙였다.
나오마사는 냉정한 눈빛으로 물었다.
"설탕은 무엇으로 둔갑했지?"
"교토에서 불여우에게 감쪽같이 당했죠."
기리히토가 설명하자 나오마사는 소리 없이 웃었다.
지난 이 년 동안 악착같이 했지만 결국은 아무것도 이루지 못했다는 것을 기리히토는 숨김없이 털어놓았다.
"도련님, 그러니 무슨 좋은 계책이라도 없으십니까?"
나오마사는 잠시 천장을 응시했다.
"너, 어릴 때부터 성을 만들고 싶어했지?"
"그야 말할 것도……. 그게 제 평생 소원입니다."
"네 야망은 10년 후의 일본 상황에 딱 들어맞을지도 몰라."
"네? 그건 무슨 뜻이죠?"
"지금 미군들이 교대로 일본으로 들어오고 있다."
"네. 오고 있지요."
그들은 고향으로 돌아가서 일본이란 나라가 얼마나 살기 좋은가, 일본인이 얼마나 친절하고 온순한가를 소문낼 것이다. 승리자에게 피점령국과 그 국민만큼 자유로이 다룰 수 있는 것은 없기 때문이다. 정말 미군에게는 일본이 천국이지. 초토화된 일본과 거지나 다름없는 일본 국민이 천국의 조건이 된다. 그들은 삐뚤어진 인텔리가 아니라 쾌활한 양키들이다. 일본의 좋은 점을 선전해 줄 것이다."
"네. 그렇군요."

"그래서 미국 사람들은 일본에 흥미를 품게 된다. 돈을 모으면 한 번쯤 일본 관광을 하고 싶다고 생각하게 되지. 승리한 국민이 패배한 나라에 가면 크게 뻐길 수 있을 테고, 환영받으리라고 생각하는 것은 당연하니까."

"그렇죠. 군인들 중에는 전쟁에 이기면 자바나 수마트라에 가서 임금이 되겠다는 놈도 있었지요."

"……미국 자본이 투자된다면 일본의 부흥은 순식간이다. 순식간에 전쟁 전 이상의 화려한 소비 경제가 시작된다. 일본인들의 개미와 같은 부지런함이 미국 자본으로 뒷받침되니까 물자는 홍수같이 넘쳐 날 것이다."

"……."

기리히토로서는 나오마사의 이 말만은 납득하기 어려웠다. 지금은 없는 것뿐인 세상이었다. 쌀 한 되 구하기도 여간 큰 일이 아니었다. 그러니 머지않아 물자가 홍수처럼 넘친다 해도 지금으로서는 상상하기 힘들었다.

나오마사는 힐끗 기리히토를 쳐다보며 냉소적으로 말했다.

"거짓말이라고 생각하겠지?"

"믿어지지 않아요."

"어느 식당, 어느 여관에 가더라도 설탕은 그냥 주게 된다. 아무도 설탕 따윈 거들떠보지도 않게 된단 말이다. 쌀도 맛없는 쌀은 먹지 않을 것이고 부르주아는 여객기만 타게 될 것이다."

"정말인가요?"

"틀림없어. 미국을 흉내 내는 것이 거리를 온통 메울 거다. 이 때까지의 도덕 관념은 땅바닥에 떨어지고, 한탕주의와 허영심이 득세하게 된다. ……미국 만세지. 무엇이 되었든지 새것이라면 좋아하게 된다. 재즈와 야구, 또는 영화의 주인공들이 영웅이 되는 시대다."

나오마사의 움푹한 양눈이 뻔쩍뻔쩍 빛났다.

"도련님, 좀 쉬세요. 내일도 시간은 있습니다."

"그런 일은 지금 말하는 것만으로 지긋지긋해……. 기리히토, 네가 해야 하는 건 관광 사업이다. 일본 전국에 유희장을 만들어. 미국에서는 아들들의 말에 홀려 영감이나 할멈이 떼를 지어 찾아올 것이다. 일본인도 어느 정도 기반을 다지면 슬슬 놀고 싶어지겠지……. 네가 성을 쌓는다. 그리고 그 성을 찾는 관광객에게 영주님 기분을 맛보게 한다. 이것이 중요하지. 관광객이 왕이 되고 여왕이 되는 거다. 이것을 염두에 두고 유희장을 만들어라. 네가 할 일은 바로 그거야."

말을 마치자 나오마사는 눈을 감았다.

기리히토는 잠시 동안 나오마사의 얼굴을 쳐다보다가 크게 고개를 끄덕였다. 비로소 제정신이 든 것처럼 가슴을 뿌듯하게 채우는 쾌감이 아랫배로부터 근질근질 기어올라왔다.

히가시야마와 같이 산장으로 돌아온 기리히토에게 다카가 정색을 하고 말했다.

"마리야도 올해 열여섯 살이에요."

기리히토가 흠칫 놀랐다.

"네, 벌써 그렇게 됐습니까!"

"자기 아내의 나이 정도는 기억해 두어야지요."

다카가 기리히토에게 곱게 눈을 흘겼다.

"기리히토, 여자를 좋아하는 건 어쩔 수 없지만 평생의 반려자는 오직 한 사람이라고 생각하고 지켜야 해요."

엄숙한 말투였다.

"알고 있습니다."

기리히토는 심드렁하게 대답했다.

"바로 마리야가 기리히토의 아내예요."

"그렇지요."

입대하기 전날 밤에 기리히토는 여덟 살 난 마리야와 비공식 결혼식을 올렸었다. 잠자리를 같이하며 기리히토는 마리야가 오줌을 싸지나 않을까 걱정했었다.
"오늘밤은 정식으로, 마리야를 아내로 만드세요."
"그, 그렇지만 아직 열여섯 살이잖아요. 너무 빠르지 않을까요?"
"이르다니요. 옛날에는 열너댓 살에 결혼하여 열여섯이면 충분히 아이를 낳았어요."
"그렇지만 요즘에 열여섯이라면……."
"기리히토. 마리야는 내가 키웠어요. 장미꽃을 키우듯 말예요."
'완전히 못난 장미지.'
"마리야의 몸은 충분히 숙성했어요. 이제는 기리히토가 봉오리를 맺게 해서 아름답게 꽃을 피우게 만들어야 해요."
다카는 정색을 하고 말했다.
기리히토는 기가 질렸다.
"알았죠? 그럼 오늘 밤 안방에 신방을 차리겠어요……."
다카는 서둘러 일어섰다.
'멋대로 하라고. 나도 모르겠어.'
기리히토는 가방 속에서 위스키를 꺼내 병째로 마셨다.

7

밤이 깊어갔다.

다카의 명령으로 나오마사가 기거하던 방에 들어간 기리히토는 세 겹으로 깐 잠자리 속으로 훈도시 하나만 입은 채 기어들어갔다. 몸이 붕 가라앉을 것 같은, 그것은 틀림없이 영주가 상용하던 이부자리였다.

'마구간에서 태어난 남자와 미친 여자의 딸이 이런 훌륭한 이불 속에서 결혼한다니, 세상사란 모를 일이군, 모를 일이야."

기리히토는 왠지 낯간지러웠다. 마리야는 필시 목욕실에서 다카의 손에 온몸이 구석구석 닦여서 첫날밤에 임하는 신부로서의 에티켓을 지도받고 있는 모양이었다.

기리히토는 마리야를 특별히 혐오하고 있는 것은 아니었다. 확실히 마리야는 못생겼다. 어릴 때는 눈과 눈 사이가 너무 넓다든가 코가 낮다든가 입술이 두꺼운 결점도 그런 대로 애교가 있었지만, 크면서 그 애교스러운 맛도 사라져 도무지 예쁜 구석이 없었다.

그러나 얼굴 생김생김에 특별히 신경 쓰는 타입이 아닌 기리히토는 또 자기 처지도 그리 내세울 게 없는 터라 이번 일에 크게 거부감은 없었다. 이미 기리히토는 아름다운 미쓰에를 품은 행운을 경험한 터였다. 그 귀중한 추억만으로 기리히토는 평생 은밀한 기쁨을 누릴 수 있을 것 같았다. 마누라는 오히려 평범한 여자가 괜찮을 성싶었다.

다만 이런 식으로 다카에 의하여 억지로 진행되는 것이 아무래도 재미없었다. 적어도 웬만큼 돈을 벌어 도쿄의 새 집에서 마리야를 맞는 것이라면 도리어 자진해서 그 준비를 갖추었을 것이다. 아직 열여섯 살밖에 안 된 소녀를 신부로 맞는다는 것은 아무래도 뒷맛이 썼다.

……복도에서 옷 스치는 소리가 들렸다.

"실례하겠습니다."

다카한테 받은 가르침대로 복도에 무릎을 꿇고 장지문 너머로 마리야가 인사했다.

"아 아, 들어와."

조심스럽게 장지문을 여닫는 마리야를 본 기리히토는 눈을 크게 떴다. 불과 세 시간 사이에 전혀 딴사람으로 변해 있었다.

우선 머리가 싱싱한 신부 머리였다. 옷도 오늘밤을 위해 마련해 두었을 성싶은, 눈이 번쩍 뜨일 만한 화려한 비단옷이었다. 얼굴은 그 구조만은 어떻게 바꿀 수 없겠지만 하얀 분칠을 한 얼굴이 한결 나아 보였다.

'이만 저만한 둔갑이 아니군!'

기리히토는 감탄하였다.

마리야는 얌전하게 베갯머리에 세 손가락을 짚으며 허리를 굽혔다.

"못난 사람이지만 오래도록 잘 부탁드립니다."

기리히토가 당황하여 이불을 젖히고 일어나 앉더니 어색함을 쫓아 버리듯 큰 소리로 말했다.

"사이 좋게 지내자고."

가볍게 마리야의 어깨를 토닥거려 주었다.

마리야는 부끄러운 기색 없이 양손을 짚은 채 기리히토를 쳐다보았다. 기리히토가 도리어 당황해서 눈을 깜박거렸다. 그러다가 생각이 났는지 자기가 벗은 몸을 훑어보고는 황급히 누워 이불을 턱까지 끌어올렸.

그래도 마리야는 그대로 앉아 움직이지 않았다.

"왜 그래?"

기리히토가 쳐다보았다.

"왜 그러다니요…… 기다리고 있습니다."

"기다리고 있어? 뭘 기다린다는 거야? 다카 아주머니가 아직 뭐 가져올 게 있다고 하던가?"

"답답하시네요."

마리야는 안타까운 듯 말했다.

"신부는 자기 손으로 옷을 벗는 것이 아니라 신랑이 벗겨 주는 거래요. 전, 그걸 기다리고 있는 거예요."

"흠, 그렇군."

기리히토는 다시 부스스 일어나 앉았다.

"그런 관습이 있군그래."

"몰랐었나요?"

"몰랐었지……. 그럼 벗겨 줘야지."

잠자리에서 빠져나온 기리히토는 마리야한테 다가가 우선 허리띠부터 풀기 시작했다.

그 때 발소리를 죽이며 다카가 살그머니 복도를 따라 다가섰다. 장지문 틈으로 들여다본 다카는 훈도시만 입은 기리히토가 하는 양을 보고는 추잡스럽다는 듯이 미간을 찌푸렸다.

방 한쪽에는 첫날밤 주안상이 마련되어 있었고, 기리히토는 예복 차림으로 마리야의 입실을 기다려 함께 주안상을 들어야 했던 것이다. 그러나 이젠 어쩔 도리가 없었다. 다카는 다시 발소리를 죽여 가며 돌아갔다. 신성한 행위를 치를 즈음에 다카가 다시 살그머니 엿보러 올 것임에 틀림없다.

그런 것도 모르고 기리히토는 어색한 손놀림으로 고생고생 띠를 풀고 기모노를 벗겼다.

"어디까지 벗기면 되는 거지?"

"……."

거기까지는 마리야도 배우지 않았던 모양이었다.

이제는 빨간 속옷만 남았다.

'기녀 같으면 이쯤으로 잠자리에 들어올 텐데.'

갑자기 기리히토는 엉뚱한 생각을 했다. 어쩔까 하고 망설이고 있는데 차가운 밤기운 때문에 마리야가 크게 재채기를 했다.

"이젠 됐지?"

기리히토는 서둘러 이불 속으로 들어갔다.

"아직 끈을 몇 개나 메고 있어서 너무나 답답해요······."

"됐어, 들어와요. 안에서 풀어줄 테니까."

그렇게 재촉하면서도 기리히토는 어이가 없었다. 아무리 무드와는 인연이 먼 그였지만 이같이 따분한 결혼 초야는 견딜 수 없었다. 신부 옷을 벗기는 것은 사나이로서 일생 일대의 흥분을 느껴야 마땅했다. 그런데 전혀 흥분이 일지 않았다. 기생 심부름꾼이 손님방에서 돌아온 동기를 거드는 것과 그다지 다름없는 행위일 뿐이었다.

기리히토는 마리야가 곁으로 들어왔지만 곧 손을 뻗칠 생각이 나지 않았다.

"마리야."

"네."

"결혼이란 것이 어떤 일을 하는 건지 다카 아주머니가 가르쳐 주셨니?"

"배웠어요."

"말해 봐."

"특별히 말할 게 없어요. 그림을 본 것뿐이거든요."

"그림! 우키요에(성 유희 그림) 말이야?"

"네."

마리야는 힐끗 기리히토를 쳐다보더니 얼굴을 돌렸다.

'우키요에 같은 엉터리는 안 되지.'

기리히토는 고개를 저었다.

우키요에는 남자의 상징을 너무나 과장해서 그려 놓았다.
'그런 큰 것을 생각하면 처녀는 겁에 질려 버릴 거야.'
"우키요에를 보고 겁났었지?"
기리히토는 갑자기 마리야가 애처로워 끌어당겨 입을 맞췄다. 마리야가 몸을 꿈틀거렸다. 기리히토는 그녀가 흥분한 것이라 생각하며 더욱 세게 껴안으려 했다. 그러자 마리야는 기리히토의 입술에서 입술을 떼고, 애원하는 눈빛으로 말했다.
"끈을 풀어도 괜찮아요? ……답답해서."
그 때문에 몸을 꿈틀거렸던 것이다.
기리히토가 양손을 놓자 마리야는 일어나서 부지런히 몸을 감고 있던 끈을 풀었다. 그리고 앞을 헤치고는 한껏 등을 펴며, 끈 자국이 선명한 배를 긁었다. 기리히토는 순간 놀랐다. 마리야의 살결은 얼굴빛과는 달리 의외로 희었다.
"……아파!"
"잠깐이면 돼!"
"그렇지만 아파서."
"눈을 딱 감고 참아야지."
"그만해……요. 이제 그만둬."
이런 대화가 띄엄띄엄 새 나오는 방 안을 복도에서 한 그림자가 숨을 죽이고 엿보고 있을 때였다. 돌연 현관에서 다급한 사람 소리가 났다. 다카는 당황했지만 자세를 흐트리지 않고 복도를 미끄러지듯 나갔다. 안색이 파랗게 질려 현관에서 서성이던 사람은 지즈코의 모친이었다.
"큰일났습니다. 도련님이 크게 각혈을 하셨어요……."
"넷?"
다카는 쇼크로 비틀거렸다.
"굉장히 위독하세요."
다카는 홱 돌아가서 안으로 뛰어들어갔다.

"기리히토!"

마치 나오마사가 위독한 것이 기리히토 때문인 것처럼 잡아먹을 듯한 어조였다.

"도련님이 임종하시게 됐어요! 일어나세요!"

기리히토는 허겁지겁 뛰쳐 일어났다.

기리히토와 다카가 달려갔을 때는 이미 나오마사가 의식을 잃은 상태였다. 불규칙적으로 딸꾹질 같은 숨을 쉬고 있을 뿐이었다. 의사는 내내 나오마사의 손의 맥을 짚고 있다가 이윽고 그 손을 살그머니 가슴에 얹고 손목시계를 보았다.

"11시 32분이었습니다."

다카가 내동댕이쳐진 것처럼 이불 위에 엎드려 통곡하기 시작했다. 기리히토의 얼굴도 쏟아지는 눈물로 온통 눈물 범벅이 됐다. 지즈코는 일어서서 별실로 나가 손수건으로 얼굴을 가리고 흐느꼈다.

허무한 인생을 꿰뚫고 살아온 사나이의 최후로서는 어울리지 않을 만큼 모두가 비탄에 빠졌다.

나오마사의 두 눈은 아직 가늘게 뜨고 있었다. 기리히토는 떨리는 손으로 몇 번이나 눈꺼풀을 쓸어서 감기려 했지만 아무래도 감으려 하지 않았다. 날이 밝았다. 어느 새 그 두 눈은 감겨 있었다.

이틀 후에 치러진 장례는 오카야마 성주의 후예로서는 너무나 쓸쓸한 것이었다. 나오마사의 양친의 사망 후에 이미 이세다가는 서서히 몰락하고 있었던 것이다. 나오마사의 죽음과 동시에 도쿠가와 막부 창립 이래의 명문 가문의 명도 다 하고 있었다.

장례를 치른 밤이었다. 다카는 엄숙한 태도로 기리히토에게 서류 한 철을 내밀었다.

"기리히토. 도련님이 주신 선물이에요."

그것을 펼친 기리히토는 깜짝 놀랐다. 도쿄 고히나타 다마마치에 있는 13,000평에 이르는 이세다 저택이 기리히토의 명의로 되어 있었다. 가옥은 공습으로 불타 없어졌지만 아직도 도쿄 도내 최고의 명원이라고 일컫는 정원은 그대로 남아 있었던 것이다.

"도련님은 기히리토가 성을 쌓기에 알맞은 고지대라고 말씀하셨습니다."

"그 그렇지만……, 이건 내가 받을 성질의 것이 아닙니다. 도련님의 부인도 계시는데요."

기리히토는 고개를 숙이고 있는 지즈코를 가리켰다.

"도련님의 성의십니다. 받으세요."

다카는 딱 잘라 말했다.

"정말 괜찮을까요?"

기리히토는 다카와 지즈코를 제쳐두고 자기가 막대한 재산을 물려받는 것이 썩 내키지 않았다.

"우리들에게 그런 넓은 땅이 있다 해도 어떻게 할 도리가 없습니다. 이제부터 열심히 노력해서 돈을 모아 이 곳에 큰 성을 만든다면 도련님도 지하에서 기뻐하실 거예요."

생각해 보면 지금 그런 광대한 땅이 생겼다고 해도 쓸모가 없었다. 기리히토가 당당한 실업가가 되지 않는 한 그 규모에 어울리는 집을 지을 수 없었다.

기리히토는 자신에게 일렀다.

"그럼 받겠습니다. 몇 년이 지나야 성을 지울 수 있을지도 잘 모르겠지만 한번 해보겠어요."

'내 것이면서도 내 것이 아니다!'

기리히토는 그렇게 마음 속으로 다짐했다. 어쨌든 나오마사의 죽음은 기리히토라는 인간의 줏대를 튼튼하게 하는 거름 역할을 했다.

초이레가 지나서 기리히토는 마리야를 정식으로 아내로 삼았다. 그러나 그녀와 함께 상경할 수는 없었다. 기리히토는 세 번째 무일푼에서 출발을 해야 했다.

다카와 마리야, 그리고 지즈코의 전송을 받으며 오카야먀 역을 떠난 기리히토는 이번에야말로 혼자 힘으로 서겠다는 비장한 결의를 굳히고 있었다.

중앙선 이와이다바시 역에 내린 기리히토는 도전(도쿄 도내에서 운영하는 철도)을 타기 위해 기다렸지만 전혀 올 낌새가 없었다. 기리히토는 에도가와바 시쪽으로 터벅터벅 걷기 시작했다.
 여기저기서 속속 사람들이 돌아오고 있었지만 넓은 도쿄를 채우기에는 부족했다. 거리는 한산했다. 달리는 차마저 보이지 않는 것이 마치 에도(도쿄의 옛이름)와 같은 옛날로 돌아간 것처럼 조용했다. 곳곳에 바라크가 세워졌을 뿐, 탁 트인 전망이 시원하게 생각되었다.
 기리히토는 강을 향해 선 채로 오줌을 누면서 공상에 잠겼다.
 '언제쯤이나 도쿄가 원상태로 돌아올 수 있을까?'
 이 때 굉장한 속력으로 달려오는 지프에서 씹던 껌이 날아왔다. 무심코 돌아본 기리히토의 콧등에 그것이 찰싹 달라붙었다.
 "바보 자식!"
 상고머리를 한 미군 병사가 속력을 줄이며 이상한 발음으로 욕을 해댔다. 그러자 옆에 타고 있던 양공주가 새빨갛게 칠한 입술을 삐쭉이며 빈정거렸다.
 "개새끼!"
 기리히토는 거의 입밖에 터지려는 욕을 간신히 참았다.
 '양갈보 년. 자기도 미국인이 된 기분으로 동포를 경멸하고 있어!'

'도대체 저런 여자는 전쟁 중에 무엇을 하고 지냈을까? 바지를 입고 머리띠를 두르고 군수 공장에서 부지런히 무기 제작을 하던 여자는 아니었을까? 여자란 정말 알 수 없는 존재야.'

생각이 여기에 미치자 불현듯 한껏 요염하게 꾸민 마리야의 모습이 떠오르면서 맛없는 수제비를 너무 많이 먹어서 트림이 날 때 같은 기분이 됐다. 기리히토는 생각하고 싶지 않다는 듯 머리를 저으며 걸어갔다.

이윽고 고개를 올라간 기리히토는 높은 오야이시(건축 자재석)담이 길게 둘러싸인 곳에 서서 미소 지었다.

'이것이로군! 이제부터 이게 내 땅이야.'

웅장한 문은 아직 남아 있었다. 한 아름이나 되는 문주에는 씨름꾼의 게다만한 문패가 붙어 있었다.

'이세다.'

귀족 중에서도 굴지의 부호였던 후작의 저택이었다. 찹쌀떡 크기의 징을 박은 검게 번쩍이던 문짝은 묵직하게 잠겨져 빛나는 전통의 위풍을 아직도 간직하고 있었다.

기리히토는 얼마 동안 그 생김새를 바라보고 나서 담을 따라 걷기 시작했다. 옆길로 들어가서 뒷문 쪽으로 가보니 거기는 무참히 부서져 있었다. 저택 안으로 발을 옮긴 순간 기리히토는 자신도 모르게 신음했다.

화염이 휩쓸고 간 생생한 광경이 거기 있었다. 수백 평의 건평을 과시하던 건물은 화염도 완전히 사라지게 할 수는 없었던지, 벽이 칸막이처럼 남아 있었고, 선룸이었을 성싶은 곳의 유리 지붕이 녹은 엿처럼 휘어져 있었다. 대중 목욕탕만한 넓이의 욕탕이 아름다운 모자이크 타일로 장식된 채 햇볕에 드러나 있었고, 누군가 들어낸 듯 버려진 그랜드 피아노가 잡초 속에 뒤집혀 있었다. 기특하게 제모습을 지니고 있는 것은 흙으로 된 광뿐이었다.

'저 광 속에서 당분간 살아야겠군.'

그렇게 생각하면서 다가간 기리히토는 그 옆에 서 있는 지프에 눈을 돌렸다. 아까 그 지프 같았다. 기리히토는 발소리를 죽여 가며 광 앞으로 다가갔다. 여닫이 철문 한쪽이 반쯤 열렸다. 안에서 여자의 웃음소리가 새어 나왔다.

기리히토는 납작 엎드려서 목을 길게 빼고 살며시 들여다보았다.

'흥미진진한데.'

기리히토는 소리가 나도록 군침을 삼켰다. 예감한 대로 아까 양갈보와 미군 병사가 발가벗고 흡사 개의 교미하는 모양을 한창 취하고 있는 중이었다. 갈보는 일부러 상대를 약 올리듯 엉덩이를 흔들며 기어나가려 했다. 병사는 그러지 못하게 밀어붙이려 했다.

네발로 기는 갈보 위에 엎드려 있는 병사의 모습이 마치 작은 암캐한테 거대한 수캐가 덤벼들어 열심히 목적을 수행하려 드는 꼴이 연상되어 기리히토는 터져나오려는 웃음을 억지로 참았다.

갑자기 장난기가 발동한 기리히토는 뒷걸음쳐 나와 일어서자 반쯤 열린 철문을 힘겹게 닫고는 고리를 돌렸다.

"꼴좋다!"

기리히토는 안에서 나는 고함 소리와 비명을 들으면서 복수의 쾌감을 만끽했다.

1만 3천 평의 정원은 황폐했지만 천변 만화하는 훌륭한 풍취를 고스란히 간직하고 있었다. 나오마사의 조부인 나오쓰구는 정원에 끔찍이도 열중한 인물이어서 수십 년이 걸려 축조한 것이었다. 잔디, 이끼, 모래, 작은 연못, 마른 연못, 마른 물길, 언덕, 근경·원경의 이용, 오솔길 등 어느 하나도 갖추지 않은 것이 없다.

기리히토는 물론 그 조화가 이뤄내는 아름다움을 이해할 수는 없었지만 그저 한눈에 훑어보아도 굉장한 곳임을 알 수 있었다.

미군 병사와 양갈보를 가두어 둔 곳에 본 성을 쌓고, 거기서 이 거대한 정원을 감상할 날을 상상해 봤다.

일본의 총리대신이나 미국 대사, 각계의 일류 명사들을 초대해서 일대

원유회를 개최할 날이 과연 언제 올 것인가.

"돈을 벌지 않으면 안 돼! 벌고 또 벌어서 억만 장자가 되어서 성을 쌓아야 돼!"

자신도 모르게 큰 소리로 외치는 기리히토였다. 순간 비탈 아래의 가람석 그늘에서 소리치는 사람이 있었다.

"시끄러워."

"뭐야?"

기리히토는 목을 빼며 보았다. 거기 웅크리고 정원 연못에 낚싯줄을 드리우고 있던 자는 머리카락을 텁수룩하게 곤두세운 파카 차림의 사내였다. 그는 정원 연못가에 웅크리고 앉아 낚싯줄을 드리우고 있었다.

기리히토가 어슬렁어슬렁 내려갔다.

"뭐가 낚이나요?"

사나이가 가만히 수면을 응시한 채 말했다.

"잉어!"

몹시 코가 큰 사나이였다. 젊은 건지 나이 든 건지 잘 구별이 되지 않는 모양새였다.

"몇 마리나 잡았습니까?"

"열흘 동안 한 마리."
"그래서는 수지가 맞지 않겠는데요."
기리히토가 말하자 사나이는 힐끗 쳐다보며 냉소적으로 말했다.
"자네는 매사를 득실로만 따지나?"
"그렇게 생각하려고 합니다."
"지금 돈을 벌어서 성을 만들고 싶다고 했나?"
"아직은 마음뿐이지요."
"어디에다 성을 만들 건가?".
"여기에다 만들 겁니다."
"여기에다?"
사나이는 미간을 찌푸리며 기리히토를 빤히 쳐다보았다.
"어째서 여긴가?"
"제 땅이니까요."
"여기는 이세다 후작의 저택이네."
"이제는 제 땅입니다."
"그리 간단히 말하지 말게. 간단히 말하는 것을 들으면 진짜로 믿고 싶어지니까."
"믿지 않아도 좋아요. 어쨌든 사실이니까."
"그만하지. 난 미친 사람을 상대로 얘기하는 건 질색이야."
사내는 낚싯대를 들어 줄을 감고는 일어섰다. 대나무처럼 후리후리하게 큰 키였다.
"이 저택의 주인은 분명히 오카야마에 있을 거네."
"나오마사님은 일주일 전에 돌아가셨습니다."
"뭐라고?"
사나이는 놀라서 불쑥 기리히토에게 한발 다가섰다.
"정말인가?"
"제가 임종하시는 베갯머리에 앉아 있었지요."

"정말 그 자식 죽었단 말인가! 그래……, 죽었나!"

사내는 눈을 들어 허공을 응시했다.

"댁은 누구십니까?"

사나이는 허공에 시선을 고정시킨 채 대답했다.

"고토 이치타로라고 하네. 이세다 나오마사와는 프롤레타리아 문화동맹의 동지였지. 이세다는 도쿄국제대학에 있었고 나는 미술학교에 있었는데, 이세다는 니힐리스트였고 나는 로맨티스트였으니 배가 맞을 수밖에. 그러다가 공산당이 지지부진하게 되는 바람에 연맹을 탈퇴하고 오로지 여자만 밝혔지."

고토 이치타로라고 이름을 밝힌 사나이는 그리운 듯이 지난날을 회상했다.

"그 때가 좋았어! 《유물론 연구》를 열심히 읽었지만 뭐가 뭔지 몰라 이세다에게 조소를 받았었지. 그 전해에 고바야시 다키지가 고문에 못 이겨 죽었을 때 나는 정말로 다키지를 죽인 고등계 형사를 찔러 죽여야 제정신을 차릴 수 있을 것 같았네. 다키지의 장례식에 모인 자들은 모조리 잡아가더군. 나도 당했지. 이세다도 당했어. 엉망으로 두들겨 맞고 발길질당하고……. 하지만 후회는 없었다. 불같은 정열을 태운 청춘이었지. 이세다도 허무주의 운운하면서도 정열을 갖고 있었지."

고토 이치타로는 기리히토에게 다시 시선을 돌리자 뭔가 미덥지 않다는 듯한 표정으로 물었다.

"이세다가 자네에게 이 저택을 주던가?"

"네."

"음. 자네 같은 사람에게 말이지. 실례지만 자네는 도대체 뭔가?"

기리히토는 자기의 신상을 성장 과정부터 정직하게 설명했다. 고토 이치타로는 가끔씩 고개를 끄덕이고 맞장구치며 듣고 있다가 갑자기 소리쳤다.

"재미있어. 이세다가 자네에게 이 저택을 준 기분을 이해하겠어! 이세다는 그런 녀석이었지. 그놈의 마음 속엔 보온병처럼 따뜻한 무언가가 있었어. 사실은 나 같은 놈보다도 훨씬 더 철저한 로맨티스트야. ……자네 같은 간음의 자식에게 이 저택을 주고 죽어 가다니, 훌륭한 놈이 아닌가."

고토 이치타로는 기리히토의 손을 꽉 움켜잡았다.

"마시러 가자. 오늘은 내게 돈이 좀 있네."

그가 앞서서 걸어갔다. 광 가까이 왔을 때였다.

"뭐야, 저건?"

안에서 새나오는 다급한 외침을 듣고 고토 이치타로는 의아한 듯 바라보았다. 기리히토가 웃으면서 자기가 미군 병사와 양갈보를 가두었다고 말하자 고토는 온몸을 흔들어가며 웃어댔다.

이윽고 고토가 기리히토를 데리고 간 곳은 신주쿠 무사노과 뒤편에 빈틈없이 우글거리고 있는 하모니카 골목이라고 불리는 대폿집이 즐비한 거리였다.

"차코."

누군가를 부르며 찢어진 장지에 서투른 글이 쓰인 가게에 들어선 고토는 백 원짜리를 훌쩍 던졌다.

"오늘은 부자란 말이야."

여자는 스물 안팎의 단정하게 기모노를 입은, 보기 드물게 청결한 인상이었다. 용모도 나쁘지 않았다.

"기리히토 군. 이놈은 아직 처녀야. 내 옛날 애인의 딸이지. 애인이라 해도 나보다 일곱 살이나 위였지만. 이 아이에게 젖을 먹이고 있었는데, 그 살결이 정말 희지 뭔가. 그래서 덤벼들었더니 쉽게 허락했었지."

"고토 씨! 그만두세요! 취하지도 않았으면서."

"나는 거짓말을 안 해! 사실이 그런데 뭐가 부끄러운가."

"제가 부끄럽단 말예요."

여자는 양주를 컵에 부어 내밀면서 쌀쌀맞게 말했다.

"넌 처녀니까 부끄러운 게지. 빨리 처녀성을 버려. 이 기리히토는 어때? 머지않아 이세다 후작 저택에 성을 쌓으려는 대야심가란 말이다."
"그만하세요. 말린 정어리가 있는데, 어때요?"
"뭐든지 다 내와."

그날 밤에 고토 이치타로도 기리히토도 엉망진창으로 취했다. 기리히토는 자기 품안에 있는 사람이 그 여자라고 생각했다.

슬슬 한쪽 손으로 등을 쓰다듬어 내리자니 어쩐지 이상했다. 눈을 떴다. 고토 이치타로의 수염투성이 얼굴이 자기 얼굴 앞에 있었다.

반사적으로 밀어내고 일어나 보니 다락방과 같은 누추한 방이었다. 낡아빠진 옷장·고리짝·보퉁이들이 너절하게 아무렇게나 놓여 있고, 그 틈에 사람이 끼어 답답하게 사지를 쪼그리고 있어야 할 형편이었다.

차코라는 처녀는 기모노 차림 그대로 옷장에 달라붙듯이 자고 있었다. 그 무릎을 띠로 단단히 맨 것을 보고 기리히토는 쓴웃음을 지었다. 밀가루 포로 뜯어 만든 커튼 너머로 벌써 햇볕이 새어 들어오고 있었다.

기리히토는 선하품을 하다가 갑자기 구토증이 일었다. 소주를 벌떡벌떡 마신 뒤의 기분은 정말 견딜 수 없었다.

'내가 미쳤지, 다시는 이런 짓을 하지 않겠어.'

새삼스럽게 자신을 타이르고 일어섰을 때 차코가 몸을 뒤척이다 부은 눈을 껌벅거리며 물었다.

"가시는 거예요?"
"너무 폐를 끼친 것 같군요."
"얌전했었어요, 당신은."

차코는 픽 웃으며 일어나 양손을 높이 뻗으며 고개를 흔들었다. 팔을 드니 흰 건물이 기리히토의 눈에 들어왔다. 나루코 고개에 있는 아파트였다.

밖으로 나온 기리히토는 태양에 눈이 부셔 얼굴을 찡그렸다. 태양만이 예나 지금이나 변함없는 빛을 발하고 있었다.

9

그로부터 약 한 달이 지났다.

고토 이치타로는 오늘도 변함없이 이세다 후작 저택의 연못에 낚싯대를 드리우고 있었다. 뒤에서 인기척이 들려왔다.

"역시 여기 계시는군요."

기리히토의 목소리에 이치타로는 힐끗 뒤돌아 쳐다보았다.

"아직 운을 잡지 못한 모양이로군."

"그래요."

기리히토는 다카가 보내 준 나오마사의 유품인 양복을 입어 모양만은 제법이었지만 얼굴에는 생기가 없었다. 이치타로의 곁에 앉았다.

"암거래가 들통 나는 바람에 열흘쯤 유치장에 들어가 있었지요."

"째째한 암거래를 한 게지."

"그렇죠, 뭐."

"자네는 이 저택에 성을 짓겠다고 말했었는데, 말하자면 관광 사업을 하는 게 목적이겠지."

"나오마사님에게 그렇게 배웠습니다."

"관광이란 도대체 어떤 일인지 알고나 있는가?"

"가르쳐 주세요."

"역경이라는 책에 '관광이란 나라의 빛을 보는 것이다' 하고 나와 있어.

말하자면 자기 나라의 좋은 점을 보여준다는 뜻이지. 그게 라틴어로는 트리즘, 독일어로는 프렘덴펠겔에 해당하는 의미로 풀이되네."
 기리히토에게 그런 정의는 아무래도 상관없었다. 단 이 고토 이치타로가 의외로 풍부한 학식을 갖고 있다는 것은 나오마사라는 조언자를 잃은 기리히토로서는 퍽이나 다행한 일이었다.
 "이를테면 진귀한 것을 보고 싶다, 일 년 내내 꽉 묶였던 생활에서 일시적으로 해방되고 싶다, 그런 바람이 관광 여행을 하게 만드는데, 그렇게 되면 받아들이는 쪽은 손님들에게 그 장소에서 완전한 만족감을 주지 않으면 안 되는 걸세."
 "일일 임금님, 일일 여왕님 기분이 되게 하는 거로군요."
 기리히토는 나오마사에게서 들은 말을 인용했다.
 "멋져. 바로 그거다……. 그러자면 웬만한 돈으로는 관광 사업을 할 수 없지 않은가."
 이치타로는 일어서서 낚싯줄을 둘둘 감았다.
 "따라서 자네의 야망은 당분간 실현될 가능성이 희박하다는 결론일세."
 "꼭 그렇지만도 않습니다."
 기리히토가 머리를 저었다.
 "돈벌이는 아이디어예요. 좋은 아이디어만 있으면 난 어떤 괴로움도 참고 이루어낼 겁니다."
 "흥."
 이치타로는 콧방귀를 뀌면서 걷기 시작했다. 기리히토는 딱히 할 일도 없어 어깨를 나란히 하고 따라갔다.
 이윽고 이치타로가 기리히토를 데려간 곳은 여자대학 뒤에 타다 남은 한 구획 안이었다. 대지진 전에 세워졌는데, 형편없이 낡아서 기울어가고 있는 상가 안 여염집의 격자문을 열면서 이치타로는 말했다.
 "이 집은 26년 전에 어느 공산당 부부가 고등계 형사들과 총격전 끝에 죽은 후 빨간 유령이 나온다는 소문이 나서 내내 빈집으로 있지."

달랑 방만 두 칸인 집이었다. 큰방으로 안내된 기리히토는 벽에 더덕더덕 붙은 그림을 바라보았다. 그것들은 모두 방의 단면도였다.
"뭡니까, 이건?"
"모르나? 나는 방에 관한 공상을 한다네. 방이라면 얼마든지 근사하게 꾸밀 수 있어. 이 천재적 능력을 사줄 놈이 없어 유감 천만이지만……"
정말로 거기 그려진 방은 천차만별이었으며 훌륭했다. 어느 것 하나도 같은 창문, 같은 가구, 같은 깔개는 없었다. 캐비닛이나 면직물의 하나도 테이블도 모두가 다르고 재미있었다.
기리히토로서는 물론 이것이 얼마나 천재적인지 어떤지는 잘 알 수 없었지만 어쩐지 바라보고 있어도 싫증이 나질 않았다.
"어때, 자네가 장차 성을 만들 때 실내 장식은 내게 맡겨 주지 않겠나? 아니, 내 공상을 실현할 수 있도록 방을 만들어 주게. 일본 영주님의 방, 프랑스 귀부인의 침실, 독일 장군의 서재, 영국 여왕의 응접실……, 이런 식으로 말이야. 그러면 내 상상력은 굉장한 힘을 발휘하지. 그런 생각만으로도 벌써 프랑스 귀부인의 침대, 독일 장군 서재의 케이트레의 테이블(접고 펼 수 있게 된 테이블)도, 영국 여왕이 걸터앉을 원더체어도 머릿속에 생생히 떠오른단 말이야."
그렇게 말하며 이치타로는 데생용 크레용을 스케치 북에다 능숙하게 모양이 다른 라운드 테이블과 러브 시트(남녀 두 사람이 앉는 2인용 의자), 더벤 포트를 그려 보았다.
내친 김에 러브 시트에서 끌어안고 키스하는 신사와 귀부인의 모습까지 덤으로 그려 기리히토의 무릎 앞에 던졌다.
"멋지게 그리는군요."
"탄복만 하지 말고, 이런 디자인을 내가 할 수 있도록 분발하란 말일세."
그러나 아무리 생각이 굴뚝 같아도 기회가 오지 않는 기리히토는 일 없이 거리를 방황할 따름이었다. 혼란한 세상이라 크고 작은 사건이 잇

달아 터졌고, 세상은 어지럽게 변해갔다.
 도시마구 시나마치의 제국은행 시나지점에 구청 직원이라며 완장을 두른 초로의 사나이가 나타나서 장티푸스 예방약이라고 속이고 독약을 먹여 열한 명을 죽이고 16만 4천 원을 훔쳐 달아났다. 인도에서는 마하트마 간디가 암살당했다.
 도쿄 재판에서는 도조 히데키가 키넌 검사와 정면으로 맞서 전쟁의 당위성을 주장해서 파문을 일으켰다.
 문단에서는 기쿠기캉이 죽고, 중국에서는 최고 법원 북경 분원의 형장에서 동양의 마타하리 가와시마 여시코가 사형되었다.
 인플레는 조금씩 제자리걸음을 시작했다.
 기리히토에게는 제국은행 사건이 일어나든, 도조가 전쟁을 한 것이 옳았다고 큰소리치든, 누가 죽든 아무런 관심도 없었다. 돈 벌 생각에 골몰해 거리를 쏘다니다가 지친 다리를 끌며 집으로 돌아와 죽은 듯이 잠자는 하루하루를 되풀이하고 있었다.
 요코하마까지 나갔던 기리히토는 이곳 저곳 돌아다니다 지쳐서 사쿠라가 머차 역 옆을 흐르는 오카 강 기슭의 풀숲에 맥없이 쓰러졌다. 가진 돈은 거의 바닥이 났다. 진한 고독감이 엄습해 왔다. 세상에서는 군국주의의 억압으로부터 해방된 인간들이 필사적으로 살아가려고 발버둥치고 있었다.
 '이대로 끝나는 건가, 이대로……'
 풀솜 같은 봄날, 멍하니 구름만 쳐다보았다. 강을 오르내리는 증기선 소리가 통통통 하며 한가로이 들려왔다. 그 배에서 풍기는 냄새가 기리히토의 콧구멍을 찔렀다.
 기리히토는 분뇨통 옆에 모친의 관을 실은 달구지를 끌어넣었던 일이 떠올랐다. 그 순간, 기리히토는 후다닥 뛰어 일어났다.
 '그렇지!'
 기리히토의 얼굴이 밝아졌다.

'진주군도 대소변은 본다! 좋아! 들이받고 부서지는 거다!'

이튿날, 기리히토가 찾아간 곳은 미8군 사령부였다. 접수를 하고 있던 일본인 2세는 초라한 행색을 한 동포에게 말도 붙일 겨를도 없이 냉담한 태도를 보였다. 그러나 쌀쌀맞은 응대에도 기리히토는 기가 죽지 않았다.

'이 때다! 이 때를 참고 넘기지 않고는 성공할 수 없어.'

기리히토는 7일 동안 매일 가서 물고 늘어졌다. 마침내 한 장교 앞에 서는 데 성공했다.

캡틴 계급장을 단 잘생긴 장교는 통역을 맡은 일본인한테 이 작은 사나이가 7일 동안이나 찾아왔었다는 말을 듣자 미소 지었다.

"무슨 일을 하고 싶은가?"

기리히토는 그 질문을 받자 통역에게 진지한 얼굴로 말했다.

"난 변소를 퍼내는 일을 하고 싶다고 말해 주세요."

통역은 실소했다.

"무슨 소린가?"

대위가 통역에게 물었다. 통역은 대단히 더러운 이야기라서 죄송하나 일본에서 분뇨를 퍼내는 식으로 처리하기 때문에 이 곳 화장실도 그럴 거라고 생각하고 그 일을 시켜 달라고 신청하는 것이라고 말했다.

그러나 대위는 이번에는 웃지도 않고 기리히토를 똑바로 쳐다보았다.

"분뇨 처리는 미군 기술 부대의 일이다."

그가 간단 명료한 대답을 했다. 기리히토는 그 취지를 듣자 실망했다. 7일 동안이나 끈기 있게 버티어 온 것이 완전히 물거품이었다. 통역에게 물러가도록 재촉당한 순간 기리히토는 오히려 통역에게 매달렸다.

"통역님, 부탁합니다! 변소 퍼내는 일 대신에 뭔가 시킬 일은 없는지 꼭 물어봐 주세요. 부탁합니다! 인간이 할 수 있는 일이라면 무슨 일이든 할 테니까요."

문자 그대로 지푸라기라도 붙잡고 싶은 필사적인 마음이었다. 대위는 애원하는 기리히토의 모습을 보고 있다가 통역에게 먼저 물었다.
"이 자가 뭐라는 건가?"
"인간이 할 수 이는 일이라면 무엇이든지 시키라고 합니다."
대위는 미소 지으며 기리히토를 다시 테이블 앞으로 불렀다.
"TODA CHRIHIRO……, 이름이 아주 희귀하구먼."
그렇게 말했다.
통역이 대위에게 기리히토의 이름을 전할 때, 일부러 KIRIHITO라 쓰지 않고 CHRIHIRO라고 섰다. 물론 통역이 조롱할 생각으로 쓴 것이었는데, 그것은 도리어 대위의 흥미를 끄는 효과가 있었다.
"어째서 자네는 예수와 같은 이름을 가졌는가?"
기리히토가 마구간에서 태어났기 때문이라고 대답하자 대위는 고개를 끄덕였다. 이 사나이의 부친은 가난하고 무지 몽매한 크리스천으로, 아들이 예수의 은총을 얻도록 불손하게도 그리스도라고 이름 지은 것이라고 스스로 해석한 모양이었다.
대위는 종이에 낙서를 하고 있다가 문득 생각났는지 프라이팬에 김이 오르는 그림을 그려 기리히토에게 보이며 물었다.
"이것을 도다가 할 수 있는가?"
하고 물었다.
"예스! 예스! OK! OK! 고맙습니다."
기리히토는 정신없이 절을 해댔다. 그 길로 기리히토가 달려간 곳은 신바시의 암시장이었다. 타다 남은 프라이팬을 한 개 구해서 두껍게 앉은 그을음을 샌드페이퍼로 닦았다.
다음날 그것을 들고 대위를 찾아가자 대위가 말했다.
"가난한 너는 아마 이 프라이팬 한 개를 구하는 것이 고작이었겠지."
기리히토는 상대방의 빈정대는 시선을 받으며 고개를 끄덕였다.
"하지만 나는 주문하는 수량을 맞출 자신이 있습니다."
통역이 그대로 전했다. 대위가 통역에게 말했다.

"이 사람에게 이런 격언이 있다는 것을 가르쳐 주지 않겠나. 'He that will not when he may, when he will, shall have may."
기회를 포착하지 않으면 정작 하려고 원할 때는 그 기회가 오지 않는다는 의미였다.
"알고 있습니다. 그래서 저는 이 곳에서 기회를 잡으려 합니다."
기리히토는 강한 어조로 대답했다.
테스트하는 의미로 우선 300개의 주문을 받았다. 그리고 나서 일주일 동안 기리히토는 신발이 다 닳도록 움직여야 했다. 다행히 마사키 도타가 출소해 도와줄 수 있었다.
도타는 이케부쿠로 유지가 되려던 꿈을 이루지도 못하고 순식간에 쩨쩨한 암거래상으로 전락한 처지였지만, 그래도 아직 얼굴이 통하는 곳은 남아 있었다.
진주군에게 납품하는 것이라면 생산업자가 후불이라도 마다할 리 없었다. 다만 생산업자에게 신용을 얻는 것이 문제였다. 기리히토의 끈기는 마침내 생산업자가 두 손 들게 만들었다.
7원 50전 하는 프라이팬을 25원에 납품하였다. 다시 3만 개의 주문을 받았다. 기리히토는 2개월 후에 50만 원을 벌었다. 그 중 10만 원을 도타에게 주려고 했지만 도타는 받으려 하지 않았다.
"이건 자본입니다요. 자본금을 흩어 버리면 아무것도 안 돼요. 열 배, 백 배, 천 배로 늘여서, 도다 씨가 그 저택에 큰 성을 세우면 나도 그 때 뭔가 받겠습니다."
도타의 의리에 기리히토는 저도 모르게 눈시울이 뜨거워졌다. 아직 일본의 기업들이 헤매고 있을 때 기리히토는 커피포트 대신에 주전자 4개를 납품했다. 기리히토는 커피포트보다도 이것으로 더 맛있는 커피를 만들 수 있다고 실험해 보였다. 대위는 맛을 비교해 보고 확실히 주전자 커피 쪽이 맛이 좋다고 인정했다.
더 나아가 기리히토는 암거래 쇠고기로 신용을 얻어 두었던 집으로부터 오래 된 카펫을 사 모아서 미군 장교 사택의 수요를 충당했다.

이런 경우도 고토 이치타로의 두뇌가 크게 힘이 됐다. 기리히토는 물건을 양도받을 때는 반드시 이치타로를 데리고 가서 값을 평가하게 했다. 이치타로의 지식은 파는 자를 어리둥절하게 만들기에 충분했다.

수요는 하루가 다르게 늘어났다. 미군 장교들 집에서는 일본집이 다다미를 필요로 하듯 카펫을 필요로 했다. 도저히 낡은 중고품을 사 모으는 정도로는 모자랐다.

"어때, 자네가 직접 생산을 하는 것이?"

이치타로가 기리히토에게 권했다.

10

 역시 돈벌이라는 것은 기회가 중요했다. 이치타로의 권유로 결심을 굳힌 기리히토 앞에 기회는 크게 그 황금문짝을 열어주었다.
 기리히토는 이치타로로부터, 생산업자가 되려면 사카이로 가라는 말을 듣고 그 날 중으로 기차에 올랐다. 사카이 시 주변에는 옛날부터 소규모 카펫 생산업자가 모여 있었다. 그러나 그것은 가내수공업 형태에 불과했다. 고토 이치타로는 기회의 물결을 타게 된 기리히토에게 이 형태를 그대로 흡수해 조직화시키라고 충고했다.
 기리히토는 사카이에 도착하자마자 직조 기술을 가진 부락을 돌아다녀 보고, 그 생산이 몇 명의 보스에 의해 지배되고 있는지 알아냈다. 그래서 그 보스들의 따귀를 돈 다발로 두들기며 다녔다. 기리히토는 뻔뻔스러움을 유감없이 발휘했다. 물론 이론이 잘 먹혀들지 않는 시골 사람과는 끈기 겨루기로 큰 인내가 필요했다. 기리히토는 뻔뻔스러움을 발휘함과 동시에 그 인내심 싸움도 잘 이겨냈다.
 '고라쿠엔 융단 주식회사.'
 보스들의 매수에 성공하고 귀경하는 기리히토의 머리는 이 회사의 구상으로 꽉 들어차 있었다. 고토 이치타로는 만족했다.
 "잘 했어……. 그러나 이제부터 자네가 할 것은 가장 원시적인 자본주의 착취 방법일세. 그것을 잊어서는 안 되네."

고라쿠엔 융단 주식회사는 공장을 갖지 않을 생각이었다. 그 대신 사카이 시에서부터 산악 부락까지 사방 60리의 농가를 공장 대신에 활용하는 것이었다. 즉, 방직 기계를 각 농가에 무료로 대부할 작정이었다. 그들 농가는 예부터 융단을 짜는 훌륭한 기술을 갖고 있으므로 그 기술을 이용해서 직기를 무료로 대부하여 완성품을 사들이면 되었다.

농가에서는 짜는 족족 돈이 되니까 가족 전부를 동원해서 부지런히 일할 것이고, 공장을 세우고 직공을 고용해서 기술을 습득케 하는 수고를 할 필요가 없었다.

공장을 가지면 직공들이 노동조합을 만들어 임금 인상을 요구할지도 모를 뿐 아니라, 사업이 부진하여도 좀처럼 회사를 그만두게 할 수는 없었다.

농가를 상대로 하는 한 임금 인상 요구의 걱정도 없으며, 목을 날리는 소동도 일어나지 않을 것이다. 노동 시간의 제한도 없고, 무엇보다도 인건비는 반액 이하로 먹힐 것이 틀림없었다.

농가 자체가 생산업자이고, 고라쿠엔 융단 주식회사는 그 제품을 사들이는 구조였다. 형식적으로만 이럴 뿐 실은 가장 교묘한 노동력과 기술의 착취였다. 생산업자는 처음부터 그 납입 가격이 정해지므로 한 마디의 불평도 못 할 터이고, 이웃집보다 조금이라도 더 벌기 위해서 잠도 못자고 필사적으로 일할 게 분명했다.

따라서 같은 기술을 갖고 있어도 공장의 직공 같으면 8시간밖에 작업하지 않지만, 농가에서는 13시간도 15시간도 문제가 되지 않는다. 회사로서는 이보다 득이 되는 일은 없었다. 가장 악랄한 자본 착취라고 고토 이치타로가 쓰게 웃은 것도 당연했다.

그러나 전후 혼란의 소용돌이 속을 헤치고 한몫 단단히 잡으려면 이런 수단을 취하지 않을 수 없었다. 기리히토는 갖고 있는 돈 전부를 투자해서 칠백 대도 넘는 직기를 사들여서 한 농가에 세 대에서 여덟 대까지 대부했다.

농가에서는 헛간에 직기를 설치하고 언젠가는 대저택의 응접실이나 호화로운 호텔 로비에 깔리게 될 현란한 융단을 짰다.

고라쿠엔 융단 주식회사가 가내공업에 타업자의 침식이 불가능했던 것은 제품을 모두 세포화된 보스들 손을 통해 회사에 납품시켰기 때문이다. 또 회사 쪽에서는 무료로 대부한 기계의 마모·고장 등에 따른 부담을 당사자들에게 지우지 않기 때문이기도 했다.

기리히토는 2년 만에 2억 원을 벌었다.

고라쿠엔 융단 주식회사의 자본금은 300만 원에 불과했다. 더구나 3년이 채 안 되어 원시적인 가내 공장의 노동력과 기술을 이용해서 양탄자 생산에서는 일본에서 1위를 차지하게 되었고, 융단·프드랙·모케트 보풀이 있는 직물의 한 가지 판매고도 2위를 차지할 정도로 엄청난 성장을 보였다.

마침내 기리히토는 기회를 잡아 꿈의 실현이 머지않아 닿을 곳까지 이른 것이다.

가을 하늘이 유난히 높아 보이는 오후였다. 기리히토는 바지에 양손을 찌르고 계속 딸국질을 하면서 긴자 거리 모퉁이에 서 있었다. 머리를 깨끗이 빗어 붙이고, 콧수염을 기르고 영국제 홈스펀(손으로 짠 올이 굵은 직물) 양복에 빨간 넥타이를 매고 있었다.

돈이 불어남에 따라 몸도 점점 불기 시작해서, 160센티미터의 키에 몸무게가 76킬로그램이나 됐다. 배가 튀어나와서 시선을 떨구어도 자기 신발을 볼 수 없었다.

"자네는 사치를 하면 할수록 촌스러워지는구먼."

고토 이치타로에게서 면박을 받기도 했지만, 기리히토는 억만 장자가 된 이상 사치를 하는 것은 당연하다고 생각했다. 그는 촌스럽건 말건 고급품만을 고집했다. 손목시계는 바텍 필립이었고, 넥타이핀은 10만 원짜리 흑진주, 커프스 버튼은 다이아에 구두는 켕걸이었다.

　기리히토는 점심 식사 후 이발관에 들러서 팁이 아깝지 않게 알뜰히 다듬고 무심히 긴자 거리를 한가로이 걸어보았다. 기리히토가 죽자고 돈을 벌고 있을 동안에 도쿄도 역시 급속도로 부흥하였고, 특히 긴자는 전쟁 전보다도 월등하게 화려해지고 있었다.
　지금의 긴자는 인간의 홍수로 넘쳐나고 있었다. 뚱뚱한 사람, 여윈 사람, 키 큰 사람, 작은 사람, 붉은 옷, 푸른 옷, 흰 옷, 검은 옷……, 모두가 전쟁을 헤치고 살아온 덕분에 지금은 군복 차림을 한 사람은 찾아볼 수도 없었고, 한결같이 단정하고 깨끗한 차림이었다.
　한국전쟁이 발발한 덕분에 특별수요 경기(제일 미군지원 사업)가 일어나고 있었다. 1,000원권이 발행되었고, 스트립쇼는 전성기를 맞았다. 빠찡코(슬롯 머신)의 짤랑짤랑하는 소리가 온 거리에 범람했고, 깅카쿠지가 방화로 소실되었고, 태풍 게인 호가 여느 때처럼 무서운 손톱 자국을 남겼다. 구로자라 아키라의 〈라쇼몽〉이 베니스국제영화제에서 그랑프리를 받았고, 자유노동자들은 니코용(일당 240원을 빗대어)이라는 반갑잖은 명칭을 얻었고, 히비야 공원이나 궁성 앞 공장은 밤이 되면 2미터가 멀다 하고 아베크가 서로 포옹하고 있고……, 그렇게 야단법석이었지만.
　어쨌든 순식간이라고 할 만큼 짧은 시간에 운좋게 2억의 돈을 움켜쥔 기리히토는 이렇게 일본 제일의 중심가를 활보하자 천하가 자기 손 안에 있는 것 같은 착각에 빠졌다.
　'저 한가운데에 있는 교통 정리대에 뛰어올라가 100원짜리로 10만 원쯤 사방으로 뿌리면 재미나는 광경이 벌어질 거야.'
　기리히토는 자기 옆에 우두커니 서서 신호가 바뀌기를 기다리고 있는 중년 부인을 옆눈질했다. 혈통·집안 모두가 부족함이 없을 듯한 이 부인이 허둥대며 정신없이 훌훌 떨어져 내리는 백 원짜리를 잡으려 손을 내뻗는 모습을 상상하며, 기리히토는 저도 모르게 빙그레 웃으며 딸국질을 했다.
 기리히토의 생각은 지나치게 오만했다. 그러나 마구간에서 태어나 빈궁의 밑바닥 생활을 하며 돈벌 궁리만을 하다 노력한 끝에 2억 원이나 갖게 되었으니 감정 상태를 조절하기가 쉽지 않았다.
 고라쿠엔 융단 주식회사 사장, 일본 특수 모제품 협회 이사, 관동 문화산업 진흥회사 이사, 일본 실내장식 상공업 연합회 이사, 경제 동우회 회원……, 직함도 하나하나 늘어갔다.
 수많은 사람들이 기리히토에게 머리를 숙였다.
 "사장님."
 뒤돌아보니 비서인 쓰치야 히사코가 생글생글 웃고 있었다. 아름다운 얼굴에 기품이 있었고 스타일도 좋아서 사장실의 악세서리로서는 완벽했다. 실은 금년 봄 〈도오토 신문〉이 개최한 미스 도쿄선발대회에서 당선된 여성이었다. 기리히토는 5만 원의 월급을 호기 있게 주고 비서로 고용했다.
 기리히토는 히사코를 빤히 바라보다가 그녀가 사장실의 악세서리로서는 복장이 너무 수수한 것을 지금에야 비로소 알아차렸다. 백만 원을 뿌리는 대신에 이 아이에게 투자하리라 생각했다.
 그리고 그렇게 말하려는 순간 기리히토 때문에 자칫 정신을 잃을 뻔한 옆의 중년 부인이 반색을 하며 그녀를 불렀다.
 "어머나, 히사코양."
 "어머, 기미군지 아주머니."
 정중한 상류 말로 반가움을 표하는 인사를 뒤로 흘려들으며 기리히토는 다시 발길을 옮겼다.
 기리히토는 히사코가 귀족인 자작의 딸로 학습원(왕・귀족 자제의 학교) 출신이란 것을 상기했다.
 '저런 작자들이 호화로운 저택에서 피아노를 치거나 호화 별장에서 춤을 추고 있을 즈음, 나는 어머니의 유해를 수레에 실어 끌었고, 구로야의 양갱공장에서 우두머리에게 두들겨 맞았지.'

그러나 그 독백은 복수어린 차가움을 지니고 있지는 않았다. 오히려 향수 비슷한 달콤한 회상이었다. 이 같은 독백은 억만 장자가 되고 난 다음부터 기리히토의 습관이 되어가고 있었다.

히사코가 종종걸음으로 쫓아왔다.

"아이 힘들어! 사장님, 조금만 기다리시잖구요."

기리히토는 쓰치야 히사코의 상기된 아름다운 얼굴을 보면서 자조적으로 말했다.

"나같이 풍채가 시원치 못한 사람이 사장인 줄 알면 자네가 부끄러울 거라는 생각이 들었지."

"당치도 않아요, 사장님은 훌륭해 보여요."

"간사스런 말은 그만해요. 나 자신을 내가 제일 잘 알고 있어. 아무리 멋을 내도 촌티를 벗을 수는 없는 사람이야, 난."

히사코는 말은 그렇게 하지만 조금도 비뚤어지지 않고 늘 즐거워 보이는 기리히토의 얼굴을 미소를 띠며 바라보았다. 실제로 히사코도 그렇게 생각했다. 머리를 갈라 빗는 것도 촌스러웠고, 콧수염은 호색한 같았다. 통통하게 살찐 모양은 나란히 걷는 것조차 부끄러울 정도였다. 그러나 히사코는 한 번도 기리히토에게 혐오감을 느낀 적은 없었다. 5만 원이나 되는 봉급을 받기 때문이라고는 볼 수 없었다.

그의 눈빛은 단 한 번도 음탕한 적이 없었고, 이 때까지 그녀가 만난 상류 계급의 위선자들에 비하면 기리히토만큼 탁 트이고 정직하고 시원스런 남성은 없었다. 비서로 입사한 지 어느덧 반 년이 지난 지금은 기리히토를 귀엽다고 생각하는 히사코였다.

"난, 자네와는 아침부터 저녁까지 얼굴을 맞대고 있지만, 그 부인과는 오랜만에 만났을 테지. 차라도 마시면 좋지 않나."

"그 아주머니와 만난 것은 6년 만이에요. 하지만 그 아주머니는 싫어요. 바를 운영하고 있는데요, 중성 같은 젊은 댄스 교사를 애인으로 삼아서……."
"흠, 원래는 귀족이군?"
"아사다노미야님의 사촌이 되죠."
"아사다노미야, 음!"
기리히토는 나직이 신음했다. 더욱더 기분이 상쾌해졌다.
"자네, 긴자에서 일류 의상실이 어딘지 알고 있나?"
갑작스러운 질문에 히사코는 잠시 어리둥절했다.
"글쎄요, 저 같은 경우, 제 옷은 제가 지어 입으니까 잘 모르겠습니다만……."
"5만 원이면 적은 돈이 아닐 텐데, 어째서 옷을 직접 지어 입나?"
"사장님. 저는 돌아가신 아버지가 남긴 부채를 매월 4만 원씩 갚고 있답니다."
"어째서 말하지 않았지?"
"무슨 좋은 일이라고요. 월급을 많이 주시는 덕분에 그나마 빚을 갚을 수 있는 거예요. 어머니도 감사하고 있습니다."
기리히토는 거북스러웠다.
"그보다도 의상실 아는 데 없나?"
"어떤 분 옷을 주문하시려고요?"
"아아."
"직접 그분이 가셔야 할 텐데요."
"자네 것을 맞출까 해서."
"네?"
히사코는 어안이 벙벙하여 빤히 기리히토를 쳐다봤다.
"비서라면 좀더 옷에 신경을 써야지."
"죄송합니다."
히사코는 고개를 숙였다.

사랑의 노래 **161**

'내년쯤, 세계 일주를 할 때 히사코를 데려가서 파리에서 옷을 맞춰 주는 것도 아주 좋겠구먼.'

기리히토는 상상만 해도 가슴이 뛰었다.

이 명문 출신 아가씨에게도 생각이 없는 것은 아니었다. 다만 기리히토는 이런 미인에게는 그에 어울리는 인연이 나타나야 한다고 생각했다. 그저 매일 얼굴을 바라보고만 있어도 족했다. 게다가 기리히토는 돈을 버는 것에 비례해서 품행도 차츰 나빠져서 그 사생활이 비서 히사코에게 빠짐없이 알려졌던 것이다.

기리히토의 장점은 거짓말을 하지 않는 것과 무슨 일이든 숨김이 없다는 거였다. 오카야마에 마리야라는 본처가 있는 것도 히사코는 알고 있었다. 도쿄에 함께 살지 않는 것은 외도하기가 거북하기 때문이라는 말도 기리히토에게서 들었다.

물론 기리히토가 상대하는 그 어느 한 사람도 미모에 있어서나 스타일에 있어서나 교양에 있어서나 히사코에 미치지 못했다. 그런 의미에서는 결코 등잔 밑이 어두운 것은 아니었다. 히사코를 좋아했지만 일부러 그녀에 대한 감정을 자제하고 있던 터였다. 그런데 긴자 거리를 어깨를 나란히 하고 걷는 동안에 그 자제력도 서서히 힘을 잃어가고 있었다.

11

 그리고 나서 닷새가 지났다. 쓰치야 히사코가 긴자 7번가 프랑스인이 경영하는 양장점 '파리제엔'에서 맞춘 최신 유행의 옷을 화사하게 입고 회사에 출근했다. 그녀의 아름다움이 회사 분위기를 압도했다.
 히사코가 사장실에 들어가자 벌써 출근한 기리히토가 부지런히 서류를 훑어보고 있었다. 기리히토는 청소하는 아주머니처럼 언제나 출근 시간 30분 전에 나왔다. 사원들 중에는 더러는 사장의 눈에 띄기 위해 그 시각에 출근하는 사람이 있었지만 기리히토에게 어김없이 잔소리를 들었다.
 "안녕하십니까?"
 인사를 받고 무심코 얼굴을 든 기리히토는 일순 입을 반쯤 벌린 채 히사코를 바라보았다.
 "잘 어울리죠? 옷이 너무 예뻐요."
 히사코는 패션 모델의 포즈를 흉내내 보였다.
 "반할 것 같구먼."
 기리히토는 진지한 표정으로 말했다.
 "네네, 부디 상관없습니다. 사장님 마음대로 저를 이렇게 만드셨으니까요."
 "반하면 히사코가 곤란할 텐데…… 난, 일단 반하면 평생 계속 반하거든."

사랑의 노래 163

히사코는 갑자기 기리히토의 책상 앞으로 다가서자 오른손 새끼손가락을 내밀었다.

"반하시는 건 상관없지만 아무 일도 않는다고 약속해 주세요."

"그런 일은 약속 못 해. 남자의 자제력은 한계가 있는 법이니까."

"하지만 약속을 못 하시겠다면 전 이 옷을 입을 수 없습니다."

"그런 멍청한 얘기가 어딨나? 나는 뭐 내 눈만 즐겁게 하기 위해서 히사코에게 이 옷을 사준 줄 아나?"

입씨름하고 있는 참에 누군가 불쑥 들어왔다.

미타무라 소우키치였다.

교토에서 헤어진 뒤 처음 만남이었다. 바쁘게 나가는 히사코를 힐끗 쳐다보고 나서 소우키치가 자리에 앉았다.

"돈을 벌었겠다, 사장도 됐겠다, 게다가 미인 비서까지 뒀으니 남자로 태어나서 할 만큼은 했네그려."

"거기에 만족할 수는 없죠."

기리히토는 책상에서 일어나 소우키치의 맞은편 소파에 앉았다.

"자네 소문은 다른 데서 들었어. 자네 같은 졸랑이에게 이런 놀라운 수완이 있을 줄 정말 몰랐네."

확실히 기리히토의 경영 수완은 동업자의 의표를 번번히 벗어났다. 방적회사로부터 방모사의 매입을 중단당하면 오스트레일리아로부터 직접 원모를 주문해 오기도 하고, 미군에서 발주하는 주택용 깔개 2만 야드의 입찰에 참가해서 4억 원이라는 경이적인 최저가로 전량을 따오기도 했다. 더구나 그 납입 기간은 낙찰 후 10개월이었기 때문에 일본의 원시적 생산 양식으로서는 현실적으로 불가능하다는 판단이 지배적이었지만, 기리히토는 회사만을 움직여 보기 좋게 기한 내에 납품하기도 했다. 납품의 48퍼센트가 품질 불량이라는 통상 백서가 발표된 시기니만큼 납입품에는 신중한 심사가 가해졌다.

2만 야드의 깔개를 10개월 만에 납품하기 위해 사카이 농가는 문자 그대로 눈코 뜰 새 없이 일해야 했다. 일손이 모자라 보스들은 오사카의 소개소에 부탁해서 남규슈의 빈농으로부터 수십 명의 아가씨들을 사오기까지 했다.

"자네가 이 정도 성공하려면 꽤 우수한 참모가 있을 터인데, 어떤가?"
"물론이지요."

기리히토는 숨기지 않았다. 어딘가 중요한 거래를 할 때는 고토 이치타로의 지능을 빌리고 있다고 털어놓았다.

"그랬을 테지. 그렇지 않고서야 이렇게 비약적인 발전을 할 수가 있나."
"미타무라 씨는 어떻습니까?"

기리히토가 물었다.

"나 말인가? 나야 여전히 실업자 생활이지. 하지만 자네에게 무릎을 꿇어야 할 정도는 아니네. 어쨌든 자네가 성공한 것은 정말 반가운 일일세. 하지만 어째 영 사장 폼이 안 나는데. 콧수염도 양복도 이 사장실도 모든 것이 잘 어울리지 않아."
"이렇게 풍채가 좋아지지 않았습니까?"

기리히토는 소우키치의 험구에도 전혀 화내는 기색 없이 물었다.

"살이 찐 것은 씨름판에서 샅바나 챙기는 졸때기도 마찬가지지. 그러니까 섣부른 신사 흉내를 내지 말게. 그러다가 큰 코 다치기 십상이니까."
"미타무라 씨, 충고하러 오셨습니까?"
"좋은 도박거리가 있어서 왔네. 얘기를 들으면 구미가 당길 걸세."
"무슨 일인데요?"
"고다이라에 전쟁 전에 데이토 키네마가 세운 스튜디어가 있네. 물론 엉망이지."
"그런데요?"
"그걸 사게나. 값도 아주 헐값이야. 수리를 해서 대여만 해 줘도 꽤 짭짤할 걸세. 머지않아 영화산업이 번창할 게 틀림없네. 자네는 영화를 좋아하나?"

"전 꾸민 얘기는 흥미 없습니다. 소설이고 라디오 드라마고 간에요."

"좋아. 영화를 싫어한다면 더욱 잘 됐구먼……. 그럼 자네가 영화를 한 편 만들어 보는 거야."

"무슨 말씀입니까. 영화를 싫어하는 저보고 영화를 만들라니오?"

"보통 영화가 아닐세. 천황 영화를 만들어 보란 말이네."

"천황 영화?"

"그렇지. 천황이 출판한 《사가미 만 후세류의 연구》라는 책이 있는데, 그걸 영화화하는 거지. 생물학자로서의 폐하의 일면에 초점을 맞춰 천황을 필름에 담는단 말일세. 후세에 남을 문화 영화가 되지 않겠나?"

과연 소우키치다운 발상이었다. 기리히토는 그 얘기에 빠져들고 있었다.

"천황 폐하를 주연으로 한 영화를 만드는 것은 일본사람이라면 당연히 생각해 봄 직하지 않은가. 국민의 상징인 인간 천황의 모습을 일본 전국에, 아니 온 세계에 전할 수 있는 유일한 방법이라고. 천황을 둘러싼 궁내청은 또다시 국민과의 사이에 커튼을 치려하고 있어. 자네가 할 일은 바로 그 커튼을 뜯어 없애는 일일세."

기리히토는 소우키치의 얘기를 들으면서 한 사나이의 얼굴을 떠올리고 있었다.

원공작. 자칭 18대 장군. 도쿠가와 나리요시라는 인물이었다. 나리요시가 과연 장군가의 증손인지 어떤지는 의심스러운 점이 있었지만, 기리히토는 그걸 따질 생각은 없었다.

나리요시가 한 실업가의 소개장을 지참하고 기리히토를 찾아온 것은 1년쯤 전의 일이다. 이마 거리에는 멋있는 양복이 걸려 있었지만, 나리요시는 얼핏 보아 20년은 족히 됐을 성싶은 홈스펀 양복에 모닝용 바지를 입고 있었다.

명함에 '국민통신학회 회장'이라는 이상한 직함이 붙은 것은 그렇다 치고 '원공작'이라는 이름에는 차라리 비애감을 느꼈다.

아사다노미야의 이름을 이용해서 뭔가 사업을 해 보지 않겠느냐는 제안은 그 때까지 브로커들한테서 두세 번이나 받은 기억이 났다. 세상에는 아직도 명문에 대한 은근한 외경심을 품고 있는 사람이 많았다. 또한 일본 국민을 원숭이 취급하는 미군 장교들도 천황족이라든가 귀족에 대해 거기에 상응하는 경의와 흥미를 품고 있는 것도 기리히토는 잘 알고 있었다.

다만 그 때의 기리히토는 나라요시의 구걸하는 듯한 태도에 팁을 던져 주는 차가운 쾌감밖에 느끼지 않았다. 그 뒤로 나리요시는 한 달에 한 번은 반드시 모습을 보이게 되었고, 기리히토도 세 번에 한 번 정도는 명함의 직함 외에는 존재도 없는 통신학회에 기부하는, 그런 사이가 되었다.

갑자기 그 인물을 영화 제작에 한몫 끼게 하면 좋겠다는 생각이 뇌리를 스쳤다.

"어때, 한번 해 볼 텐가?"

"글쎄……요."

기리히토는 흥정을 하듯 약간 고개를 갸우뚱거렸다.

"문제될 게 없잖은가?"

"궁내청이 과연 찬성할까요?"

"설득시켜야지. 이 영화는 첫째, 고도의 학술적 가치를 지닌다. 둘째, 진지한 학자로서의 천황 폐하 모습에 전국민은 반드시 한층 더 존경과 친애감을 품게 될 것이다. 셋째, 세계를 대상으로 천황의 학문적 업적을 소개하는 것은 아직도 남아 있는 반일 감정을 녹여 주는 데 유익할 것이다……. 이런 식으로 말일세."

"하지만 이것이 쇼초치쿠라든가, 오호에서 만든다면 궁내청도 승낙할지 모르지만, 여하튼 이름도 없는 영화사에서 만든다는데 쉽사리 좋다고 하겠어요?"

"그야 간단하지. '학술영화현상위원회'라는 것을 만들어 폐하에게 헌납하는 형식을 취하는 방법이 있지. 그리고 위원회에는 폐하의 학우나 생물학을 연구하는 학자 등을 가입시켜서 민간 회사에 제작을 위촉한다고 하면 만사 오케이 아닌가. 하게나, 해야만 하네!"
 순간, 기리히토의 뇌리에 한 가지 생각이 떠올랐다.
"그 위원회의 위원장 말인데요, 그 자리엔 역시 황족이 제격이겠죠?"
"그렇지, 황족이 좋지. 그럼 어떤 황족이 좋겠나?"
"아사다노미야는 어떻습니까?"
"아사다노미야라면…… 아아, 그 방탕아, 좋겠지. 알고 있나?"
"알고 있고말고요."
 기리히토는 벙글벙글 웃었다.
"구로야에서 일할 때 양갱 상자로 그 작자의 머리를 두들겨 준 일이 있지요."
 며칠이 지났다. 기리히토는 도쿠가와 나리요시를 불러서 천황을 주역으로 하는 영화 제작에 대해서 이야기했다. 나리요시의 멍청한 얼굴이 빛을 발했다.
 기리히토는 우선 아사다노미야를 소개시켜 달라고 말했다.
"쉬운 일입니다. 지금 다녀올까요? 아사다노미야 씨도 좋아할 겁니다. 요즘 아주 무료한 것 같더라고요."
 나리요시는 잔뜩 들떠서 의자에서 일어섰다. 이 때 비서실에서는 쓰치야 히사코가 비명을 지르고 있었다. 빨간 잉크병이 뒤집혀서 새로 맞춰 입은 옷의 가슴부터 무릎까지 잉크가 튄 것이다.
 사장실에서 벨이 울렸다. 하사코는 얼룩을 기리히토에게 보여주는 일에 일종의 쾌감을 느끼면서 사장실로 들어갔다.
 기리히토는 어음장을 펴고 얼마를 써 넣을까 고민 중이었다. 아사다노미야에게 선물로 가지고 갈 어음이었다.
"5만 원 정도가 괜찮겠군."

기리히토는 히사코를 보았다.
"지금 아사다노미야 관저에 가는데 함께 갑시다. 미인이 함께 가는 것을 싫어할 사람은 없을 테니까."
"오늘은 좀 곤란하겠는데요……."
"무슨 소린가? 그것도 비서의 의무라고."
"하지만……."
히사코는 가슴에서 무릎까지 점점이 박혀 있는 빨간 얼룩을 원망스러운 듯 내려다보았다.
"흠."
기리히토는 히사코가 가고 싶지 않은 이유를 알았다.
"파리지엔이라 했던가, 그 양장점이? 전화해요."
기리히토가 명령했다.
"여보세요……. 여기는 일전에 옷을 맞춘 쓰치야 히사코라는 사람인데, 기억하겠소? 그 아가씨가 내 비선데, 그 옷에다 그만 내가 잉크를 쏟았지 뭡니까. 지금 울고불고 난리예요. 사장 체면에 이거 변상 안 해줄 수 없잖소. 응, 그래. 실은 말이지 히사코 양이 오늘 선을 봐야 되는데 아무래도 이대로 나갈 순 없잖겠소. 그래서 다른 옷을 부탁드릴까 해서…… 괜찮겠어요? ……아아 고마워요. 그럼 곧 가겠소."
히사코가 의상실에 가서 다른 옷으로 갈아입고, 자동차가 기다리고 있는 현관에 도착하기까지 약 1시간이 걸렸다.
기리히토로서는 생전 처음 여자를 기다린 거였다. 기리히토는 그 동안에 나리요시가 일찍이 가 보았던 유럽 각국에서 경험한 여자 맛에 대해서 거침없이 지껄이는 소리를 흘려들으면서 아사다노미야와 재회를 상상하고 있었다.
기리히토에게는 아사다노미야야말로 여러 의미에서 미워해야 할 운명이었다. 모친의 시신을 실은 관을 짐수레로 끌었을 때부터 아사다노미야는 운명적으로 기리히토에게 종종 참을 수 없는 굴욕과 격분을 느끼게 하는 존재였다.

　무엇보다도 기리히토가 아사다노미야를 결단코 용서할 수 없었던 것은 자기를 유치장에서 석방하는 조건으로 미쓰에의 정조를 뺏은 일이었다. 언젠가는 아사다노미야를 자기 앞에 엎드려 머리를 조아리게 만들겠다는 생각은 일종의 집념이 되고 있었다.

　다행이 패전이라는 유사 이래의 대사건은 아사다노미야를 구름 위로부터 끌어내렸다. 아사부의 대저택도 처분할 만큼 몰락했다는 소식을 들은 지는 이미 오래였다. 언젠가는 아사다노미야 앞에 설 기회가 반드시 온다고 생각했던 기리히토였다.

　그 기회가 오늘 찾아온 것이다. 기리히토는 이제야말로 억만 장자가 가질 수 있는 실력을 아사다노미야에게 인식시켜 주지 않으면 안 되었다.

12

 아사다노미야, 아니 이제는 미야(가문의 칭호)도 저하도 아닌 일개 서민인 아사다 구리히코의 집은 세다가야 교토 역 가까운 채소 가게와 약국 사이의 골목으로 들어간 곳에 있었다. 고작 2류 회사의 중간 간부나 살 법한 집이었다.
 기리히토와 도쿠가와 나리요시가 응접실에 들어갔을 때는 기모노차림의 또 다른 손님이 와 있었다. 예순 살쯤 되어 보이는 깡마르게 생긴 사람인데, 어쩐 일인지 부지런히 종이 노끈을 꼬고 있었다.
 탁자에는 벌써 몇 가닥이 늘어져 있었다. 그는 꼬는 일을 끝내자 소맷자락 안을 더듬어서 좁게 자른 미농지를 꺼내어 다시 꼬기 시작했다. 그의 손놀림은 몹시 서툴지만 매우 조심스러웠다.
 "무엇에 쓰려고 하십니까?"
 기리히토는 답답할 정도로 열심인 그 노인의 하는 양을 보고 있자니 입이 근질거려 도저히 가만히 있을 수 없었다.
 "심심풀이지요, 뭐."
 상대방은 대답했다.
 "네, 그러시군요."
 기리히토는 고개를 갸우뚱했다. 노인은 비로소 기리히토를 향해 정면으로 시선을 돌렸다.
 "술 담배도 안 하고, 책도 읽지 않고, 말뚝잠도 싫으니 종이 노끈을 꼴

수밖에. 고혈압에는 제일 좋을 것 같다는 생각을 했네."

"그렇겠군요. 중풍을 예방하기 위해 한 손에 호도를 두 개 쥐고 부지런히 놀리는 사람이 있던데, 그 대신에 종이를 꼬고 있는 거로군요."

"뭐 그런 셈이지."

"실례입니다만, 꼰 종이는 무엇에 쓰나요?"

"천원권을 100장씩 구멍을 뚫어서 이 노끈으로 꿰어 두지."

기리히토는 이 황당한 대답에 말문이 막혔다. 그 때 현관에서 바로 이층으로 올라갔던 나리요시가 안절부절못하며 들어왔다.

"전하께서 지압을 받고 계시는데요, 아직 30분은 기다려야겠습니다."

말을 마치더니 노인을 쳐다보았다.

"고토 코노신 씨 되십니까?"

나리요시는 자기의 의심스러운 직함이 적힌 명함을 내밀었다. 노인은 그 명함을 제대로 보지도 않고 소맷자락에 넣었다.

꽤 귀에 익은 이름이었다.

"기리히토 씨, 있잖습니까. 작년도 수입 4위를 기록한 일본 제일 가는 금융 왕이오."

나리요시의 말을 듣고서야 기리히토는 겨우 생각이 났다. 소위 갑부라 일컬어지는 억만 장자들 모두가 석탄이나 전기 기기·자동차 생산업자였다. 그 중에 유별나게 한 사람만 고리 대금업을 정식 간판으로 내건 인물이 들어 있어 이채로웠다. 그가 바로 이 고토 코노신이었다.

고토 코노신의 자산이 50에서 60억에 이른다는 믿을 만한 소문이 항간에 떠돌았다. 작년 소득은 8,000만 원이었다. 2할의 고리로 회전시켰다고 했다. 1년에 거의 1억 원을 움직인다는 얘기였다.

그러면서도 이 노인은 오다와라 뒷거리에서 고작 방 세 칸짜리 여염집에서 하녀 한 사람과 살았다. 사치품이라곤 고급차 한 대뿐이었다.

재계의 거물인 노무라 긴지로가 그에 대해서 다음과 같이 말했다.

"어쨌든 남과 다른 점이 한두 가지가 아닌 사람이야……. 옛날 겟센이란 스님이 있었지. 화가로서도 유명했지만 큰 부자라는 소문도 높았네. 그러나 언제나 걸승 차림으로 다리 밑 오두막집에 살았어. 어느 날 요시와라에 있는 창녀가 찾아와서 자기의 속치마에 그림을 그려 주었으면 하고 부탁을 했지. 겟센은 그녀가 벗어준 속치마에 주문하는 대로 멋진 비희도를 그려 주었다고 하네. 사람들은 이 말을 듣고 겟센만한 큰 부자가 천한 창녀의 속치마에게까지 음란한 그림을 그려서 돈을 모은다니 파렴치한이라고 심한 욕을 해댔네. 그런데 겟센이 죽은 뒤 오두막 속을 뒤져 보았지만 한 푼도 남아 있지 않았어.

겟센은 벌기만 하면 남김없이 가난한 사람들을 위해 돈을 썼던 게지. 현대판 겟센을 찾아본다면 아마도 고토 코노신일 걸세. 코노신은 자기 이름을 숨기고 번 돈을 거의 전재 모자원(戰災母子院)이나 사립 대학·오페라 가극단이라든가, 스키장이라든가, 사설 도로 건설에 호기 있게 기부하곤 한다네. 조난 대학이 이번에 다마가와 기슭에 야구 연습장을 근사하게 만들었지. 그것도 그 학교 총장이 찾아와서 간청하자 쾌히 승낙하고 전액을 부담했던 거네. 그 곁에 조난 대학 부지 2천 평이 있는데, 분양받아서 유원지를 만드는 조건이었지. 그 유원지도 코노신 혼자서 만들 모양이야······. 어쨌든 별난 사람이지. 죽을 때도 아마 전재산을 기부할 걸세."

도쿠가와 나리요시가 일본 제일의 금융왕과 만나서 잠자코 물러갈 리가 없었다. 갑자기 능변이 되어서 자기가 지금 얼마나 패전 일본의 정신 부흥을 위해 노력하고 있는가, '국민통신학회'라는 법인 단체가 얼마나 유익한 활동을 하고 있는가를 역설하기 시작했다.

한동안 맞장구도 치지 않고 부지런히 종이 노끈을 만들고 있던 고토 코노신은 이윽고 얼굴을 들자 문득 기리히토를 보고 물었다.

"댁은 뉘시오?"

"저 말입니까?"

기리히토는 명함을 내밀었다. 거기에는 아무 직함도 적혀 있지 않았다.

"무슨 사업을 하시는데요?"

"이분은 고라쿠엔 융단 주식회사 사장으로 계십니다. 양탄자 생산에 있어서는 현재 일본 제일이지요."

나리요시가 대신 설명했다. 그러나 고토 코노신은 나리요시를 쳐다보지도 않고 계속 기리히토를 요모조모 살폈다.

"기리히토 씨는 정말 재미있는 관상을 갖고 있군요."

하고 말했다.

"글쎄요, 저는 잘 모르겠는데요."

"사람은 좋은 것 같고, 뻔뻔스럽고, 계산이 치밀할 것 같고, 신경은 굵고, 감정은 섬세해 보이고······. 아주 좋은 얼굴이군요."

"그렇게 말씀하시는 고토 씨의 얼굴도 자세히 보니 뭔지 알 수 없는 점이 있는데요."

"하하하······."

고토 코노신은 큰 입을 벌리며 웃었다. 한쪽 구석에서 얌전하게 기다리며 이 두 사람의 대화를 듣고 있던 쓰치야 히사코는 혼자 미소 짓고 있었다. 여성의 예리한 직감력으로 이 노인이 기리히토를 무척이나 마음에 들어한다는 걸 느꼈기 때문이다. 서른 살에 대부업을 시작해서 문자 그대로 칠전 팔기한 이 노인은 첫인상만으로 상대방의 모든 것을 거의 완벽하게 파악해 냈다. 돈벌이에는 기회를 잡는 것이 중요했지만, 그 기회를 잡는 것엔 육감이 필요했다.

고토 코노신의 생애는 그 육감을 적절하게 사용한 전형적인 예였다. 서른네다섯 살이 되었을 때에는 이미 당시 돈으로 300만 원이라는 큰돈을 만들 수 있었다. 현재의 10억대에 해당하는 액수였다. 고리로 번 돈으로 토지와 주식을 사고, 거기서 번 돈으로 또 빚놀이를 해서 이중 삼중으로 돈을 벌었다. 고토 코노신의 예리한 육감이 적중한 것은 광동 대지진 때였다.

보이는 곳은 모두 불탄 들판뿐인 도쿄를 버리고 살 곳을 찾아 떠나면서 우에노 산 위에서 그 참담한 광경을 내려다 보던 코노신의 머릿속엔 장차 재개발될 도쿄의 모습이 그려지고 있었다.

중앙선이 뻗어서 기치소지, 구니타지, 다시 다치가와에 이르고, 셀러리맨은 싼 땅을 찾아서 그 교외에 집을 지을 것이다.

코노신은 즉시 구니타지까지 나가서 소나무와 상수리나무 숲을 평당 1원 정도의 값으로 사들였다. 당시에는 약 50만 평 정도 되었는데, 그것이 몇 년 후인 소화 4~5년쯤에는 40배인 40원이 되었다. 현재 구니타지 일대의 땅값은 2만 원에서 3만 원에 이르렀다.

40원이 됐을 때 토지를 팔아서 주식에 손을 대서 방직주를 샀다. 그러고는 순식간에 손해를 보고 자살 직전까지 몰렸다. 예측으로 주식을 샀다가 엄청난 손해를 본 코노신은 이 상황에서도 대부업에 전념하여 또다시 돈을 벌었다.

전쟁이 끝남과 동시에 다시 무일푼이 됐지만, 이번에는 거꾸로 주식에 착안해서 이 승부에 운을 걸어 알 만한 사람들의 말을 빌리면 천문학적인 돈을 벌었다고 했다.

지금은 한국전쟁으로 경제가 호황을 맞고 있었다. 코노신 같은 인물의 동향은 늘 주목을 받았고, 재계에 있어서는 까닭 모르게 두려운 존재였다.

손님들을 실컷 기다리게 하고서 아사다노미야가 낡은 루파시카 차림으로 나타났다. 눈과 눈썹 사이가 바보스러울 정도로 넓은 얼굴은 여전했고, 약간 치켜올라간 듯한 눈언저리에는 전하 행세하던 시절의 기품도 남아 있었다. 귀밑머리는 희지만 피부는 청년처럼 팽팽했다. 신분과 재산을 박탈당했지만 아직은 심신에 치명상을 입을 정도의 타격은 받지 않은 모양이었다.

"기다리게 했구려."

그렇게 말하며 안락의자에 느긋하게 앉아서 손님들의 인사말에 가볍게 답례하는 태도에는 태어나면서부터 그 지위에 익숙해진 의젓하고 얄미운 눈치가 있었다.

"고토 씨가 먼저 오셨죠. 말씀하시지요."

아사다노미야가 용건을 재촉했다.

코노신이 입을 열었다.

"당가(當家)에서 소유하고 있는 하코네 토지는 별장 부지 1,200평 외에 3만 2천 평이 있습니다."

"아아 그렇습니까?"

"전부 내가 사겠습니다."

"음, 좋아요."

아사다노미야가 고개를 끄떡였다.

어이없는 거래였다.

"그럼."

일어선 코노시은 기리히토를 돌아보았다.

"가까운 시일 내에 만나고 싶은데……."

"찾아뵙겠습니다."

기리히토는 이 궁상스러운 노인이 갑자기 깊이를 헤아릴 수 없는 거물처럼 느껴져 의자에서 일어나 공손히 절했다.

코노신이 나가자 기리히토는 아사다노미야에게 단도직입적으로 말했다. 지압을 받으면서 전 천황의 영화 제작에 관한 일을 나리요시에게서 들었던 아사다노미야는 흔쾌히 응낙했다.

"좋습니다. 내가 그 현상위원회의 회장이 되면 되는 거지요?"

"그렇습니다. 전하께서 직접 폐하께 부탁해 주신다면 이 이상의 영광은 없겠습니다."

나리요시가 끼어들며 말했다.

"물론 폐하께서도 기꺼이 허락하실 것입니다."

아사다노미야는 아무렇지도 않게 대답했다.

"감사합니다. 위원회의 멤버로는 동궁 학문소에서 폐하와 책상을 나란히 하고 공부하신 다나베 원 남작, M시종, 그리고 폐하와 함께 연구하셨던 나고야 이학부 부장 S박사께 부탁드려서……."

나리요시가 입심 좋게 읊어대자 아사다노미야는 전혀 관심 없다는 얼굴로 힐끗 구석에서 기다리고 있는 쓰치야 히사코를 바라보기 시작했다. 호색한 기질은 여전했다.

기리히토는 겨우 분노의 감정을 누르고 평정을 되찾았다. 아사다노미야는 20년 전에 양갱 상자로 자기를 두들긴 자가 이 앞에 있는 사람이란 사실을 알아보지 못하는 모양이었다. 기리히토는 나리요시가 열심히 떠들고 있는 동안에 아사다노미야의 손톱에 새까맣게 낀 때며 삐져나온 내의에 위태롭게 달려 있는 단추를 보고 있었다.

기리히토가 나리요시의 눈짓으로 5만 원짜리 어음을 탁자 위에 내놓자 아사다노미야는 그것을 보고도 못 본 체, 머리를 숙일 듯 말 듯 가볍게 끄덕였을 뿐이다. 기리히토는 그가 하는 양을 눈여겨 보았다.

"그럼, 전하."

나리요시가 말했다.

"사장님이 꼭 술 한잔 대접하고 싶어하십니다만……."

"그래?"

아사다노미야는 기리히토를 보며 물었다.

"어디서 말인가?"

"야나기바시입니다."

"허……, 벌써 화류계가 제자리를 찾았단 말인가?"

"미인이란 미인은 다 모여 있지요."

"흠."

아사다노미야는 옷을 갈아입기 위해 응접실을 나갔다.

"됐습니다. 전하가 일단 승낙하셨으니 다 된 거나 마찬가집니다."

나리요시가 자신 있게 말했다.

자동차에 올라탈 때 눈치가 빠른 나리요시의 조치로 히사코는 아사다노미야와 나란히 앉게 되었다. 차가 달리기 시작함과 동시에 아사다노미야의 손이 히사코의 손을 더듬었다.

　히사코는 희고 말랑말한 그 손의 온기가 불쾌해졌다. 몸서리가 쳐졌지만 참는 것도 비서의 임무라고 자신을 타일렀다. 히사코는 남의 손을 잡으면서 이렇게도 태연한 이 늙은이와 기리히토를 비교하고 있었다. 기리히토가 훨씬 더 점잖고 매력적이었다.

13

 천황을 주연으로 해서 영화를 제작하려던 계획은 제계에 한바탕 웃음거리가 됐을 뿐 끝내 실현되지 못했다. 처음에는 그저 아사다노미야에게 재력을 과시하고 싶은 생각이 강했던 기리히토였다.
 기리히토는 5,600만 원의 돈을 써버리는 것은 아무것도 아니었다. 더구나 아사다노미야를 머리 숙여 발 아래에 엎드리게 할 수 있다면 그만한 돈쯤은 조금도 아깝지 않았다. 여전히 회사는 잘 돌아가고 있었기 때문이다.
 도쿠가와 나리요시의 소개로 천황과 함께 공부했던 다나베 남작이 기리히토를 찾아온 것은 아사다노미야를 만난 지 얼마 안 된 때였다.
 아사다노미야와 마찬가지로 다나베 남작도 역시 상당히 생활이 어려운 모양인지 초라한 차림을 하고 있었다. 기리히토는 호기 있게 그 영락한 귀족에게도 5만 원의 어음을 건네주었다. 기리히토는 쉽게 돈을 번 만큼 쉽게 썼다.
 그 후 아사다노미야와 자칭 18대 장군인 나리요시, 다나베 남작은 영화 제작을 의논한다는 핑계로 연일 주지육림 속에서 허우적거렸다. 물론 이들의 유흥비는 기리히토의 주머니에서 지불되었다. 얼마 안 가서 나리요시와 다나베 남작은 지금까지의 궁벽한 행색과는 달리 새로 맞춘 양복을 입고 기리히토 앞에 나타났다.

처음과는 달리 부쩍 영화 제작에 관심을 갖게 된 기리히토는 그들의 유흥비 정도는 영화만 완성된다면 아무것도 아니라고 대수롭지 않게 여겼다. 어쨌든 천황을 주역으로 하는 학술 영화는 전인미답의 대사업임에 틀림없었다. 밤에 잠자리에 들어서까지도 근질근질한 쾌감은 도무지 잠을 이룰 수 없게 했다.

영화사 설립은 미타무라 소우키치가 맡아서 하기로 하고, 고다이라에 있는 낡아빠진 스튜디오를 아주 싸게 매입했고, 작가와 영화 감독의 경험도 있는 오자와 에자부로를 중심으로 한 진영을 짰고, 시나리오는 그 방면의 제 일인자의 야세켕이치에게 위촉했다. 준비 작업은 재빨리 진행되었다.

야세켕이치는 2개월 동안 면밀한 조사를 한 다음 각본의 줄거리를 작성했다. 후지필름과 교섭해서 천연색 영화 촬영 준비도 갖추어졌다. 음악은 아마다 코사쿠 씨의 작곡·지휘와 일본국립교향악단의 연주 교섭도 순조롭게 이루어졌다.

미타무라 소우키치의 제안으로 이 모든 준비는 암호를 사용해 가면서 극비리에 진행되었다.

기리히토는 3천만 원을 은행에 예치해 놓고 언제라도 착수할 수 있도록 단단히 준비를 했다.

촬영 준비는 착착 진행되고 있었지만, 정작 아사다노미야와 궁내청과의 교섭은 진행되고 있는 낌새가 전혀 보이지 않았다. '운동'을 위한 연회는 할 때마다 성대했지만, 변화라고는 세 사람의 화려해진 옷차림뿐이었다.

소우키치가 참다 못 해 나리요시에게 재촉을 할라치면 문제 없다고 넙죽넙죽 잘도 대답했다. 그를 믿지 못했던 소우키치는 아사다노미야에게 찾아갔다. 아사다노미야는 진행이 지지부진한 것에 전혀 무책임한 것 같았다. 그렇다고 재촉하러 간 소우키치를 불쾌하게 여기지도 않았다.

"폐하께서 나수에 가셨으니까 거기 가서 말씀드려 보세."

아사다노미야의 대답이었다.

믿음직스럽다고 하면 믿음직스럽고 기대할 수 없다면 기대할 수 없는 형편이었다. 소우키치로서는 소위 높은 분들의 심중을 헤아릴 길이 없었다. 나수에서 돌아온 아사다노미야의 이야기는 바로 길보였다.

아사다노미야는 이틀 동안 별저에서 머물면서 틈을 보아 학술 영화 이야기를 천황에게 했고, 천황은 대단히 기뻐하시는 모습이었다고 했다.

사흘 후에 소우키치는 3고 시절에 친했던 동창생이 사회부장으로 있는 Y신문사에 가서 비로소 이 계획의 전모를 밝혔다. 이튿날 아침, 예상했던 대로 Y지에 큼직하게 톱기사로 게재되었다.

'천황의 생물학 연구, 천연색 영화로 이 달 중순부터 촬영 개시'

그러나 소우키치의 계획은 얄궂게도 이 날부터 어긋나기 시작했다. 기사를 본 궁내청은 깜짝 놀라서 천황 영화를 허가한 사실이 없다고 Y지를 향해 강력하게 취소할 것을 요구했다. Y지는 고라쿠엔 융단 주식회사에 화살을 돌렸다. Y신문사에 해명을 하기 위해 갔던 소우키치는 그 길로 궁내청에 뛰어가서 사정을 알아보았지만 그의 보고는 이만저만 실망스러운 것이 아니었다.

궁내청은 도쿠가와 나리요시 같은 인물에게 허가한 사실이 없다고 부정했다. 간신히 나리요시를 찾아내 따져보아도 어쩔 수 없는 일이었다. 그러나 아사다노미야와 나리요시가 무슨 소리를 하든 정작 궁내청이 반대하니 촬영을 시작할 수는 없는 일이었다.

만약 고토 이치타로가 있었다면 이렇게 속이 빤히 들여다보이는 연극은 쉽사리 알아챘을 것이다. 이치타로가 아무에게도 알리지 않고 훌쩍 일본으로 돌아온 것은 Y신문에 기사가 실린 지 며칠이 지난 밤이었다.

아무런 예고도 없이 이치타로가 불쑥 회사를 찾아왔을 때 기리히토는 카바레와 고급 요정의 수많은 계산서를 쓰치야 히사코에게 주산을 놓게 하고 있었다.

"787만 3,694원입니다."

기리히토는 신음했다. 엄청난 투자에 얻은 것이라고 아무것도 없었다.

"빌어먹을! 엄청나게 놀아났군!"

"사장님이 너무 관대하셨던 거예요."

히사코는 비난하고 나서 목을 움츠렸다. 아사다노미야의 하얗고 말랑말랑한 손의 불쾌한 온기가 생각났기 때문이다.

"사장님."

"음."

"아사다노미야라는 분, 신용할 수 있는 분이라고 생각하셨어요?"

"신용할 수는 없지만 이용할 수는 있다고 생각했지."

"전 그분, 첫눈에 싫은 생각이 들었습니다."

"호색한을 좋아하는 여자도 있나……. 하지만 나도 그 황족 못지않은 호색한이라고."

"사장님은 다르세요."

"다를 게 뭐 있나? 내가 여자에게 속아서 번번이 돈을 착취당하는 것을 자네가 제일 잘 알고 있지 않은가."

"사장님이 속으시는 경우는 비가 갠 뒤 햇볕이 쬐는 것처럼 기분이 나쁘지 않아요."

"그건 어떤 의미지?"

"사장님은 정직하게 큰 소리로 속았다고 소리치시죠. 소리친 다음은 그 나쁜 여자 생각은 깨끗이 잊어버리시잖아요."

"여자를 미워하거나 원망해 보았자 하는 수 없잖아. 늘 이쪽 호색 근성이 문제지."

기리히토가 멋쩍게 웃었을 때

노크도 없이 고토 이치타로가 들어왔다.
"아니, 언제 오셨어요!"
기리히토는 어안이 벙벙했다. 일 년 전에 여비를 부탁하고는 홀연히 일본을 떠나버린 고토 이치타로였다.
"바람처럼 떠나서 바람처럼 왔네. 돈과 같은 거지."
이치타로는 그렇게 말하며 소파에 앉아 파이프를 물었다.
"좋았습니까?"
"아무것도 없었다."
이치타로는 내뱉듯이 대답하고 나서 기리히토를 힐끗 쳐다보았다.
"자네는 머리고 콧수염이고 다 깎고 다시 시작해야 되겠어."
"무슨 말씀이세요?"
"무슨 말씀이 아닐세. 도중에서 뒷걸음질쳐도 적당히 해야지."
이치타로는 거침없이 말하고 나서 기리히토의 앞에 놓인 계산서 다발을 집어들었다.
"흥, 도쿠가와 나리요시의 접대비라."
기리히토는 머리를 긁적거렸다.
"벌써 아셨습니까, 정말 난처하게 됐어요."
"천황 영화라니, 말도 안 되는 소리. 시대는 변했지만 궁내청 관리들의 머리까지 변한 것은 아니라는 걸 알아야지."
그 때 전화벨이 울렸다.
"미타무라 씨예요."
수화기에서 소우키치의 흥분된 목소리가 흘러나왔다.
"이봐, 아사다노미야가 지금 좀 와 달라고 한다. 어쩌면 아사다노미야가 궁내청을 설득한 건지도 모른다."
아직도 한가닥 희망을 걸고 있는 말투였다.
"어쨌든 가 볼까요, 그럼?"
기리히토는 수화기를 놓자 이치타로를 향해서 꾸뻑 머리를 숙였다.

사랑의 노래 **183**

"미안합니다. 이것으로 끝이니 이번만은 그냥 넘어가 주세요."

이치타로는 그 말에 대답하는 대신 히사코를 뒤돌아보더니 위에서 아래까지 훑어보았다.

"이 아가씨, 겁나게 예뻐졌군. 어떻게 된 사연인가?"

"무슨 말씀이세요?"

히사코는 좀 얼굴이 굳어지며 퉁명스럽게 되물었다.

"사장이 자네에게 손을 대던가?"

"세상에, 당치도 않아요!"

"아무래도……."

"조금도 이상할 거 없어요. 사장님은 한계를 넘지 않습니다."

"한계라, 하하하! 한계, 거 좋지."

이치타로는 소리 내어 웃었다. 기리히토는 이치타로 앞에서는 늘 맥을 못 추는 자신을 견딜 수 없다고 느끼면서 사장실을 나섰다.

아사다노미야가의 응접실에 기리히토와 소우키치가 나란히 앉았다. 늘 그렇듯이 이사다노미야는 실컷 기다리게 하고 나서 유유히 나타났다.

"다지마 군이 말이야."

아사다노미야는 소파에 앉으면서 태연한 태도로 말을 꺼냈다. 다지마는 궁내청 장관이었다.

"나보고 손을 떼라고 하지 뭔가. 자네들도 이번 일은 단념하고 이 후로는 아무쪼록 친구같이 잘 지내보세."

벌어진 입이 다물어지지 않는다는 것은 이런 일을 두고 한 말이었다.

"전하! 아니, 아사다 씨!"

소우키치의 얼굴이 험악하게 일그러졌다. 만주 대륙을 누비던 그 기백이 아직은 남아 있던 소우키치였다.

"당신은 지금 남자의 책임이라는 것을 어떻게 생각하시는 겁니까? 어린애 장난도 아니고, 마치 그 말투는 이제 장난은 그만하자는 말투 같군요. 적어도 전하로서 살아온 긍지조차 전혀 없단 말입니까?"

"자네, 나를 협박할 생각인가?"

아사다노미야도 안색이 창백해졌다.

"협박해? 어처구니없긴! 남자로서의 책임을 묻고 있는 겁니다. 불알을 차고 있다면 지금 같은 말은 혀가 갈라지는 한이 있어도 할 수 없어야 된단 말이오. 당신은 도쿠가와 나리요시나 다나베와 700만 원이나 쓸데없이 탕진했단 말이오. 아무 소식 없이, 부끄럽지 않습니까?"

"자네! 내가 자진해서 현상위원장을 시켜달라고 부탁하던가, 자네가 부탁하기에 맡았을 뿐이야. 까짓 푼돈을 쓰게 해놓고 시비를 걸려는 건가?"

아사다노미야는 뜻밖에도 아랫사람들의 말을 알고 있었다.

"푼돈이라고!"

소우키치는 울컥해서 벌떡 일어섰다.

"미타무라 씨."

기리히토는 당황하며 소우키치의 옷자락을 끌어당겼다.

"그만두세요. 말씀대로 이쪽에서 부탁한 것이 잘못이었으니까요."

"이봐, 자네가 저자세로 나오게 되면 말이 안 되잖아!"

"아니, 괜찮아요. 지금은 순순히 물러갑시다."

기리히토는 아사다노미야를 향해 가볍게 고개를 숙였다.

"여러 가지 폐를 끼쳐 드렸습니다."

밖으로 나온 소우키치가 아주 못마땅한 듯이 내뱉었다.

"자네를 잘못 보았군! 아사다노미야가 그렇게 자네에게 열등감을 품게 하던가!"

기리히토는 빙그레 웃었다.

"다 생각이 있습니다. 어디 한번 두고 보세요."

14

 그리고 나서 열흘쯤 지난 어느 날 퇴근 무렵이었다. 기리히토가 여비서를 사장실로 불렀다. 히사코가 들어오자 기리히토는 보기 드물게 찡그린 얼굴로 장부를 넘기고 있었다.
 미군에 납품한 고급 주택용 양탄자가 불량 판정을 받고 고스란히 반품된 것이다. 3억 6천만 원에 납품 기간 1년이라는 무리한 조건으로 낙찰해서 사카이의 농가들을 격려해가면서 기한 내에 간신히 맞춘 사업이었다. 지금껏 불량품이라고 트집잡힌 적이 한 번도 없었고, 꿈에도 반품 따위는 생각지 못했던 기리히토로서는 정수리에 쇠망치를 얻어맞는 것 같은 충격을 받았다.
 상대는 미군이었다. 싸움도 될 수 없었다. 누군가가 고라쿠엔 융단을 말아먹으려는 수작임에 틀림없다고 생각했다. 잡히는 곳이 없지는 않았다. 그러나 그놈을 잡아 족쳐 봤자 이미 때는 늦었다.
 반품된 양탄자를 어떻게 하나, 문제는 그것이었다. 최고급 양탄자는 미국 이외에 살 데가 없었다. 불량품인 양탄자를 미국에 수출하려면 대단한 정치력이 필요했다. 아무리 뻔뻔스러워도 그만한 정치력을 발휘할 자신은 없었다. 이제야 기리히토는 너무 우쭐했던 자기의 불찰을 천천히 자각했다.
 대충 2억 3천만 원이 손해였다. 워낙 액수가 엄청나서 실감이 나지 않을 정도였다.
"사장님, 큰일이군요."
히사코의 말을 듣고 기리히토가 고개를 들었다.
"자네도 알고 있나?"
"네, 알고 있습니다."
"회사가 망할지도 몰라."
"그런 일이……."
"농담이 아니야. 하지만 망하면 다시 출발점으로 돌아가서 처음부터 다시 시작하면 되니까……. 그보다도 한 가지 자네에게 부탁하고 싶은 일이 있는데, 꼭 들어줬으면 좋겠어."
"무슨 일이라도 하겠습니다."
회사가 망한다는 말을 듣고 히사코는 비장한 기분이 되어서 대답했다.
"자네 틀림없는 처녀지?"
기리히토는 당돌하게 그렇게 물었다.
"네? 네."
히사코의 비장한 마음이 순식간에 스러졌다.
"연인과 키스한 일 정도는 있겠지?"
"없습니다!"
"그래? 그건 좀 곤란한데."
기리히토는 고개를 갸우뚱했다.
"음."
기리히토는 팔짱을 끼고 회전의자를 빙글 한 바퀴 돌렸다.
"오늘밤 8시에 스키지에 있는 나다기쿠에 가주었으면 하는데……."
"네?"
"아사다노미야가 기다리고 있어, 자네를 말이야."
"네에?"
나다기쿠에 아사다노미야를 초대했네. 이제부터 친구로 사귀자는 약속을 했거든."
"……."
"그랬더니 꼭 한 시간만 얘기하고 싶다고 전화로 부탁하더구먼."
히사코는 긴장했다.
"한번 가 주지 않겠나?"
"……."
몹시 자존심이 상한 히사코는 굳은 표정으로 기리히토를 노려보듯 응시하며 뭔가 말하려고 입술을 희미하게 떨었지만 휙 몸을 돌려 사장실을 나갔다. 그리고 곧 돌아온 그녀는 한 통의 편지를 더러운 것이 양 한 끝을 들어 기리히토의 눈앞에 툭 떨어뜨렸다. 기리히토는 봉투에서 분홍빛 편지지를 꺼냈다.
"흠!"
히사코에게 보낸 아사다노미야의 러브레터였다.
황족의 명예와 지위를 잃은 자기는 이 견디기 힘든 쓸쓸함을 상냥한 여성에게서 위로받고 싶다고 원했지만 마땅한 상대를 만날 수 없었는데, 마침 당신이라는 여성을 보고 바로 이 사람이라고 마음먹었다. 허영에 들뜬 처와 이별하고 고독한 나날을 보내고 있는 나에게 아무쪼록 기쁜 회답을 바란다 운운하는 따위의 내용이었다.
고풍스러운 가락이면서도 상당한 달문 달필이었다.
기리히토는 싱글거리며 말했다.
"60이 다된 노인이 이런 러브레터를 쓰다니, 대단한데……!"
잠시 침묵이 이어졌다.
"아니, 내 비서로서 어떠한 일이 있어도 가는 게 좋겠어. 그 대신 특별 상여가 있을 거요."
"사장님."
히사코는 정색하며 기리히토를 노려보았다.
"내게 정조를 팔라고 하시는 겁니까?"

"멍청한 소리 말아요. 자네는 지금 키스한 일도 없다고 했었잖나."
"네. 그렇게 말했습니다. 그러니까……."
"나는 아사다노미야에게 정조를 바치라고는 하지 않았어. 다만 나다기쿠에 가서 자네의 예쁜 얼굴과 몸매를 아사다노미야에게 보여주라고 부탁하는 것뿐이야."
"그리고 나서……, 그래서 어떻게 되나요?"
"어떻게 되다니……, 거기서부터가 문제야. 자네, 학습원 시절에 운동한 적 없나?"
"탁구 선수였습니다."
"탁구라, 탁구라면……."
기리히토는 고개를 끄덕거리며 지불 전표에 서명을 했다.
"정 급하거든 아사다노미야에게 보여주라고. 자네가 할 일은 이것을 아사다노미야에게 들이대는 일이야."
히사코는 지불 전표를 받아보고 저도 모르게 눈을 크게 떴다. 그리고 황당함과 불안감이 뒤섞인 표정으로 기리히토를 바라보았다.

오후 7시.
고라쿠엔 융단 주식회사 사장실에 불이 켜져 있었다. 그렇다고 기리히토가 혼자 남아서 일을 하고 있었던 것은 아니다. 그는 소파에 누워서 눈을 감고 가만히 있었다.
아카야마 고라쿠엔 뒤켠 마구간에서 태어난 보잘것없고 무식한 기리히토였다. 그가 여기까지 올라선 것은 너무나도 운이 좋아서였고, 이제 파산하는 것은 애초부터 정해진 것처럼 자꾸만 생각되는 것이었다. 분수에 맞게 하루 품을 팔아 사는 노동자가 제격일 듯싶었다. 억만 장자가 되어서 실업계를 제패하려면 그에 걸맞은 우수한 출신과 품격과 견식을 갖춰야 된다는 생각이 들었다.
기리히토는 참으로 드물게 자기 비판을 하고 있었다.

문이 열렸다. 기리히토는 눈을 감은 채였다.
"드디어 삭발하고 콧수염을 깎아 버릴 때가 온 모양이로군."
고토 이치타로의 목소리였다.
기리히토는 천천히 일어나 앉았다.
"그렇게 할까 봐요."
"그렇게 하는 거야……. 자 그리고 나서부터이지, 도다 기리히토의 뻔뻔스러움이 진짜로 발휘되는 것이."
"그렇게 되지는 않을 거예요. 전 지금 나에겐 품팔이 노동자가 어울린다고 생각하고 있었어요."
"그 반성이 차후에 유익할 걸세."
"이제부터는 일류 실업가는 출신도 문제가 될 거예요."
"멍청한 소리! 오와리 나고야에 있는 이토가 16대째 당주 이토 지로자에몬은 게이오 대학을 나와서 마쓰라카야 사장이 됐네. 그게 도대체 무슨 재미가 있나. 그보다도 거지와 도둑질 이외는 안 해 본 일이 없이 해치우고 올라선 연합지기 사장 이노우에 데이지로는 관서 재계에서 괴짜로 꼽히는 실업가야. 이젠 명물이라 해도 좋을 정도지. 그 사람은 열 살 때부터 사환 노릇을 해서 자그마치 서른 집도 넘게 옮겨가며 일했어. 그 동안의 경험에서 생긴 것이지……. 어제 재계 경영자 포상 기사가 신문에 났더구먼. 재계의 거물들이 다 모였지. 그 중에서 가장 엄숙하고 점잖은 사람은 누구라고 생각하나? 나쇼날의 마쓰시타 코노스케였네. 소학교 4학년 경력에 화로 가게와 자전거 상점에서 혹사당했으며, 전등회사 공원으로 있으면서 모은 70원을 밑천으로 해서 소규모 가내 공장을 시작으로 전기 기구상이 된 사나이가 게이오 대학이나 도쿄 대학을 나와서 출세 코스를 달려온 패거리보다도 위엄 있단 말일세. 어때?"
"알았어요……. 하지만 내가 60살이 넘고 성공을 하더라도 절대로 그렇게 될 턱이 없어요."
기리히토는 긴자의 네온이 명멸하는 창문 유리에 자기 얼굴을 비쳐보며, 중얼거렸다.
"용케도 이런 몰골로 태어났어……."

히사코가 나다기쿠에 들어가고 나서 채 10분도 안 돼서 기리히토가 모습을 나타냈다. 이미 약속이 돼 있는 듯 낯익은 하녀가 허물없는 얼굴로 기리히토에게 속삭였다.
"발돋움도 있으셔야죠. 유리창으로 들여다보시려면."
"아니, 필요 없어, 됐네."
방으로 안내되자 술을 주문하고 이웃방과 구분하는 칸막이를 등지고 책상다리를 했다. 귀를 기울일 필요조차 없었다. 아사다노미야는 딴사람처럼 상냥한 목소리로 혼자서 지껄이고 있었다.
"……나는 또 기리히토의 여인이 아닐까 하고 생각했지. 후후후……, 기리히토는 시원치 못하지만 젊고 독신에다가 억만 장자니까 말이야. 어떤 미인이라도 그만한 결혼 조건이면 승낙할 만하거든."
히사코는 말이 없었다. 침묵 전술인 모양이다.
"……하지만 기리히토는 별로야. 그만두는 게 현명하지. 그 사람, 들리는 얘기로는 천한 빈민굴 출신이라지. 성장 과정이 천한 인간은 아무리 돈이 많아도 품위가 없는 것은 어쩔 수 없거든. ……그 친구는 돈만 있으면 어떤 여자라도 마음대로 할 수 있다고 생각하고 있는 모양이지. 돈다발을 휘두르며 분별없이 여자를 유혹하고 있다는 소문이 있더군. 그런 점에서 볼 때 출신 성분이 천하다는 게 드러나잖니. 여자의 진실을 손톱의 때만큼도 모르는 사람이야. 내 입장에서 바라보면 불쌍한 인간이지."
기리히토는 아사다노미야의 말을 들으며 씁쓸하게 웃었다. 아사다노미야의 수작이 천하게 보였다. 여자를 제것으로 만들려고 기를 쓰는 사람이 상대 여자의 가장 가까이 있는 사람을 헐뜯고 있다니, 가장 졸렬한 수단이었다.

아사다노미야라고 특별한 말주변이 있을 리 없으니 졸렬한 것이 당연할지도 몰랐다. 평생 공경만 받고 살아온 터여서 탕아로서의 수련이 모자라는 것이 틀림없었다.

히사코는 최후까지 침묵을 지켰다. 이윽고 아사다노미야도 입을 다물었다. 기리히토는 전 신경을 귀에 모으고 숨을 죽였다. 돌연 철썩 하고 따귀를 때리는 소리가 났다.

"아야!"

아사다노미야가 비명을 질렀다.

기리히토는 빙그레 웃었다. 계획대로 되어가고 있었다.

"이게 무슨 짓인가?"

"전하의 따귀를 때리는 것이 비서로의 제 임무입니다."

히사코의 대답은 침착해서 대단히 믿음직스러웠다.

"뭐라고!"

"보세요."

"뭐야, 이건?"

"사장님이 저에게 주신 특별 상여금 지불 전표입니다."

"……아사다노미야의 따귀를 때리는 값 10만 원정이라고? 어, 어처구니없구먼! 사람을 우롱하는 것도 정도가 있어야지!"

"전하!"

"뭐야?"

"꽤 오래 전 언젠가 신분이 천한 소년에게 머리를 얻어맞은 기억이 없으십니까?"

"그런 기억 없네!"

"아니에요, 있습니다. 아타미 별장에서 구로야 과자점의 따님을 해코지하려 했을 때 함께 왔던 꼬마한테 양갱 상자로 얻어맞아서 비명을 지르셨잖습니까?"

"……"

"생각나셨습니까?"
"어째서 자네가 그런 일을 알고 있지?"
그 때의 꼬마가 우리 고라쿠엔 융단 주식회사 사장님이십니다."
"뭐라고!"
"그럼 실례합니다."
"이봐, 기다려!"
아사다노미야가 히사코에게 덤벼든 모양이다.
"무슨 짓이에요!"
"나는 당신을 좋아해! 사랑하고 있어!"
"나는 전하가 송충이보다도 싫습니다."
"이봣!"
 심하게 뒤엉켜서 다투고 있는 중에 기리히토가 문을 열었다. 그 오른손에는 구로야 양갱 상자를 들고 있었다. 거침없이 성큼성큼 다가서자 아사다노미야가 공포에 질린 표정으로 뒷걸음질치기 시작했다.
"바보 자식앗!"
 고함을 질러대며 기리히토는 양갱 상자를 아사다노미야의 정수리에다 내려꽂았다. 아사다노미야는 비명을 지르며 양손으로 머리를 감싸 쥐고 털썩 그 자리에 주저앉아 버렸다.
 기리히토는 그 비참한 모습을 내려다보았다. 처음 생각한 것처럼 복수의 쾌감은 조금도 일지 않았다. 어쩐지 싱거운 느낌이었다.

사랑의 노래

15

 고라쿠엔 융단 주식회사는 그런 일이 있은 뒤 3일 후에 완전히 파산했다. 일단 파산을 향한 언덕길을 굴러가기 시작하면 아무리 몸부림쳐도 도저히 지탱해낼 수 없다는 것을 기리히토는 뼈에 사무치게 통감했다.
 그날 전사원이 모여 해산식을 거행하고 제각기 감회를 안은 채 떠난 다음, 기리히토는 혼자서 창가의 책상에 앉아 움직일 줄 몰랐다. 어느새 해가 지고 창문에 비치는 긴자의 네온이 빛을 더 하고 있었다. 그 네온의 명멸이 깨끗이 정돈되어 텅 빈 방 안은 빨갛게 물들었다 파랗게 물들여지기도 했다.
 기리히토는 어둠 속에서 팔짱을 낀 채 허공의 일점을 응시하고 있었다. 어제까지도 30여 명의 직원들이 바쁘게 일하고 있었다는 것이 거짓말 같았다. 그들은 이제 영원히 이 곳으로 돌아오지 않을 것이다.
 남은 것은 기리히토 자신과 1억 원의 빚뿐이었다. 기리히토는 전사원에게 본봉의 1년분을 지급했다. 그 돈을 마련하기 위해 지금 살고 있는 집도 자동차도 팔아야 했다. 새삼스럽게 서글픈 감회가 솟았다.
 그 때 문이 열렸다. 스위치 소리가 들리더니 실내가 밝아졌다. 들어온 것은 청소부 가도마쓰 세이라는 여인이었다. 기리히토가 이 빌딩을 매입하고 나서 곧 고용한 청소부로 지하의 창고 한쪽 구석에 있는 작은 방에 혼자 살고 있었다.

기리히토는 가도마쓰 세이를 마주하자 비로소 그녀의 대책을 깜박 잊고 있었다는 것을 깨달았다. 퇴직금도 주지 않았다. 그만큼 그녀는 사양하듯 조심하였으며, 전사원의 대책협의회는 물론이고 오늘의 해산식에도 나타나지 않았던 것이다.
"여어!"
기리히토가 웃으며 반기자 기도마쓰 세이는 마치 괴물이라도 본 것처럼 깜짝 놀란 표정을 지었다.
"사장님, 아직 여기 계셨습니까?"
"아아, 왠지……."
"깜짝 놀랐습니다."
기도마쓰 세이는 쓰고 있던 수건을 벗고는 조심스럽게 말했다.
"이번 일은 정말 안됐습니다. 부디 건강하세요."
"고맙소……. 그리고 이제야 생각났는데, 퇴직금도 주지 않았고, 앞으로 대책도 세워주지 못했구먼. 너무 급해서 깜박 했어요."
"아, 아니에요. 제 일은 아무래도 괜찮습니다."
"어째서 회사에 신청하지 않았소?"
"네?"
가도마쓰 세이는 잠시 당혹한 표정을 지었다가 말을 이었다.
"저는 벌써 사장님께 봉급의 5년치나 되는 큰돈을 선불 받았습니다. 그런데 퇴직금을 받다니 당치도 않습니다."
"그럴 리가 있나."
"잊으셨군요."
기리히토가 고토 이치타로와 처음 만나 술을 마시면서 차코를 알게 된 이후로 기리히토는 가끔 차코의 술집에서 술을 마시는 습관이 생겼다.
어느 날, 별 생각 없이 들른 기리히토는 차코에게서 이젠 부자가 되었으니 남을 도와주며 살라고 말한 것이 생각났다. 나리코사카의 아파트에서 차코의 이웃 방에 미망인이 살고 있는데, 남편은 만주에서 소련으로 끌려간 채 행방불명이 되어 어린 아들과 근근히 살아가다가 모자가 모두 결핵으로 쓰러졌다고 한다. 남편의 사망이 확인되지 않아서 생활보호법의 혜택도 못 받고 문자 그대로 아사지경에 빠져 있었다는 것이다.

기리히토는 승낙하는 대신 차코에게 조건을 걸었다.

"오늘밤, 자네 방에서 재워주면 그 여자에게 30만 원을 줘서 모자를 다 요양원에 넣어 주지."

차코는 잠시 생각하고 나서 흔쾌히 응했다.

기리히토는 깨끗이 잊었던 일을 겨우 떠올렸다.

가도마쓰 세이는 2년쯤 요양소에 있다가 완치되어 나오자 곧 기리히토를 찾아왔다. 마침 그 때 이 빌딩을 막 샀던 터라 청소부로 고용했었다. 아들이 요양소에서 죽고, 가도마쓰 세이는 기리히토의 호의에 눈물을 흘리면서 감사했다.

"그 때의 30만 원은 당신에게 준 게 아니오. 나는 차코를 아주 좋아했지. 한 번만이라도 좋으니까 내것으로 만들어야 겠다고 생각하고 있던 참에 마침 당신 얘기를 들었기에 거기 관련시켜 차코를 유혹했더니 승낙했던 거요. 만약 차코가 고개를 저었다면 30만 원은 내지 않았을지도 모르오."

"아니에요. 그렇다 쳐도 30만 원은 대단한 거액이고, 또 내 생명이 살아남았으니까요······."

가도마쓰 세이의 태도는 겸허했다. 기리히토는 문득 이 청소부의 처신이 품위 있다고 생각했다. 어딘지 모르게 고상한 표정과 태도가 기리히토의 시선을 끈 것이다. 기리히토는 상의 안주머니에서 지갑을 꺼내 돈을 세었다. 십이만 원쯤 남아 있었다. 기리히토는 5만원을 집어내 그녀에게 내밀었다.

"적어서 미안하지만 받아요."

가도마쓰 세이는 당치도 않다며 뒤로 물러섰다.

"난 이제 이런 푼돈 있으나마나 해요. 그러나 당신에게는 의지가 될 돈일 게요."
 억지로 떠맡겼다. 그러자 가도마쓰 세이가 갑자기 앞치마로 얼굴을 감싸고 흐느끼기 시작했다. 기리히토도 어쩐지 눈시울이 뜨거워졌다.
 "그렇지!"
 기리히토는 짐짓 그런 분위기를 쫓아 버리듯 큰 소리를 질렀다.
 "좋은 생각이 났어."
 "······."
 의아한 눈길로 쳐다보는 가도마쓰 세이에게 기리히토는 웃어 보였다.
 "지하의 그 방에서 당신과 나 두 사람만의 송별회를 엽시다. 새 건물주에게 당신이 여기서 계속 일할 수 있도록 부탁하지. 말하자면 이 빌딩에 남게 되는 당신이 떠나가는 사장의 송별회를 해 주는 거요."
 "······."
 "어때, 재미잖소? 안 그런가, 한번 하자고!"
 그러고 나서 2시간 후에 기리히토는 마루노우치에 있는 스트립 극장에서 시간을 보내고 빌딩 지하실로 왔다.
 "허!"
 기리히토가 저도 모르게 소리 지를 만큼 가도마쓰 세이는 딴사람 같았다. 단정히 기모노를 입고 엷게 화장까지 하고 있었다. 얼굴도 남에게 빠지지 않을 정도로 고왔다.
 "미인이구먼."
 "어머나!"
 가도마쓰 세이는 부끄러워하며 고개를 숙였지만, 그 모습에는 밉지 않는 순박한 풍취가 있었다. 세 평 남짓한 방에 들어가 보니 가구다운 것은 아무것도 없었지만, 어딘지 여자의 섬세한 손길로 인한 따뜻한 공기가 가득 차 있었다.
 밥상에는 의외로 가짓수가 많은 음식이 올라 있었고, 술도 두 가지나 마련되어 있었다.

그 앞에 책상다리를 하고 앉은 기리히토는 어떤 고급 요정의 요리보다도 이쪽이 훨씬 정성이 담겨 있다고 생각했다.

부드러운 송별회였다. 기리히토는 질문에 가도마쓰 세이는 차분한 어조로 숨김없이 말했다. 생모가 다섯 번이나 남편을 바꾼 일로 인하여 세이 자신이 얼마나 어린 마음에 상처를 입었으며, 또 그 다섯째인 의부에게 15세 때 처녀를 잃은 일, 겨우 서로가 좋아해서 만난 청년과 결혼하자마자 곧장 입대해 버리고, 그 뒤 겪었던 고생…….

"그렇게 고생하고서도 당신은 조금도 비뚤어지지 않았소. 숫처녀처럼 순수한데……. 가정 교육을 꽤 잘 받았을 거라고 생각했지."

"당치도 않아요!"

"아니, 그렇게 보여요."

실제로 기리히토는 억지로 마시게 한 술로 상기되어 있는 세이의 얼굴이 예쁘다고 생각했다. 꽤 많은 술을 마신 기리히토는 보기 드물게 취해서 잠에 빠져들었다. 얼마나 자고 있었을까, 문득 눈을 떠보니 이불이 덮여 있었다. 고개를 들어 보니 세이는 벽에 기댄 채 꾸벅꾸벅 졸고 있었다. 서른여덟이라고 했었지만 그 귓불에서 목덜미 언저리의 가느다란 선은 기리히토의 눈에는 처녀로 보이게 했다.

"……."

잠시 동안 가만히 바라보고 있던 기리히토는 느닷없이 팔을 뻗어 그 그녀를 덥썩 껴안았다. 세이가 번쩍 눈을 떴다.

"사 사장님……, 아, 안 됩니다!"

강렬한 입맞춤에 가냘픈 몸부림은 이내 스러졌다. 기리히토는 세이를 이불 속으로 끌고 들어와 바로 눕혔다.

"용서해요."

기리히토가 먼저 사과했다. 눈을 질끈 감고 있는 세이는 마치 처녀처럼 전신을 빳빳이 굳히고 있었다.

기리히토는 얼마 동안 가슴에 손을 집어넣고 그다지 풍만하다고는 할 수 없는 유방을 애무하고 있다가 이윽고 얼굴을 침구 속으로 들이밀었다. 세이는 거부하지 않았다.

기리히토가 7시에 눈을 떴을 때 세이는 벌써 일어나 있었다. 아침밥은 맛이 있었다. 특히 된장국은 이 때까지 기리히토가 먹어본 어느 요정의 것보다도 맛이 있었다.

"당신을 가정부로 쓰고 싶소."

"또 회사를 차리시거든 써주세요."

세이는 고개를 숙였다. 어젯밤 일은 없었던 일이라고 마음 속으로 정한 모양이었다.

"이대로 좌절하지는 않지만 다시 사업을 일으키려면 10년이 걸릴지 15년이 걸릴지 모르오. 그 때까지 기다려 주겠나?"

"기다리고 있겠습니다."

"파산한 덕분으로 당신 같은 좋은 사람을 만났군!"

기리히토는 진심으로 말했다.

세이는 고개를 떨구었다. 눈가가 촉촉히 젖어왔다.

기리히토는 과감하게 일어섰다.

"그럼 실례하겠소."

"부디 몸조심하세요."

세이는 앞치마로 눈물을 닦았다. 기리히토는 세이의 전송을 받으며 밖으로 나오자 한 번 뒤돌아보고는 빌딩을 쳐다보았다.

'이런 싸구려 빌딩을 날렸다고 끙끙거리고 있어서는 성을 쌓을 수 없지.'

이윽고 어느 이발관에 들어간 기리히토는 머리와 콧수염을 밀어달라고 부탁했다. 이발관을 나온 기리히토는 서늘한 머리를 어루만지며 크게 재채기를 했다. 오와리초 모퉁이에서 멈춰선 기리히토는 아무런 목적도 없는 자신을 발견했다.

당분간 지내기 위해 시부야 아파트를 빌렸지만 거기 돌아갈 마음은 일지 않았다. 어쨌든 목적을 정하지 않으면 안 되었다. 목적도 없는 외로운 상태로 고토 이치타로를 찾아갈 마음도 내키지 않았다.
"자, 어떻게 한다?"
기리히토는 자신을 격려하려는 듯 일부러 소리 내어 말했다.
"어쨌든 걸어볼까?"
개도 걸으면 몽둥이에 부딪친다(나돌아다니다 보면 의외로 행운을 만날 수 있다는 뜻), 그런 형편이었다.

16

 도쿄 도심에서 대낮에도 인기척이 없는 고요한 밀회 장소를 찾는 것은 쉬운 일이 아니었다. 궁성 앞 광장도, 히비야 공원도, 신궁외원(神宮外院)도 아침부터 밤까지 북적댔다.
 연인들은 자기들도 그 한 사람이면서 어째서 도쿄는 이렇게도 사람이 많을까 하고 투덜대기 일쑤였다. 그러나 젊은 연인들은 꿀벌 같은 직감력으로 이윽고 사람이 없는 곳을 찾아내곤 했다.
 아오야마 묘지도 그런 장소 중의 하나였다. 과연 이 곳은 인적이 드물었다. 가끔 참배하는 사람이 오긴 했어도 그 묘 앞에서 빌 뿐 주위를 어슬렁거리며 돌아다니는 일은 없었다. 게다가 묘비가 숲을 이루고 있어서 끌어안고 모습을 숨기기엔 안성맞춤이었다.
 지금도 어느 묘비 앞에서 끌어안은 한 쌍이 오랜 시간 동안 계속 키스하고 있다. 양쪽 다 키스 맛을 익힌 지 얼마 되지 않는지 상대방 입술을 서로 탐하는 데 열심이었다.
 청년이 꼭 껴안고 한쪽 손의 힘을 살그머니 빼더니 여자의 등을 슬슬 어루만졌다. 말하자면 준비 운동이었다. 한 차례 등을 쓸고 나서 그 손이 살금살금 허리 쪽으로 내려가더니 다시 엉덩이 부위에서 대퇴부 쪽으로 움직였다.
 계획적인 동작은 아닌 듯했다. 크게 망설인 끝에 본능의 욕구를 견디

사랑의 노래

지 못한 행동인 듯 오히려 매우 겁먹은 태도였다. 무릎뼈 있는 곳에서 일단 멈춘 그 손은 망설인 끝에 마침내 스커트 속으로 들어갔다.

청년의 목에 양손을 감고 있던 아가씨는 무릎과 무릎을 꽉 붙였지만 그 손을 뿌리치려고는 하지 않았다.

청년은 스커트 안에까지 손을 집어넣는 일에 성공하자 드디어 그 곳에 닿은 감격으로 부르르 몸을 떨었다.

"멍청앗!"

벽력 같은 큰 소리가 달아오른 그들의 탐닉에 찬물을 끼얹었다. 두 연인은 불의의 습격을 당한 충격으로 서로가 상대를 힘껏 밀어젖히고 좌우로 도망을 갔다.

고함친 것은 기리히토였다. 한 손에 꽃다발이 들려 있었다.

"한심한 놈! 여관 숙박비 준비도 없이 여자를 가질려는 쩨쩨한 심보가 부끄럽지도 않냐? 주변머리 없는 놈 같으니라고……."

욕을 하면서 그 여자가 앉아 있던 상석에 정안수를 뿌렸다. 그것은 미쓰에의 묘비였다.

"미쓰에님, 용서하세요. 어디 고를 데가 없어서 미쓰에님의 묘를 골라서……, 죄송합니다."

정안수를 묘비에 뿌려 깨끗이 한 다음 꽃을 꽂았다. 오늘은 미쓰에의 기일이었다. 기리히토는 도쿄에 돌아오고 나서 매년 이 날이면 잊지 않고 미쓰에의 묘를 찾았다. 가능하다면 나오마사의 묘도 옆에 나란히 세워 주고 싶었다. 공손히 절하고 합장하고 있자니 그날 밤의 광경이 생생히 되살아났다.

성스러운 여인이었던 미쓰에가 그 순간이 되자 정숙한 이성을 버리고 살아 생동하는 육체를 가진 여성으로 돌아갔던 그날 밤…….

죽은 이 묘 앞에서 이런 광경을 상기하는 것은 영혼을 모독하는 것이겠지만 기리히토에게는 그런 꺼림칙함은 조금도 없었다.

"미쓰에님. 드디어 파산했어요. 도로아미타불입니다. 제가 너무 경솔했나 봐요."

기리히토는 땅바닥에 앉아 살아 있는 사람에게 말하듯 그렇게 혼잣말을 하며 까까머리를 문질렀다.

"엄청나게 돈을 벌었고, 또 마음껏 써 보기도 했습니다만 미쓰에님과 함께 살았을 때 같은 즐거움은 없었어요. 돈에는 으레 여자들이 따르기 마련이지만, 역시 미쓰에님 같은 분은 한 사람도 없습니다."

그러고 있자니 설움이 북받쳤다. 나오마사와 미쓰에가 없는 세상이 정말 시시하게 느껴졌다. 기리히토로서는 좀처럼 느끼지 않았던 감정이었다.

"파산이 그리 대단한 일이던가."

냉정한 목소리가 기리히토의 뒤통수를 때렸다. 기리히토는 재빠르게 고개를 돌렸다. 고토 코노신이 기모노 차림으로 거기 서 있었다.

아사다노미야 가의 응접실에서 단 한 번 만났을 뿐 그 뒤로는 한 번도 만난 적이 없었다. 그는 기리히토를 잊지 않은 듯했다.

"야아, 이것 참……."

기리히토는 일어서며 겸연쩍은 표정을 지으며 말했다.

"특별히 그런 건 아닙니다. 다만 여기 잠들고 있는 사람은 내가 평생 유일하게 좋아했던 여자였어요……."

"됐네. 사랑했던 여자의 묘에 착실히 성묘한다는 건 좀처럼 할 수 없는 일이지. 의리로서만은 정말 힘든 일이라는 걸 알고 있네. 사나이는 그래야지."

칭찬에 거북해진 기리히토는 말을 돌렸다.

"고토 씨도 성묘하러 오셨습니까?"

"은인한테 왔지. 죽은 마누라의 묘에는 한 번도 성묘한 적이 없지만 은인의 묘에는 매년 성묘를 하고 있다네."

고토 노인이 가리킨 묘는 주위를 압도하듯 훌륭했지만, 이제는 상당히 오래 된 것이었다.

기리히토는 다가가서 묘비명을 읽었다.

"나카가미가와 히코지로."

명치 말년에 미쓰이 재벌에 들어가 일대 개혁의 바람을 일으킨 인물이었다. 후쿠자와 유키치의 조카였다. 게이오기주쿠에서 수학한 뒤 한때 우와지마 공립 양 학교(사립 서양 학교)의 선생을 하다가 후쿠자와 유키치의 주선으로 고이즈미 싱키치(신조의 부친)와 더불어 런던으로 유학길에 올랐다. 마침 영국을 방문한 이노우에 가오루의 통역이 되어 그 인품을 인정받아 외무성에 들어갔다.

후쿠자와 유키치가 《시사신보》를 창간하자 히코지로는 사장으로 영입되어 경영과 편집에 대단한 노력을 쏟았다. 그 때 히코치로는 고작 스물여덟 살이었다. 후지타 렌자부로가 계획한 산요철도 사장이 되어 민첩한 사업 수완을 과시했다.

하코지로가 미쓰이 재벌의 이사로 들어간 것은 명치 24년인 서른여덟 살 때였다. 미쓰이는 포목상과 환전(換錢)상을 키워 성장한 재벌이었다. 미쓰이는 또 종래의 상인 근성에서 탈피하지 못한 채, 삿쵸(가고시마 현과 야마구치 현)의 권력자나 정부 관리에게 굽신거리는 인습에서 벗어나지 못한 상태였다.

히코지로는 이 권력에 의지하는 재벌에 후쿠자와 유키치의 자립 정신을 주입시키기 위해 게이오기주쿠에서 유능한 청년을 자꾸만 채용했다. 그 중에는 아사부키 에이지·후지야마 라이타·무토 산지·이케다 나리아키·후지와라 긴지로 등도 끼어 있었다.

미쓰이 재벌이 미타(게이오기주쿠의 다른 이름)계열 일색이 된 것은 히코지로 덕분이었다. 히코지로가 신경을 쓴 큰 사업 중의 하나는 미쓰이 은행의 불량 대부 정리였다.

히가시홍간지는 미쓰이로부터 100만 원을 빌리면서 아무것도 저당 잡히지 않았다. 당시의 100만 원은 천문학적 금액이었다. 그래서 히코지로는 유명한 가라타치 어전을 기증받았다. 가라타치 어전이라는 것은 도요토미 히데요시가 기증한 웅장한 어전이었다. 만약 일 년 안에 백만 원을 갚지 않으면 가라타치 어전을 몰수하겠다고 경고했다. 당황한 히가시홍간지의 승려들은 전국을 돌아다니며 신도들에게 호소했다.

선남선녀들은 본산의 일대 불상사이기에 자진 희사하여 순식간에 수백만 원이 모였다. 히가시홍간지는 미쓰이의 빚을 갚았을 뿐 아니라, 남은 돈으로 본당을 수리했다.

이런 식으로 코지로의 적극적인 정책이 미쓰이 재벌을 팽창시키는 데 큰 힘이 되었다.

고토 노인은 기리히토에게 권하여 승용차에 태우고 설득력 있게 코지로란 인물에 대하여 들려주었다. 그러나 자기가 어떤 은혜를 입었는지는 말하지 않았다.

이윽고 고토 노인이 데리고 간 곳은 도다이쿠보의 어느 골목에 들어선 말쑥한 집이었다. 현관에 마중 나온 사람은 도쿄에서 자라서 도쿄 밖으로 나가본 적이 없을 듯한 뛰어난 미인이었다. 30대 중반 정도로 보였는데, 그 나이에 맞는 침착한 행동이 아름다움을 더욱 돋보이게 했다.

객실로 안내되고 여인이 물러가자 기리히토는 은근한 투로 물었다.

"미인이시군요. '온나케이즈(부녀계보)'의 누구였더라…… 오쓰타였나, 그런 미인인데요."

기리히토가 오랜 도쿄 생활 동안에 본 유일한 연극이 '온나케이즈'였다.

"음."

고토 노인은 고개를 끄덕였다.

"나도 저 아이를 오쓰타라고 부르네."

"그나저나 아까 젊은이들이 서로 껴안고 있는 것을 몹시 나무랐었지?"

"듣고 계셨나요?"

"화가 났었나?"

"그렇고말고요. 그런 꼴은 그다지 보기 좋은 게 아니잖습니까."
"자네가 화내지 않고 평온한 마음으로 그걸 볼 수 있었다면 무언가 얻은 게 있었을 걸세."
"네……?"
"그 묘지에서는 나도 흔히 그런 광경을 보게 되지……. 언젠가 긴자에서 다방을 하고 싶으니 돈을 빌려달라고 부탁하는 사람이 있었네. 나는 그 때 문득 묘비가 늘어서 있는 그늘에서 젊은이들이 서로 껴안고 있는 것이 생각나서 그럼 좌석과 좌석 사이의 칸막이를 한껏 높여서 두 사람이 나란히 앉을 수 있는 좌석으로 만들면 어떤가 하고 가르쳐 주었지. 그래서 그렇게 만들었더니 아주 잘 된다고 기뻐하더군."
"과연 그렇군요."
기리히토는 탄복했다.
"자네는 아직 젊기 때문에 자기 감정을 자제하지 못하는 걸세."
"그게 나쁩니까?"
"안 좋지. 젊은이들이 조용한 묘지를 찾아서 그 묘비 그늘에 숨어 서로 껴안는다, 기특한 착상이 아닌가. 모양은 흉하겠지만 그건 하는 수 없지 않나. 본래가 보기 흉한 모양이 되지 않고서는 할 수 없는 행위니까 말이야……. 자네가 우리 집 여자를 보고 아름답다고 했지만, 그녀가 나에게 안긴 모양을 상상할 수 있나?"
"할 수 없지요."
기리히토는 고개를 저었다.
"그녀도 보통 여자야. 내가 그렇게 만들었네. 여자는 남자의 교육 여하에 따라 어떤 짓이라도 한다네. 자네 눈앞에서 내게 안기는 것도 거절하지 않아."
"그럴 리가요?"
"믿기지 않으면 한번 보겠나."
"……."

기리히토는 꿀꺽 군침을 삼켰다.

보기만 해도 이 노인이 즐길 성싶은 요리가 나오고, 두서없는 얘기를 하다가 술자리가 끝났다. 역시 이 여자를 여자답지 못한 모양으로 만들 광경을 연출한다는 것은 말뿐이라 생각한 기리히토는 슬슬 일어날 기회를 엿보고 있었다.

"이봐."

노인이 여자를 불렀다.

"이 도다 군이 나와 너의 정다운 장면을 보고 싶다고 하는구나."

기리히토는 가슴이 철렁 내려앉는 것을 느끼며 여인의 얼굴을 보았다. 여인의 표정은 별 변화가 없었다.

"그렇습니까? 그럼 저쪽 방으로 가시죠."

여자가 말했다.

"아니, 여기면 됐다."

"정말 성질이 급하시군요."

"이제 얼마 남지 않은 목숨인데 하고 싶으면 지체 말고 해치우는 편이 좋지 않나."

노인은 여인을 끌어안았다. 희안한 광경을 목격한다는 흥분으로 기리히토의 피돌기가 빨라졌다.

노인은 여인의 입술을 탐하면서 한 손을 가슴에 집어넣고 만지작거리기 시작했다.

기리히토는 그것을 정면으로 응시하고 있을 만한 담력이 없었다. 여자의 무릎 부근에 눈길을 보내고 있었으나 그 무릎도 차츰 허물어지면서 속옷이 드러나게 되자 기리히토는 가슴이 답답해졌다.

이윽고 노인은 얼마 전에 묘지에서 청년이 연인에게 그랬던 것처럼 언뜻 들여다뵈는 하얀 아랫도리 사이로 한손을 집어넣었다. 그 동작에는 털끝만큼의 머뭇거림도 없었다.

기리히토는 배꼽 부근에 힘을 주었다.

여인의 앞은 그다지 흐트러지지 않았다. 그것이 오히려 안쪽에 기어 들어간 노인 손의 꿈틀거림을 상상케 하여 더욱 강렬한 자극을 느끼게 하였다. 그대로 꽤 길게 느껴지는 시간이 흘렀다. 돌연 여인이 신음하며 몸부림쳤다. 그리고 전신을 경련시키며 하체를 쭉 뻗었다.

아랫도리가 흐트러지며 희고 둥근 부드러운 살갗이 안 구석까지 드러났다. 순간 노인은 실로 능숙하고 민첩한 몸놀림으로 자기 몸으로 그 곳을 기리히토의 시선으로부터 가렸다.

……여인이 소맷자락으로 얼굴을 가리고 죽은 것처럼 옆으로 눕자 노인은 아무 일도 없었던 것 같은 표정으로 말했다.

"내가 죽는다면 이 오쓰타에게는 5천만 원의 유산이 굴러들어가네. 아마 내 사진 앞에서 젊은 사내와 의좋게 살겠지."

기리히토는 달리 할 말이 없었다.

17

　시부야 아파트에서 기리히토가 지낸 지 벌써 반 년이 지났다. 방문객은 전혀 없었다. 이 기간 동안 기리히토는 철저하게 게으른 생활을 하면서 또한 철저하게 눈과 귀를 움직이고 있었다.
　말하자면 기리히토는 아주 기묘하게 규칙적인 생활을 계속하고 있었다. 아침 8시 정각에 아파트를 나서면 시부야 역에서 야마데 선을 타고 신주쿠 역으로 가서, 거기서 중앙선으로 갈아타고 도쿄 역까지 가서는, 셀러리맨의 거센 홍수에 시달리면서 마루비루(마루노이치 빌딩)에 들어간다.
　느릿느릿 빌딩 내를 한 바퀴 돌고, 도쿄 역 구내에 있는 여행 손님이 주로 출입하는 다방에 들어가 각종 신문을 세세히 읽는다. 그리고 나서 천천히 궁성 앞까지 걸어와 그 곳 잔디 위에서 피곤한 몸을 쉬다보면 점심때가 된다. 빌딩 숲에서 쏟아져 나온 샐러리맨이나 오피스걸(여자 사무원)의 이야기를 엿들으면서 잔디밭을 거닌 뒤에 긴자를 출발해서부터 니혼바시까지, 말하자면 마쓰자카야·미쓰이·미쓰코시·시로키야·타카시마야 등 여러 백화점을 전전한다.
　이런 일정을 마치고 시부야에 돌아오면 어느덧 해가 진다. 단골인 싸구려 술집에서 물을 탄 위스키 한 잔을 마시고 아파트에 돌아오면 일기를 쓰고 재빨리 잠자리에 든다. 물론 때때로 거리의 여자가 이끄는 대로

사랑의 노래　**209**

싼 여관에서 몸을 섞기도 했지만, 어쨌든 판에 박은 듯한 일과가 계속됐다. 말하자면 기리히토 나름의 권토중래를 위한 대비였다. 사회의 움직임을 전철과 거리와 백화점 속에서 파악하고자 했다. 그 눈으로 보고 그 귀로 들은 것은 그날 그날 일기에 써서 남겼다.

생활비는 오카야마에서 다카가 보내 주고 있었다. 기리히토는 고라쿠엔 융단 주식회사가 한창 주가가 올랐을 때 오백만 원이라는 적지 않은 돈을 다카에게 부쳤다. 그 돈을 다시 조금씩 되돌려 받게 된 것이다.

악착스럽게 일하고 있는 사람들을 보노라면 미안한 마음이 수시로 일었다. 만원 전차 속에서 땀을 흘리며 돌아오는 길은 그래서 늘 씁쓸했다. 그렇다고 취직 자리를 찾아볼 생각은 없었다. 찾아봤댔자 수위 자리가 고작일 터였다.

기리히토는 절약했다. 오락비는 한 푼도 쓰지 않았다. 영화도 보지 않았다. 매일 밤 물을 탄 한 잔의 위스키와 기껏해야 밤의 여인을 사는 것은 남성으로서 필요했기 때문이지 결코 즐기기 위한 것은 아니었다.

반 년 넘게 이런 생활이 계속되자 이대로 생활 무능력자가 되어 버릴 것 같은 불안감이 들지 않는 것도 아니었다. 고토를 찾아볼까 하는 생각도 들었다. 되도록이면 어느 정도 구상을 하고 찾아가 지혜를 빌리고 싶었지만 뜻대로 되지 않자 초조했다.

고토 이치타로는 여전히 메지로에 있는 여자 대학 뒷편 낡은 집에 살고 있었다. 기리히토는 여러 차례, 좀 괜찮은 집으로 옮기도록 권했지만 이치타로는 완강하게 거부했다.

이치타로가 기리히토에게 돈을 부탁한 것은 유럽에 가고 싶어질 때뿐이었다. 기리히토가 매월 10만 원씩 보내 준 것은 기리히토 자신이 멋대로 그렇게 했을 뿐이었다.

이치타로는 그 돈의 대부분을 전재민 수용소나 고아원에 기부하는 눈치였다. 기리히토는 파산할 때 이치타로에게도 30만 원을 보냈으나 어김없이 되돌아왔다. 이치타로는 해가 갈수록 고집이 세졌다. 무엇이든 자기 뜻대로 해야만 했다.

 기리히토는 여느 날처럼 야마데 선을 타고 신주쿠 역에서 갈아타는 것을 그만두고 그대로 메지로 역으로 갔다. 그 옛날 공산당 부부가 고등계 형사에게 살해당한 집은 격자문이 닫혀 있었다.

 자기 소유인 이세다 저택 뒷문으로 들어선 기리히토는 예측한 대로 연못가에 앉아 있는 이치타로의 모습을 발견했다.

 "잡힙니까?"

 기리히토가 등 뒤에서 물었다.

 "낚이지 않아."

 이치타로는 부표를 응시하면서 기분이 좋지 않은 말투로 대답했다.

 이것이 반 년 만에 만나는 두 사람의 인사였다.

 이치타로는 낚싯대를 들어올리고 기리히토를 되돌아보며,

 "이봐, 내 추측이 맞는다면 이 여름 동안 이 정원에서 적어도 서른 명의 처녀가 정조를 버렸네."

 "……?"

 "도쿄는 아베크가 너무 많아서 궁성 앞 아니 신궁외원은 너무나 비좁아."

 "아오야마 묘지 같은 좋은 곳도 있는데요."

 "거긴 낮에는 좋지만 밤에는 아가씨들이 겁내지……. 이 정원은 실로 이상적이거든. 달 밝은 밤이면 정말 참기 힘들 거라고 생각지 않나?"

 "정말 그렇겠군요."

 "이봐, 태평스런 친구야. 자네가 여기서 성을 쌓아서 관광 장소로 만들기에 앞서 민감한 젊은 놈들은 재빨리 냄새를 맡고 기어들어와 잔디밭이나 숲에서 즐기고 있단 말일세."

 이치타로의 말을 들으며 기리히토는 팔짱을 낀 채, 3~4미터 전방에 버려져 있는 하얀 휴지 뭉치를 노려보았다.

 "제발 정신 좀 차리게! 자네, 매일 무슨 짓을 하고 있었나?"

"하찮은 일을 하고 있었지요."

기리히토는 자기 일과를 보고했다.

"그래서 수확은?"

이치타로는 영 미덥지 않다는 듯 기리히토를 빤히 쳐다보며 물었다.

"한 마디로 말하면 직장인의 복장도, 말투도, 백화점의 상품도 점점 비싸고 화려해지고 있어요."

기리히토는 그간 겪은 얘기를 했다.

신주쿠 역에서 3일에 한 번은 만나게 되는 아가씨가 있다. 회사원인 듯했지만 언제나 복장이 달랐다. 이런 사치는 수년 전만 해도 생각할 수조차 없었다.

이와이다바 시 부근을 달리는 고급 차의 수량을 5분 간격으로 매일 헤아렸는데, 반 년 전보다 배로 늘은 숫자였다.

백화점의 영업 전략이 날로 대형화되고 있었다. 그 속도 또한 놀라웠다. 백화점의 경기는 화장지의 소비량에 정비례한다고 한다지만, 매일 그 화장실에 들어가는 기리히토는 어느 날 아침, 시험삼아 그 감긴 종이의 단면에 연필로 표시를 해두었다가 2시간 뒤에 들어가 보니 벌써 새 것으로 바뀌어 있었다.

"세상에, 낭비가 심해지면…… 이봐, 어떻게 되지?"

이치타로는 시험관을 응시하듯 기리히토를 노려보았다.

"낭비는 낭비를 낳겠지요."

"그거야! 한 편만 상영하는 영화관으로는 이젠 부족하네. 두 편, 세 편 상영을 해야만 관객의 욕구를 충족시킬 수 있어. 프랑스 남자들은 넥타이 하나를 반 년 동안 매면서 태연하지만, 일본 남자들은 만 원짜리 월급쟁이도 같은 넥타이를 한 달 동안 계속해서 매고 다니는 놈이 없어……. 소비 경기는 차츰 심해질 거야."

"그렇게 되면?"

기리히토는 긴장했다.

"주가, 주가가 올라간다."
"나에게 주식을 하라는 거로군요."
기리히토의 표정에 실망의 빛이 역력했다.
"지금의 자네에게 주식 외에 다른 방법이 있는가?"
"돈은 없지만요, 일이십만 원으로 해 봤자 어디에 쓰겠어요."
"바보 자식!"
이치타로는 냉정했다.
"큰 부자를 물고 늘어져야지. 그만한 뻔뻔스러움도 없나?"
"그렇지는 않지만……, 그런데 큰 부자라."

기리히토는 자기가 아는 실업가를 머리에 떠올렸다. 아무리 뻔뻔스럽게 물고 늘어져도 백만 원 정도도 낼 것 같은 사람이 없었다. 고라쿠엔 융단 주식회사가 행세할 때는 이삼천만 원은 금방 내줄 것 같은 패거리가 많았지만, 한 푼 없는 빈털터리가 된 지금 도다 기리히토를 사줄 위인은 아무도 없었다.

"만약 그런 놈을 붙잡지 못하면 하는 수 없지. 이 저택을 팔아서라도 자금을 만들어야지."

이치타로는 내뱉듯 말했다.
"누가 뭐래도 그렇게 할 수는 없어요."
기리히토는 완강히 고개를 저었다. 꿈에도 생각해 본 적이 없는 기리히토였다.
"등과 배를 바꿀 수는 없잖은가?"
"안 돼요. 이 저택을 팔 수는 없어요!"
"그럼 어쩌겠다는 건가?"
"……."
"달리 방법이 없지?"
"아녜요, 어떻게 해 보겠어요."
"좋아. 그럼 수가 나거든 찾아오라고!"

사람의 노래 213

이 생각 저 생각을 하면서 아파트에 돌아온 기리히토는 열려 있는 문에 시선을 고정시켰다. 이상했다. 문을 연 기리히토는 웬 낯선 아가씨가 앉아 있는 것을 보고 자신도 모르게 고함을 쳤다.

"누구요?"

아가씨는 고개를 돌렸다. 토라져서 어쩌다 좌우로 벗겨져 버린 듯한 도토리 눈, 낮은 코, 두꺼운 입술, 그리고 네모로 각진 아래턱, 바로 마리야였다.

5년 만에 얼굴을 대하는 아내였다. 마리야의 나이도 어느덧 스물한 살이었다. 아무리 추한 얼굴이라도 여자 나이 스물한 살이면 한창 피어날 때였다. 그런데 마리야는 그렇지 못했다. 5년 전과 전혀 다름없었다. 우선 그것이 기리히토를 맥빠지게 만들었다.

"웬일이야?"

기리히토는 쌀쌀맞게 말했다.

"왜 하필이면 이런 때 연락도 없이 오는 거냐?"

마리야는 의외로 당돌하게 똑바로 기리히토를 바라보며 말했다.

"다카 아주머니가 가라고 말씀하셨어요."

"내가 일이 없어 놀고 있다는 것은 아주머니가 제일 잘 아시고 계실 텐데……."

"그렇지만, 제가 옆에서 격려해드려야 한다고 하셨죠."

"무슨 그런 멍청한 소릴 하고 있는 거야!"

기리히토는 혀를 찼다.

"너 같은 게 옆에 붙어 있으면 점점 더 머리가 복잡해져서 아무 일도 못한다고."

마리야는 그런 모욕에도 아랑곳없이 능청스레 말했다.

"와이셔츠가 더럽네요."

"쓸데없는 걱정하지 마!"

기리히토는 아무렇게나 누웠다.
마리야는 한쪽 구석에 둔 커다란 짐꾸러미를 풀더니 여러 가지 선물을 꺼내기 시작했다.
"찐빵 드시겠어요? 좋아하셨잖아요……."
"필요 없어!"
기리히토는 쌀쌀맞게 머리를 저었다. 비로소 마리야는 조금 섭섭한 듯이 기리히토의 누운 얼굴을 바라보았다.
"군대에 가셨을 때처럼 많이 드시면 좋겠어요."
"바보 같은 소리 마. 그 때는 배가 고파서 그랬지. 지금은 사정이 달라."
"제가 곁에 있으면 정말로 일을 못 하실까요?"
"할 수가 없어!"
"……."
마리야는 풀이 죽어 입구에 있는 주방으로 가서 뭔가를 씻었다. 물소리가 멈췄지만 그대로 서 있었다.
기리히토가 벌떡 일어나서 고개를 돌려 바라보았다.
"이봐, 왜 그래?"
"……."
"그러고 있지 말고 이쪽으로 와서 좀 앉지. ……밤차라 피곤하겠다."
마리야는 얌전하게 기리히토의 앞에 앉자 양손을 짚고 머리를 조아렸다.
"미안합니다."
"상경한다면 한다고 엽서라도 띄우지 그랬어."
"아니에요, 그 일이 아니에요. 제 말은……."
"그럼 뭘 사과하고 있는 거야."
"제가 너무 못난 걸 사과드려요."
"……."

사랑의 노래

"지금 설거지를 하면서 거울에 비친 얼굴을 쳐다봤어요. 제가 생각해도 너무 못났어요. 그런 취급을 당하는 게 당연하죠."

기리히토는 너무나도 솔직한 태도에 당황했다.

"……."

"내일이라도 당장 오카야마에 돌아가겠어요."

"뭐 그렇게 서둘 필요는 없어. 모처럼 왔으니까 도쿄 구경이나 하고 가지."

"아니에요. 나 같은 못난 여자를 데리고 어딜 다니시겠다고……. 아무 데도 구경하지 않아도 괜찮아요. 그냥 집 안 정리나 좀 하고 가겠어요."

"할머니 같은 소리하지 마."

말투는 여전히 인정머리가 없었지만, 기리히토의 태도는 차츰 누그러졌다.

마리야는 잘 길들여진 동물처럼 할 일을 잘도 찾아냈다. 기리히토가 넋을 잃을 정도로 차례차례로 집안일을 처리했다. 그녀가 잠자리 속으로 살그머니 들어온 것은 12시가 지나서였다. 9시부터 누워 있던 기리히토는 어느 새 남자의 본능이 몸을 들쑤시고 있었다. 못생긴 얼굴도, 볼품없는 스타일도 그다지 신경 쓰이지 않았다.

18

여전히 판에 박은 듯한 똑같은 날이 계속되었다. 아무리 끈기 있는 기리히토라고 해도 아파트와 전철과 백화점 사이를 왔다갔다 하는 것만으로는 진절머리가 나지 않을 수 없었다.

그런데 어느 날 아침, 마침내 과감한 결단을 내리기로 했다.

"마리야, 이리 좀 와봐."

주방에 있는 아내를 불렀다.

한껏 엄숙한 표정을 지은 기리히토는 수건으로 손을 닦으며 앞에 앉은 마리야를 가만히 응시했다.

"마리야, 오늘 밤 오카야마로 가는 게 좋겠어."

"네."

마리야는 거역하지 않았다.

"내가 부를 때까지 상경하지 마."

"네."

"오늘부터 드디어 새로운 일을 시작할 생각이야."

"……"

마리야는 얼핏 남편을 쳐다보고는 곧 고개를 숙였다.

"나를 믿기만 하면 돼. 꼭 성공할 거다."

"앞으로 얼마나 걸릴까요?"

"몇 년 걸릴지 모르지만 20년이나 30년은 걸리지 않겠지. 5, 6년 내로 한바탕 크게 벌어야지."
"그 때까지 오카야마에서 기다려야 하나요?"
"그렇지. 마누라와 함께 살고 있으면 제멋대로 뛰어다닐 수 없어. 나는 지금 교도소에 들어앉을 각오도 하고 있어."
마리야는 고개를 숙인 채 골똘히 생각하더니 불쑥 말했다.
"저, 아기를 갖고 싶어요."
"아기를?"
기리히토는 상상조차 해 본 적이 없는 일이었기에 잠깐 어리둥절했다.
"낳는 건 오카야마에서 낳으면 되잖아요."
"우리 사이에서 아이가 태어나 봐, 보나마나 뻔하잖아. 사내라면 괜찮겠지만 여자 아이라면 부모를 원망할 거야."
"그런 생각도 안 해 본 건 아니지만……, 역시 갖고 싶어요. 만약 아기가 있다면 10년이라도 기다릴 수 있습니다."
"그래……."
"저 말예요."
마리야가 얼굴을 붉혔다.
"여기 와서 열흘쯤 되고부터 계속 임신이 되기를 빌었어요."
"그리 간단하게는 태어나지 않을 거야."
기리히토도 조금은 쑥스러웠다. 실은 마리야가 상경한 첫날밤부터 지금까지 하루도 거르지 않고 4개월 동안 성행위를 해온 터였다. 마리야도 겨우 여자의 기쁨을 아주 짧은 시간이지만 느끼게 되었다.
"……이 달에는 꼭 되리라고 기대를 했었는데 역시 있었어요."
"있었다고 한다면? 아아, 멘스 말인가?"
"4, 5일 전에 있었어요……. 왜 그렇게 섭섭한지……."
"그렇게 아이를 갖고 싶어?"
"네."

언제 오카야마로 돌아가라고 할지 모를 불안을 품고 지내는 동안에 하다못해 뱃속에 부부의 증거를 품고 싶다고 생각하였던 것이리라. 아기도 없이 오카야마에서 홀로 기다리며 살아간다는 것은 견딜 수 없는 일이었다. 이대로 헤어졌다가는 기리히토는 아내의 존재를 잊어버리고 두 번 다시 부르지 않을 거라는 생각이 들었다.

아기가 있으면 설혹 10년, 15년 떨어져 있더라도 성장하는 아기 사진을 계속 보내 준다면 기리히토도 어쩔 수 없이 아비인 것을 그 때마다 인식하지 않을 수 없으리라. 마리야는 가능하다면 기리히토를 고스란히 닮은 사내 아이를 낳고 싶었다.

"좋아!"

기리히토는 크게 고개를 끄덕였다.

"오카야마에는 모레 밤에 가도록 해."

"……?"

마리야는 눈이 부시듯 남편을 바라보며 말했다.

"하지만 이틀 밤으로 생길까요? 오늘까지 매일 밤이었는데도 생기지 않았는데……."

"아, 아니야. 이틀 밤뿐이야. 이제부터 이불을 펴고 말이지, 모레 밤까지 계속 자는 거야."

"……."

마리야는 기가 막혀 말도 할 수 없었다.

"자, 이불을 깔아."

"어떻게 그런……."

"아기를 갖고 싶지? 갖고 싶다면 내가 열심히 쏴 대는 탄환이 명중하도록 기원하면서 대비하고 있으라고."

기리히토는 이불을 펴자 발가벗고 누울 것을 명했다. 그리고는 주방으로 가서 거기 있던 계란 여섯 개를 남김없이 마셨다.

마리야는 얼굴과는 딴판으로 근사한 몸매를 지니고 있었다. 갓 찢은

떡처럼 통통하고 희고 보드랍고 따뜻했다. 더구나 군살이 없이 탄탄해서 아랫배랑 엉덩이의 언저리는 손바닥을 대면 탄력으로 인하여 착 달라붙은 듯한 미묘한 반응을 보였다. 요 위에 반듯이 누워서 눈을 감고 있는 아내의 나신을 기리히토는 새삼 황홀하게 바라보았다.

4개월 동안 매일 밤 거르지 않고 안았다고는 하지만, 이런 식으로 밝을 때 자세히 감상한 적은 없었다. 보통 반듯이 누우면 가슴의 융기가 납작해지는 법인데, 마리야의 그것은 여유 있게 부풀어올라서 커다란 젖꼭지가 대추알처럼 곤두서고 있었다.

기리히토는 흡족해서 옆으로 누워 마리야를 끌어안았다. 언젠가 기리히토가 전쟁 중에 소아마비로 누워 있는 처녀를 샀을 때 그녀는 자기가 만 명에 한 명 정도의 비율로 근사한 물건을 갖고 있는 여자라고 말했었다. 그 아가씨는 부친에게 부탁해서 방탕한 남자를 찾아달라고 부탁했다. 그리고 오사카의 버선 도매상의 아들도 색을 밝혀 가산을 날린 60세 연배인 인물에게 처녀를 주어 버렸다. 그 때 그 남자는 그녀의 몸을 필설로 형용할 수 없을 정도로 손가락 하나 움직이는 것도 미묘한 쾌감을 일으키게 하며 부드럽게 다루었다고 했다.

그 아가씨가 기리히토에게 말했었다.

"이런 비밀스런 부분은 당신이 여러 가지 실패를 하면서 차츰 경험을 쌓아야 아시게 될 거예요."

기리히토는 미쓰에를 안을 때는 꽤 잘 했다고 생각하고 있었다. 그렇다고 태생이 솜씨 없이 태어난 기리히토가 여자들을 크게 만족시키는 기술을 터득했다는 자신은 없었다. 또 어느 여자한테서도 한 번도 칭찬받은 적이 없었다.

지금이야말로 기리히토는 자기 아내에게 '필설로 형용할 수 없는' 즐거움을 줄 필요가 있었다. 이 근사한 여체의 모든 부분을 애무하여 아름다운 음색을 연주하게 해야만 했다.
"알아듣겠어. 넌 어릴 때를 회상하면서 동요라도 부르고 있으라고."
기리히토는 그렇게 속삭이더니 설익은 대추 같은 젖꼭지를 물었다. 마리야는 기리히토의 머리를 껴안자 순진하게도 작은 소리로 노래를 흥얼거렸다. 그 노랫소리가 가느다랗게 되어 갈 무렵 마리야의 몸이 본능으로 꿈틀거리기 시작했다.
실로 놀랄 만한 열의로 두 사람은 이틀 밤을 말없이 몸을 섞었다. 이 귀중한 경험은 기리히토로 하여금 여자란 얼마나 남자의 애무에 지칠 줄 모르는 동물인가를 절감하게 했다. 기리히토는 방사를 끝낼 때마다 축 늘어져서 푸른 하늘 아래로 뛰쳐나가서 마음껏 심호흡을 해 보고 싶은 충동을 억제할 수가 없었다. 기리히토는 날계란을 12개나 마셨다.
이틀 뒤 마리야는 야간 열차로 오카야마로 돌아갔다.
기리히토는 다음날 아침 오다 행 급행 열차를 탔다. 이틀 동안의 피로감 때문에 차 안 가득한 봄볕 속에서 기리히토는 잠에 빠져들었다. 오다와라에 도착한 것도 모르고 차장이 흔드는 바람에 비로소 졸리는 눈을 겨우 떴다.
"당하시지는 않았습니까?"
싱글거리며 말하는 차장의 말뜻이 얼른 납득이 안 가 다시 물었다.
"네?"
"주머니 속을 확인해 보시죠."
기리히토는 허둥대며 윗도리 안주머니를 더듬었다.
"앗차, 없어!"
지갑이 없어졌다.
"역시 그랬었군요."
졸고 있으면 당연히 당하게 돼 있다는 듯한 표정을 짓는 차장이 그렇게 얄미울 수 없었다.

사랑의 노래 **221**

"당신이 책임자요. 소매치기가 있다는 걸 알았으면 승객에게 주의를 줘야 하지 않소!"

"공교롭게도 '나는 소매치기'라고 써 붙인 것은 아니어서 말이오. 스스로 주의를 하셔야지."

"이봐, 자네! 지금 날 놀리는 건가."

"당치도 않습니다."

기리히토는 견딜 수 없이 처참한 기분으로 오다와라 거리로 나왔다. 조짐이 좋지 않았다. 기리히토는 도리질을 했다. 바로 그 순간이었다. 모퉁이를 돌아 나온 요리 배달 자전거를 들이받아서 10상자나 되는 각종 요리가 그 부근 일대에 산산이 흩어졌다.

다행이 마음이 약한 젊은이라 사정사정 빌어서 무사히 끝났지만, 만약 상대가 까다로웠다면 큰 곤욕을 치를 뻔했다. 전차 안에서 털리는 바람에 무일푼이 된 참이었다. 더욱더 의기 소침해진 기리히토는 이런 상태로 일본 제일 가는 고리 대금업자를 방문하는 것이 썩 내키지 않았다.

그러나 고토 코노신을 만나지 않으면 돌아가려야 갈 수도 없는 딱한 처지였다. 부득이 그 집을 찾아가기 위해 발을 옮겼지만 이 곳 역시 굉장히 찾기 어려운 지역에 있었다. 겨우 집을 찾은 기리히토는 아연실색했다.

매우 검소한 집에 살고 있다는 소문은 들었지만 너무 지나치게 검소했다. 썩어가는 대나무로 엮은 울타리에 둘러싸인 30평 정도 되는 대지에 찌그러진 낡은 단층집이 동그마니 서 있었다. 도쿄국제대학 쿠보에 있는 첩의 집이 훨씬 훌륭했다.

"실례합니다."

현관문은 좌물쇠가 채워져 있었다. 어쩌면 부재 중일지도 모른다고 실망하면서 안내를 구했다.

"누구십니까?"

중년 여인의 목소리가 들려 왔다.

"전 도다 기리히토란 사람입니다만……."
"주인님은 이 집에서는 어느 분도 만나지 않습니다."
"안에 계시기는 합니까?"
"집에 계시는 것과 뵈옵는 일은 별도입니다."
"정말 안 되겠습니까?"
"연락 드리면 제가 꾸중을 듣습니다."
"곤란하시겠지만 잠깐 연락 좀 주시죠."
"안 됩니다. 돌아가세요."
"난처하네요."
"난처한 건 우리들입니다. 부디 돌아가 주세요."
"사정이 그리 간단하지 않습니다."
"찾아오신 분들은 모두들 그렇게 말씀하시지요. 그렇지만 아무리 그러셔도 주인님은 절대로 뵙지 못하십니다."
"역시 오늘은 제삿날이군."
"뭐라고요?"
"오늘 오다가 전차 속에서 지갑을 소매치기당했지, 메밀국수 배달 자전거와 충돌해서 그릇을 뒤엎었지, 찾는 집을 몰라 겨우 찾아왔는데 거절당했지, 영 재수 없는 날입니다."
"저한테 푸념하셔도 어쩔 수 없어요. 어서 돌아가요."
하녀가 안으로 들어갔다.
기리히토는 그러나 맥없이 돌아설 수도 없어 그 곳에 주저앉았다. 이제는 기다리는 수밖에 없었다. 한 시간이 지났다. 고토 노인이 일과인 산책을 나가기 위해 문을 열었다.
"어머나! 어쩜, 끈질기기도 해라."
간사하게 생긴 하녀는 기리히토를 노려보았다. 고토 노인은 연방 싱글거렸다.
"자네란 걸 알았지만 자네 정도라면 얌전하게 물러가지 않을 거라고

사랑의 노래 **223**

생각했네."
"지갑을 소매치기당해 도쿄로 돌아갈 수 있어야지요."
기리히토가 쓴웃음을 지었다.
"오늘 운이 나쁘면 내일부터는 운이 트인다고 생각하면 되는 일일세."
하고 말했다. 노인은 그대로 기리히토를 데리고 나가 성터로 올라갔다. 본성은 없어지고 복도 모양을 한 망루만이 남아 있었다.
높은 돌담 위에 서자 노인은 멀리 안개에 가린 오다와라 만으로 가늘게 뜬 눈을 돌렸다.
"날더러 자금을 빌려 달라는 건가?"
"실은 그렇습니다요."
"뭘 하겠다는 거지?"
"그것도 빌려 주시는 김에 가르쳐 주십시오."
노인은 잠깐 침묵한 뒤에 지팡이로 앞을 가리켰다.
"저렇게 많은데도 어째서 인간은 활용할 줄을 모를까."
"아리송한 말에 기리히토는 의아스러운 시선을 지팡이가 가리키는 방향으로 돌렸다.
"뭘 말입니까?"
"저거야, 물."
"물?"
"그래 물. 일본에 남아도는 것은 인간과 물이야. 남아도는 거라면 자꾸 사용해야 되잖나."

19

기리히토는 잠시 동안 고토 노인의 태연자약한 옆모습을 응시했다.
"아무래도 전 머리가 나빠서 말씀하시는 요지를 이해할 수가 없네요. 한번 설명해 주세요. 어째서 물이 돈벌이가 됩니까?"
"음."
고토 노인은 바로 대답하지 않고 천천히 언덕길을 내려가서 단술이며 갈분 떡을 팔고 있는 가게로 들어섰다.
"이봐요, 할멈. 오차."
고토가 불렀다.
매일 여기 산책하러 오기 때문에 친해진 것이리라. 가게집 아주머니가 안에서 큰 소리로 물었다.
"그냥 달인 차로 할까요, 아니면 볶아서 달인 차로 할까요?"
"볶아서 달인 차로 줘요."
노인은 날라온 찻잔을 집어들면서 물었다.
"도다 군. 자네는 인간이 하루에 물을 얼마나 사용하는지 알고 있나?"
"모르겠는데요."
기리히토는 고개를 저었다.
"인간은 하루에 250킬로그램의 물을 사용한다네."
"네에, 그래요?"

어느 정도인지 알 수도 없었다. 다만 상당히 많은 것만은 틀림없는 것 같았다.

"도쿄 시를 예로 들면 말이야, 시민이 사용하는 정수만도 하루에 150만 톤이 넘네."

"네."

"가스가 나오지 않거나 전등이 하루쯤 들어오지 않아도 인간은 죽지 않네. 그러나 150만 톤의 물이 단 하루라도 멎으면 어떻게 되겠나?"

"이렇게 앉아 한가로이 차를 마시고 있을 수 없겠죠."

"우선 수많은 희생자가 생기지……. 도쿄 시는 매년 30만 명씩 불어나고 있어. 소화 50년에는 정수와 공업용수를 합해서 390만 톤이 필요할 거야. 그것을 어떻게 공급할 것인지 아무런 대책도 없는 상태일세."

"……."

"그래서 이런 생각을 해 봤네. 시내 강 상류인 누마다에 125미터 높이의 댐을 만드는 거지. 그렇게 하면 8억 톤의 물이 고이게 되고 아무리 큰 태풍이 불어닥쳐도 강이 범람할 염려는 없네. 도쿄 시의 인구가 2,000만이니 그 정도면 여유 만만하지. 그뿐인가, 이 물로 130만킬로와트의 발전소를 만들 수도 있어. 어때?"

"……."

너무 엄청난 구상이라 기리히토는 숨을 죽였다.

"어떤가. 내 구상이?"

노인은 거듭 물었다.

"자리수가 달라서 갈피를 잡지 못하겠는데요. 도대체 그런 큰 인공 호수를 만드는 데 자금은 얼마나 듭니까?"

"1,630억쯤 드네."

노인은 간단히 대답했다.

"천육백!"

"2,200호가 호수 밑에 가라앉고, 1,200정보의 논과 밭이 물에 잠겨야 되지. 그만한 배짱이 일본 정부에 있나? 아마 없을 걸세."

"……."

"일본에 남아나는 것은 물이야. 그 물을 이용하는 것이 경제 발전의 최대 사업이야, 알겠나? 태풍 캐더린 호가 일본을 휩쓸었을 때 어땠나? 시내 강이 범람해서 다섯 시간 만에 3억 6천 톤의 물을 바다로 흘려보냈네. 시민이 일 년에 쓰는 물의 절반이 흘러가 버렸어. 게다가 8억 원의 손해까지 입었잖나?"

"……."

"일본에서 이용한 물의 양은 대충 2천억 톤, 1인당 2천 톤이지. 제일 싼 톤당 5원의 공업용수로 환산해도 1조 원이나 되는 큰 돈이야. 이렇게 많은 물을 갖고 있는 나라는 세계에 아무 데도 없잖나. 왜 이 물을 사용하지 않나? 재(災)라는 글자가 있지. 물과 불을 합친 글자야. 옛날 사람들은 물과 불이 두려운 존재였기 때문에 이런 글자를 만든 걸세. 원자폭탄을 만들고 달나라로 여행하려는 지금 아닌가. 물과 불을 정복하는 것이 현대인의 의무이며 책임이야."

"……."

"물과 불 중에서 물이야말로 일본의 유일한 자원이야. 일본 총 면적이 3,500억제곱미터이니까, 거기에 1년에 1,500톤의 비가 내리고, 1톤에 5원만 쳐도 2조 2천 5백억 원의 돈이 일본에 내리고 있는 셈이 아닌가."

"그 물을 어떻게 하면 좋다는 말씀입니까?"

"수리공단이란 걸 만드는 거지. 전력 용수고 공업 용수고 모두 공단을 통해서 사는 셈이지. 지금의 발전소 댐은 홍수를 방지할 수 있도록 만들어져 있잖나. 그래서 우선 홍수 방지를 위한 대규모 댐을 만드는 걸세. 8억 톤의 저수지를 가스미가우라에 만들면 물값이 싸지니 전기료도 내리게 되고, 농민은 물 걱정과는 이별하게 되지."

평소에는 말이 없는 이 노인은 이 기묘한 얼굴을 한 기리히토가 마음에 들었는지 혼자서 지껄여댔다.

"나는 자본주의의 장단점을 50년 동안 싫도록 봐 왔네. ……지금이 가장 살기 좋은 세상이라고 생각하네."

소화 초년의 대재벌 전성기 때 미쓰이는 15억의 자산을 갖고 있었다. 지금은 국가 예산에 필적할 정도로 규모가 커졌다. 지금의 돈으로 계산한다면 2조쯤 될 것이다. 그리고 무역으로 생기는 수입이 연간 5천만, 천배로 계산하면 500억에 달했다.

그런데 그 미쓰이에 입사하게 되면 대졸 초임이 50원, 보너스가 1년에 40원이었다. 그런데 중역이 되면 보너스는 40만 원 이상이었다. 그만큼 위와 아래의 임금 차이가 심했다.

그러나 지금은 부장급이 되어도 월급은 20만 원 정도이고, 보너스 역시 백만 원을 넘기가 힘들었다. 옛날 계산으로 치면 백만 원이 단 천 원밖에 되지 않는다. 일반 샐러리맨이 좋아졌다는 증거다. 옛날은 이익을 주주에게만 배당했었지만 지금은 주주 배당을 적게 하고 월급과 복지 시설에 돌리는 비중이 높아졌다. 대중은 점점 풍부해지고 있는 것이다.

"……."

기리히토는 눈길을 고정시키고 노인의 말을 한 마디도 놓치지 않으려고 귀를 기울였다.

"생활이 윤택해지면서 옛날 '니노미야 긴지로' 같은 검약 관념이 없어지는 반면, 자연히 대중을 즐겁게 해 줄 시설이 번창하게 되지. 일전에 헬스센터란 곳에 가 본 적이 있네. 방석 값 20원, 식대 70원, 술이라도 마시면 대충 1인당 250원쯤 되지. 그러나 만 명이 들어가면 250만 원이야. 2만 명 정도는 들어가는 모양이니까 500만 원일세. 대단한 벌이잖나? 이렇게 대중을 염가로 즐기게 해 주면서 버는 시설이 번창하고 있어."

"바로 그건데요. 저는 관광 사업을 하고 싶습니다."

기리히토가 말했다.

"제가 조사한 바로는 일본인의 오락비 중에서 1천억 원 정도의 돈이 관광을 위해 쓰여집니다. 하지만 머지않아 2천억, 3천억으로 불어날 거예요."

"내 생각으로는 10년 후에는 5천억 이상을 유흥비에 쓰게 될 걸세."

"그래서……, 고토 씨가 말씀하시는 물과 불을 이용하는 관광 구상을 자세히 듣고 싶습니다."

노인은 잠시 동안 뭔가를 잠자코 생각하더니 이윽고 천천히 입을 열었다.

"나는 아사다노미야한테서 하코네 별장을 사두었네. 별장 부지 1,200평 외에 3만 2천 평이 있지."

"아아, 그건 언젠가 아사다가 응접실에서 들었습니다."

"그걸 이용해서 일본 제일 가는 여관을 만들 생각인데, 그 여관을 짓는 데 물과 불을 이용한다는 말일세. 토지는 거의 공짜나 마찬가지로 손에 넣었으니 이번에는 공짜인 물과 불을 이용한다 이 말이네. 알겠나?"

"……."

"온천은 땅 속에서 솟아야만 한다고 생각하는데, 그건 잘못된 생각이야. 물과 불이 있으면 열탕 따윈 얼마든지 만들 수 있지 않나."

"그야 그렇죠."

"이곳 저곳 온천들의 물의 양이 적어졌다느니 온도가 점점 떨어진다느니 떠들고 있는 것이 한심한 일이잖나. 하코네에는 물이 무진장 흘러내리고 있어. 이것도 더운 물로 만들면 될 것 아닌가."

"끓이는 게 큰 일일 텐데요. 석탄은 비싸요."

"그런 덜 떨어진 생각이 문제야. 온천 지역은 화산일세. 화산이니까 땅 속에는 지열이 있기 마련이고, 좀 허풍을 치면 일본 같은 화산국은 땅 속에 세계 제일 가는 용광로를 품고 있는 거와 같지 않은가. 그 지열을 뽑아 올리기만 하면 되는 거야. 적어도 13,000평 이상의 증기가 하코네의 땅 밑에 있을 테니까."

"흠!"

기리히토는 신음했다.

하코네 산에서 흘러내리는 물이 공짜라면 땅 밑의 증기도 공짜다. 이 공짜 물과 공짜 열을 합치면 공짜 열탕이 생기고, 그러면 그것을 쓰고 싶은 대로 쓸 수 있는 것이다.
"고토 씨!"
기리히토는 흥분하여 외치듯 말했다.
"……."
노인은 가만히 기리히토을 쳐다보고 있더니 침착하게 말했다.
"자네는 파산해서 무일푼이지만, 아직 막대한 재산을 가지고 있어."
"제가 말입니까?"
기리히토는 의아한 표정을 지었다.
"그래. 산지로 고개 위에 1만 3천 평의 정원을 갖고 있지."
노인은 정확하게 알고 있었다.
"아아, 그거 말입니까. 그건 제것이면서도 제 소유가 아닙니다."
대답하고 나서 문득 결심을 한 듯 눈을 빛냈다.
"고토 씨! 그 정원을 저당 잡힐 테니까 하코네에 온천 여관을 만들 돈을 빌려 주십시오."
"음."
노인은 잠깐 생각에 잠겼다.
"나는 고리대금업자니까 손해 보는 거래는 하지 않네. 좋아, 이세다 저택을 담보로 하코네에 있는 토지와 자본을 빌려 주겠네."
마침내 기리히토가 관광 사업의 첫사업으로 하코네 고와쿠 계곡의 옛날 아사다노미야 별장에 대규모 온천 여관을 만들겠다고 결심했을 즈음, 일본 경제는 한국동란 이후의 불투명한 시기를 빠져나와 크게 비약하려 하고 있었다.
한국동란 중에는 특별수급(군납) 주(株)는 급등했지만, 다른 주인 동양증권의 평균 주가는 62원 30전으로 개소 이래 최하를 기록했었다. 그런데 동란으로 산업 브로커·공장주·대메이커 등이 연이어 호기를 맞게 되자 경기는 상승하여 모든 회사가 제자리를 잡을 수 있었다. 따라서 사회 전반적으로 더욱더 화려해졌다.

여행은 일본의 하늘은 말할 것도 없고, 지구의 어느 하늘에서도 여객기로 가벼운 마음으로 날아갈 수 있게 됐다. 호경기의 희생자도 나왔다. 일본 여객기 목성호가 마하라 산에 충돌하여 산산조각이 났다. 초대형 시사 사건이 전일본을 떠들썩하게 했다. 그것도 경기가 좋아진 증거의 하나일 것이다.

그러나 다른 한편으로 전학련(전국학생연맹) 학생들의 집단 폭동이 일어나서 뒤숭숭하게 했다. 그 해 5월 1일 메이데이에는 2천 명의 데모대가 히비야 네거리에서 진압대와 충돌한 후에 바바사키 문에서 광장으로 쏟아져 들어가 피비린내 나는 대난투극을 연출했다.

데모대는 큰 북을 두들기며 돌을 던지고, 곤봉이나 플래카드·죽창 등을 휘두르며 경찰에 맞섰다. 뒤로 밀린 진압대는 드디어 최류가스를 쏘아대고 총기를 사용했다. 이 난투로 사망 1명, 중상자 100명, 경상자 400명, 검거 130명을 헤아렸다.

기리히토가 고토 이치타로가 사는 그 낡은 집을 방문한 것은 오다와라에서 중대한 결심을 하고 나서 한 달 후였다. 덜컥거리는 격자문을 열자 한 여인이 나타났다. 꽤 낯이 익었다.

"어머나, 이럴 수가. 저를 잊으셨어요, 도다 씨?"

웃는 얼굴을 보니 기억이 되살아났다.

"뭐야, 차코 아닌가!"

신주쿠의 하모니카 골목에서 술집을 하던 여인.

"어떻게 된 거야?"

올라가서 마주 앉은 기리히토는 몰라보게 늙어 버린 차코를 유심히 바라보았다.

"억지 춘향이 된 거죠."

차코는 씨익 웃으며 목을 움츠려 보였다.

"아니?"
"이젠 혼자서 일하는 것이 귀찮아졌어요. 그래서 어찌어찌하다보니 이 집으로 굴러 들어오게 됐네요."
"흠."
"그런 표정 짓지 말아요."
목욕탕에서 이치타로가 돌아왔다.
차코는 재빨리 기리히토의 귓가에 속삭였다.
"당신과 내가 만난 일 절대 비밀예요."
그러곤 잔걸음으로 부엌으로 가 버렸다.
"어."
이치타로는 기리히토를 보자 웃으며 앞에 와서 책상다리를 하고 앉았다.
"차코를 마누라로 삼으시려고요?"
"멋대로 쳐들어왔지……. 단칸방에 남자와 여자가 얌전히 자는 건 사흘을 넘기지 못 하지. 그것보다도 자네는 무엇이 이루어졌기에 찾아왔나?"
"그래요."
기리히토는 고토 코노신의 대구상을 장황하게 설명하고 그 역할을 자기가 맡았다고 말했다. 이치타로는 잠자코 듣고 있다가 기리히토의 이야기가 끝나자 불쑥 말했다.
"고토 코노신, 우리 집 영감이다."
"넷?"
기리히토는 깜짝 놀랐다.
"저, 정말입니까?"
"거짓말해 봤자 소용이 없겠지……. 나는 영감님이 열아홉 살 때 낳은 아들이지. 그 사람이 내 아버지라는 걸 미술학교에 들어갈 때까지는 몰랐네……. 그렇다고 별도로 부자 대면 따위는 한 번도 한 적은 없지만."
그렇게 말하며 이치타로는 쓴웃음을 지었다.

20

고토 코노신을 부친으로 가졌으면서도 이런 누더기집에서 초라하게 살고 있는 이치타로에게 새삼 기리히토는 감탄했다.
"어째서 만나 보지 않습니까?"
"만나고 싶지 않으니까."
"하지만 영감님은 자식이 없어서 죽으면 전재산을 기부해 버릴 거라는 소문이던데요. 그 노인이라면 정말 그렇게 할지도 모른다고요."
"나와는 상관없는 일이야."
"아깝잖아요!"
기리히토는 고개를 저었다.
두 사람의 얘기를 흥미 있게 듣고 있던 차코가 끼어들었다.
"도대체 돈을 얼마나 갖고 있는데요?"
"어림잡아 50억쯤 되겠지."
"50억!"
차코는 어이가 없었다.
"50억이라니, 그게 얼마나 되는 돈인데요?"
"바보 자식! 50억이 50억이지 얼마야."
이치타로가 퉁명스럽게 말했다.
"그렇지만 50억이라니, 도대체 상상할 수가 없어요. 그만한 돈이 있으

사랑의 노래 **233**

면 어떤 일을 할 수 있는 거예요?"

"한 사람의 생활비를 5만 원으로 치면, 10만 명쯤이 놀고 먹을 수 있는 거지."

기리히토가 대답했다.

차코가 기성을 질렀다.

"그, 그런 어마어마한 돈을 당신 아버님이 갖고 있단 말예요?"

"나와는 아무 상관도 없어."

이치타로는 쌀쌀맞게 내뱉었다.

그러나 차코는 순식간에 벼락부자라도 된 것처럼 난리였다.

"세상에! 50억이라! 그것에 50분의 1이라도 좋겠다. 아니, 1억도 무서워. 천만이면 충분해……. 그 돈이 있으면 뭘 할까? 우선 집을 사고, 그리고는 차를 사고……."

이치타로는 철없이 구는 차코가 성가신지 불쑥 일어섰다.

"나가자고."

그가 기리히토를 재촉했다.

"아버님을 만나러 가시는 겁니까?"

차코가 펄쩍 뛰며 좋아했다.

"가만히 좀 있어."

"하지만, 어쩐지 아버지가 엄청난 부자라니까 이젠 이런 생활이 시시해졌어요……. 다녀오세요. 천만 원만 얻어 오시라고요."

이치타로는 대꾸 없이 밖으로 나갔다. 그리고 양손을 들고 심호흡을 했다.

"여자란 건, 제기랄! 정말 현실적으로 생겨먹었어!"

"진짜로 차코를 마누라로 삼을 거요?"

"저러고 있다가 정나미가 떨어져서 나가 버리겠지……. 그보다도 그 영감한테 내 얘기는 하지 말게."

"그쪽에서는 알고 있어요?"

"글쎄, 아마 모를 거야……. 하지만 어딘가에 아들이 살고 있다는 것만은 알고 있을 거야. 그러면서도 찾지 않은 사람을 나도 만나고 싶지 않고."

"나는 특별하게 모른 척하고 있을 필요는 없다고 생각해요. 당당히 만나시는 게 어떻습니까?"

"내가 일류 명사라도 되었다면 당당하게 만나 주겠지만……, 이 모양으로 나타났다가는 뎅이지보(일확 천금을 노리던 사람) 취급을 받을 우려가 있으니까…… 그만두기로 하지. 어쨌든 영감님의 물과 불의 이야기는 재미있으니까 해 보라고. 예감이 아주 좋아. 내 친구 중에 솜씨 좋은 건축기사가 있는데 그놈을 소개해 주지."

이치타로가 기리히토를 데리고 간 곳은 아키하바라 역 근처의 어느 허름한 목조 건물 이층에 있는 설계 사무소였다. 지독하게 볼품없는 곳이었다.

안으로 들어서자 바로 두 평 남짓한 응접실이었는데, 속이 군데군데 터져 나온 소파와 금방이라도 쓰러질 듯한 팔걸이의자가 있을 뿐, 한가운데 드럼통으로 만든 스토브가 놓여 있었다. 그 안의 다섯 평 정도인 방에는 대여섯 개의 책상이 있었고, 설계도가 흩어져 있었다. 청년 두 명이 열심히 일하고 있었다.

하나부사 유사쿠라는 '천재적 1급 건축기사'는 속이 비어져 나온 소파에서 바짓가랑이를 무릎까지 걷어 올리고는 책상다리를 한 채 드럼통 스토브에 떡을 굽고 있었다. 서른대여섯 살 정도 돼 보였다. 평범한 풍모였지만 눈빛은 비상하리만치 날카로웠다.

'이런 지저분한 곳에 아무리 천재라도 큰일을 줄 실업가는 없을 거야.'

기리히토는 실망했다.

"자네는 언제 와도 떡을 먹고 있군."

이치타로가 말하자 하나부사 유사쿠는 능청스럽게 대답했다.

"응. 아키타에서 다달이 사과 상자로 하나 가득 보내 주니 안 먹을 수 없잖은가."

"자네 고향은 아키타였나?"

"아니, 히로시마지. 아키타에는 내게 반한 기생이 있는데 그 여자가 보내주는 거야. 내가 떡을 좋아한다니까 멍청한 여자가 작년부터 떡만 보내고 있어. 실은 내가 그 기생의 알몸을 안고 있을 때, 뭘 좋아하느냐고 묻기에 마침 그 하얀 살결을 한창 쓰다듬고 있던 터라 무심코 떡이라고 대답했었지. 덕분에 이렇게 매일 억지로 떡을 먹게 됐네."

태연스럽게 말했지만 조금도 불쾌감을 주지는 않았다.

이치타로는 기리히토를 소개하고 하코네에 대규모 맘모스 위락 시설을 만들 계획을 밝혔다.

처음에는 별로 흥미도 없는 듯한 표정으로 건성으로 듣고 있던 하나부사 유사쿠는 하코네 지하 땅 속에 13,000평 이상 되는 증기가 있을 거라는 이야기를 듣고 갑자기 그 날카로운 눈빛을 더욱 빛냈다.

"흐흠! 13,000평 이상의 증기가 있단 말이지……. 이봐, 하코네지도!"

고함치기가 무섭게 청년 하나가 가져온 지도를 펴놓고 열심히 살펴보기 시작했다.

기리히토는 아사다노미야가 별장의 소재를 가리키며 그 주변에 3만 2천 평의 산이 포함된다고 말했다.

"여기에는 온천이 솟지 않는단 말이지요?"

"그렇습니다."

"흠!"

그렇게 얼마 동안 지도를 노려보고 나서 하나부사 유사쿠는 설계실에 들어가 책장에서 몇 권의 지질학 서적을 뒤적이고는 되돌아와서 말했다.

"땅 속에 증기가 있다고 간파한 것은 대단한 안목입니다. 한번 보링 기계를 사용해서 철저하게 지층 조사를 해 봅시다. 그러나 온천을 파는 빈약한 기계로는 안 됩니다. 광산용인 큰 기계를 설치해서 구멍을 팝니다."

흥분했을 때의 버릇인지 자꾸만 연필로 기리히토의 가슴을 찌르는 시늉을 했다.

"그래서 증기가 분출되면 어떻게 되지?"

이치타로가 물었다.

"가령 섭씨 140도에 압력 40파운드인 증기가 땅 속에서 분출했다 치자, 그것은 석탄 1만 톤에 해당하네…… 이 섭씨 140도의 열을 수중으로 통과시켜 보게. 원하는 온도를 유지한 더운 물이 얼마든지 만들어지는 거네. 문자 그대로 1천 명이 넉넉히 들어갈 수 있는 대욕장, 온천 풀은 식은 죽 먹기지. 하코네의 겨울은 또 유난스럽지 않나. 이 지열로 난방을 할 수도 있네. 분출구의 증기를 스팀 파이프로 지나게 하면 되는 거야. 이렇게 간단하고도 밑천 안 드는 난방이 어디 있겠나. 그뿐인가, 섭씨 140도의 증기만 있으면 뭐든지 할 수 있네. 열대 식물은 물론이고 남방의 어떤 동물도 사육할 수 있어. 계란을 부화시켜 키우는 일 따윈 식은 죽 먹기야. 그렇지, 그것만 해도 큰 장사지. 대규모 양계장 말일세. 여관의 취사·세탁은 물론 전부 이 무진장한 증기가 해 주지. 이런 근사한 여관은 세계 어디에도 없어!"

하나부사 유사쿠는 방바닥에 책상다리를 하고 앉아서는 도화지에 연필로 쓱쓱 그리기 시작했다.

"3만 평에 여관을 만드는 거다. 어떤 거대한 것도 지을 수 있어. 거대하면 거대할수록 좋아."

"이 보라고, 이 사람아. 이쪽은 자본금의 한계가 있단 말일세."

이치타로가 말했다.

"상관없어. 돈은 그쪽에서 만들면 될 거 아닌가. 그리고 나는 이상적인 온천을 설계하면서 되는 거 아닌가. 지금까지는 온천가 안에 여관이 있었지. 그러나 그런 시대는 지났어. 여관 안에 온천을 만드는 거야. 1박에 5원 하는 고급 방도 있고, 1박 3식에 300원 하는 방도 만드는 거지. 외국인 관광용인 순 양식 호텔, 정교한 일본식 여관, 아베크용 별채, 수학여행 시설, 당일치기 손님용 큰 방……. 모든 형식을 도입해야 하네. 대 식당, 중 식당, 소 식당, 바, 댄스홀, 선물 가게, 드라이브 인, 폭포수가 있는 야외 욕탕, 동물원도 만든다."

과연 천재적이었다.

기리히토는 황당함과 감탄스러움이 뒤섞인 표정으로 하나부사 유사쿠의 들뜬 표정을 지켜보았다.

그러고 나서 1주일이 지났다. 기리히토는 오다와라에 고토 코노신을 찾아가서 하나부사 유사쿠가 설계한 도면을 보였다.

"음, 재미있군."

노인은 싱글벙글 웃었다.

"이렇게 한다면 대충 7억은 듭니다만."

"아아, 그래 좋아."

노인은 간단히 승낙하였다.

"심심풀이삼아 일본 전국 이곳 저곳에 재미있을 것 같은 옛날 집을 사두었는데, 그런 집을 고스란히 그대로 옮겨 와도 좋겠지."

"그것 참 좋겠군요."

"이 설계를 한 건축 기사는 믿을 만하겠지?"

"믿을 수 있습니다. 천재라고 생각되던데요. 아니, 정말 천재입니다."

기리히토는 이치타로에 대해 얘기를 하고 싶어 입이 근질근질했으나 때가 이른 것 같아 참아야 했다.

그날 밤에 기리히토는 혼자서 하코네로 올라갔다. 아사다노미야가 별장은 대정 초기에 건립된 영국식인 음침한 저택이었다. 침엽수에 둘러싸여 몇 개의 뾰족한 지붕 꼭대기가 흐린 하늘에 치솟아 있는 모양은 외국 영화에서나 나올 법한 유령 저택을 방불케 했다. 종전 때부터 비어 있어서 더욱 으스스했다.

　기리히토는 태연하게 걸어 들어가 우선 넓은 방에서 준비해 온 음식을 꺼내 천천히 저녁 식사를 했다. 그리고 2층에 올라가서 침대가 있는 방을 찾아 유유히 누웠다. 언젠가는 흔적도 없이 사라질 집이었다. 찬찬히 바라보니 과연 훌륭한 집이었다. 왠지 아까운 생각이 들었다.

　위스키의 취기가 기분좋게 온몸에 퍼지는 것을 느끼며 기리히토는 코를 골며 잠에 빠져들었다.

　심한 갈증으로 눈을 뜬.기리히토는 귀찮아하면서 바지를 입고 침실을 나섰다. 봄철이라고는 하나 하코네 산 중의 밤기운은 몹시 차가웠다. 떨리는 몸을 한껏 움츠린 기리히토는 고개를 저었다.

　"추워!"

　서둘러 계단을 내려가려던 순간 흠칫했다. 아래층에 사람이 있는 듯했다. 얘기 소리가 들렸다. 밀회 장소를 찾아온 연인들일 터였다.

　가만히 귀를 기울였다. 쓴웃음을 지은 기리히토는 살그머니 발소리를 죽여서 내려갔다. 넓은 객실에 앉아 있는 사람들은 도무지 어울릴 성싶지 않은 두 남녀였다.

　여자는 젊게 차리고 있었지만 나이는 꽤 들어보였고 매우 지친 표정이었다. 살아 있는 것도 귀찮은 듯한 자세로 소파에 기대서 담배를 피우고 있었다. 사내는 20대 초반 정도 돼 보였다. 거리의 부랑아를 간신히 면한 꼴을 하고 있었다. 다만 얼굴 생김은 어딘지 출신 성분이 선량해 보이는 기품이 있었다. 성급하게 넓은 방 안을 왔다갔다 하면서 얄미운 것이라도 바라보듯 주위에 시선을 돌리고 있었다.

　"여기 좀 앉으면 좋잖아요."

　여인은 바쁜 듯 돌아다니는 청년의 움직임이 성가신지 그렇게 권했다. 청년은 소파 뒤에 멈추어 서자 여인의 뺨을 양손으로 끼고 뒤로 젖힌 얼굴에 자기 얼굴을 떨구어 입을 맞추었다.

　"사랑하고 있어!"

어울리지 않는 말투였다.
여인은 말꼬리를 질질 늘이며 무성의하게 말했다.
"차츰 죽는 것이 싫어졌어."
"안 돼! 같이 죽어야 해!"
청년은 보채는 아이처럼 뛰어오르며 소파를 타고 넘어와서는 여자를 껴안았다.
"우리는 서로 사랑을 나누는 최고의 순간에 죽는 거야!"
"……."
여인은 온 얼굴에 키스 세례를 받아도 아무런 반응을 보이지 않았다. 그러다가 청년이 여자의 가슴을 거칠게 열어젖히자 빈약한 유방이 달라붙어 있었다. 여인은 그대로 몸을 맡긴 채 얼굴을 젖히고 있다가 무엇을 생각했는지 담배를 살짝 청년의 귓불에 댔다.
"앗, 뜨거!"
청년은 튕기듯 몸을 들썩이며 얼굴을 들었다.
"뜨겁잖아!"
"그 봐요."
여인은 웃었다.
"살아 있으니까 뜨겁다고 느끼는 거야. 죽고 나면 아무것도 느끼지 못하잖아. 그래도 괜찮아요?"
"그만둬요. 그런 기분 나쁜 소린."
청년의 표정이 애원조로 바뀌었다.
"이봐요, 난 죽고 싶어! 이 세상이 시시하단 말이야. 아줌마도 같은 마음이라고 했잖아요. 우리의 사랑이 식을까 봐 두려워요. 사랑이 절정에 오른 순간에……."
"알았습니다, 도련님……. 죽어요, 네! 서로 껴안고 죽어요."
무감각하고 메마른 목소리로 동조하면서 여인은 또 맥없이 고개를 젖혔다. 청년은 아까의 그 행위를 계속했다.

복도에서 열쇠 구멍에 한쪽 눈을 대고 이 광경을 들여다본 기리히토는 깜짝 놀랐다.
여인은 미쓰에의 시누이인 사나에가 틀림없었다.

21

기리히토는 사나에의 야위고 초라해진 얼굴을 지켜보면서 적잖이 실망했다. 세월이란 것의 참혹함이 새삼스럽게 진하게 느껴졌다.

가만 보니 두 사람은 정말로 죽을 것같이 보이지는 않았다. 사나에는 분명히 청년을 경멸하고 있고, 청년은 일부러 허풍스러운 신파 연극 배우가 과장된 연기를 연습하는 듯한 행동을 취하고 있었다.

하긴 정사는 봉건 시대로부터 이어받고 있는 일본적인 전통의 꽃이라고도 할 만한 엄숙한 행위였지만, 죽어야 할 상황은 아닌 것 같았다.

기리히토는 열쇠 구멍으로 계속 들여다보기로 했다.

사나에는 아직도 가슴에 매달려 있는 청년을 귀찮은 듯이 밀어냈다.

"우리들은 어차피 정상적인 동지가 아니잖아요. 그러니까 죽는 방법도 좀 재미있는 방법으로 하는 게 어때?"

"어떤 죽음?"

청년은 어리광을 부리듯 고개를 갸우뚱했다.

"글쎄."

사나에는 잠깐 생각하더니 미소 지었다.

"좋은 방법이 있어."

"애태우지 말고 빨리 가르쳐 줘. 난 무슨 짓이라도 할 수 있어요."

"정말 무슨 짓이라도 하겠어?"

"아아, 하고말고! 어차피 죽을 생각이니까 어떤 방법이라도 상관없어……. 할복이든 뭐든 다 좋아요."

"간단한 방법이지……. 자 그럼."

사나에는 거실을 한 바퀴 둘러보고 나서 쓱 일어나더니 한쪽 구석에 있는 세 캐비닛에 다가가서 문을 열었다. 빈 양주병과 컵이 있었다. 사나에는 컵 두 개를 꺼내 테이블로 가져왔다. 커다란 짐가방 속에서 위스키 병을 꺼내자 가득 따랐다. 그리고 핸드백 속에서 왠지 독약일 것만 같은 캡슐을 꺼냈다. 캡슐을 열자 하얀 가루가 보였다. 사나에가 말했다.

"잠깐 뒤돌아 있어."

잠자코 사나에의 행동을 지켜보고 있던 청년은 미간을 찌푸리며 뭔가를 말하고 싶은 듯했지만 그대로 순순히 등을 돌렸다. 사나에는 그 하얀 가루를 한쪽 컵에만 털어 넣었다.

"됐어요."

바로 돌아선 청년은 사나에의 얼굴과 두 개의 컵을 번갈아 보았다.

"전에 신문 소설인가 어디서 읽은 적이 있지요……. 이 중 하나에 청산가리를 넣었어. 당신이 먼저 골라잡아. 그리고 나서 동시에 건배하는 거예요."

"그, 그럼 둘 다 죽는 게 아니잖아요."

"상대방이 죽는 것을 확인하고서 청산가리를 먹으면 되는 거야."

사나에는 또 하나의 캡슐을 컵 옆에 놓았다.

"어때, 아주 재미있잖아?"

사나에의 미소가 차가웠다.

"……."

청년은 유구무언이었다. 갑자기 죽음이라는 무서운 현실에 직면하자 태연할 수 없는 모양이었다.

"할복이든 뭐든 다 하겠다고 그랬지……. 할복은 아프고 시간도 걸리지만 이건 간단한 일이야. 이 두 개의 컵 중 어느 하나만 마시면 되는 거라고……. 자, 어서!"

"……."

청년은 집어삼킬 듯한 눈초리로 두 개의 컵을 비교했다.

"미리 말해 두지만."

사나에가 덧붙였다.

"살아남는 쪽은 반드시 죽지 않아도 되는 거예요……. 상대방의 죽은 얼굴을 보고 죽는 게 싫어지면 그만두어도 된다 그 말이지. 그래, 아마 무서워서 그만둘 거야."

치밀하게 계산된 말이었다.

청년은 사나에에게서 시선을 돌렸다. 사나에는 사형 집행인 같은 냉정한 표정과 말투로 재촉했다.

"어서요."

"조, 좋아!"

청년은 고개를 끄덕이고 오른손을 뻗쳤다.

"오른쪽 컵을 잡으려다가 잠깐 망설이더니 다시 왼쪽 것에 손을 댔다. 그러다가 또다시 오른쪽 컵을 집었다.

"됐지요?"

사나에가 확인했다.

"아, 아니."

청년은 허겁지겁 그것을 놓고 왼쪽 것을 집어들었다.

사나에가 다시 냉정하게 물었다.

"그걸로 정한 거야?"

"저, 정했어!"

청년은 긴장했는지 마른 침을 삼켰다.

"그럼 건배해요."

사나에는 아무렇지도 않게 남겨진 컵을 집었다.

청년은 공포에 질린 시선으로 컵을 보았다. 손이 떨려서 위스키를 흘렸다.

"자……, 죽음의 건배!"

사나에는 청년의 컵에 자기 것을 달그락 부딪쳤다.

"알았어요! 동시에 마시는 겁니다."

"……."

두 개의 컵이 서서히 두 입으로 옮겨갔다. 사나에는 청년의 얼굴을 빤히 응시하면서 컵에 입술을 댔다. 청년은 자기 컵을 노려보면서 컵을 입술 앞까지 당겼다.

열쇠 구멍으로 들여다보고 있던 기리히토가 다급하게 문을 열어젖혔다.

"그만둬요!"

고함쳤을 때는 한발 늦어 사나에는 단숨에 위스키를 쭉 들이켰다. 청년은 컵을 마룻바닥에 떨어뜨렸다. 그러더니 멍청한 표정으로 기리히토를 바라보았다.

기리히토는 멀쩡한 사나에를 보고 한숨 돌렸다.

사나에가 뒤돌아보더니 기리히토를 알아보고 놀란 표정을 지었다.

기리히토가 청년을 쳐다보았다.

"나가요……. 죽을 용기도 없는 주제에 뭐요?"

기리히토가 비난하자 청년은 강아지처럼 풀이 죽어서 사나에에게 구원을 청하는 눈길을 주었지만 사나에가 모른 척하자 맥없이 나갔다.

기리히토는 사나에 앞에 앉아 테이블 위의 약을 집어들고 살폈다.

"정말로 청산가리요?"

그러자 사나에는 장난스럽게 웃었다.

"위장약이에요."

"그럴 줄 알았지."

두 사람은 얼굴을 마주보았다.

"이상한 곳에서 10년 만에 만났군요."

기리히토가 세삼스럽게 인사를 하자 사나에의 얼굴에 짙은 어둠이 깔렸다.
"마치 기리히토 씨에게 살려달라고 꼬리치며 들어온 모양이군요."
사나에가 말했다.
"어째서 이런 곳을 선택했어요?"
"여기가 원래 아사다노미야 별장이지요?"
"그래요."
"아까 그 애 말이에요. 기후에 있는 기생이 낳은 아사다노미야의 핏줄이에요."
"그래요? 그것 참……."
"어릴 때 모친을 따라 여기에 한 번 온 적이 있다나요…… 그런 건 아무래도 괜찮아요. 기리히토 씨야말로 어째서 이런 빈 저택에 살고 있나요? 설마 지명 수배당했을 리는 없고요."
"허허허……, 지명 수배라니 재미있는 소릴 하는군요……. 이 곳을 개발하기 위해 기초 조사를 하러 온 참이에요."
"그럼 아직도 부자세요? 풍문에는 파산했다고 들었는데."
"파산은 했지만 버리는 신이 있으면 구해 주는 신도 있는 거죠."
"그래요……?"
사나에가 자조적으로 말했다.
"남자란 참 편리해요. 넘어져도 또 일어날 수 있잖아요. 여자는 한번 넘어지면 그 땐 끝장이죠."
"사나에 씨답지 않는 약한 소리를 하는군요."
"보세요. 이렇게 지쳐빠진 할머니를 도대체 누가 상대해 주겠어요? 고작 저런 젖비린내 나는 머슴애의 소꿉친구 상대밖에 더 되겠어요?"
"그 나이에 할머니라뇨? 마음가짐에 따라 얼마든지 정상으로 돌아갈 수 있어요."
"기리히토 씨는 나를 안고 싶은 충동을 느낄 수 있어요?"

"그야 뭐 사정과 처지에 따라서는……."

기리히토는 청년이 떨어뜨린 컵을 마룻바닥에서 집어들어 위스키를 따랐다.

"다시 나와 건배하겠소?"

"기뻐요."

주거니받거니 하면서 위스키병은 거의 바닥이 났다. 사나에는 겁날 만큼 주량이 늘어 있었다. 기리히토가 상당히 취했음에도 불구하고 사나에는 조금도 흐트러짐 없이 단정히 소파에 앉아 있었다.

두서없는 얘기가 오갔다. 기리히토는 조심스럽게 그 동안의 경위를 들으려 하지 않았고, 사나에도 밝히려 들지 않았다.

"……아아, 그 그래요. 당신이 양갱회사를 운영할 때 긴자에서 만나서 집까지 간 적이 있었지요?"

"그랬지요. 그 때 당신은 내 귓불이 보통 사람의 배나 되니까 큰 부자가 된다고 했었지요."

"됐잖아요."

"이제부터지요."

"그 때 나는 처녀성을 만 원에 팔려고 했고요……. 정말 그 때 당신에게 드렸으면 좋았을 걸 그랬어요."

"……."

"당신이 군대에 갈 때 내게 말했죠. 싸구려로 팔면 안 된다고……."

"……."

"난 그 충고를 잊지 않았어요……. 값 비싸게 팔아먹으려다 이 꼴이 됐지만요."

"……."

"독일 대사관의 파티에 갔었지요. 춤추고 마시고 취하고……. 정신이 들고 보니까 침대에 누워 있더군요. 날 돌보아 주었던 사내도 옆에 누워 있었지요. 대사관의 일등 서기관이었어요. 대단한 미남자였고, 내가 눈을 뜰 때까지 참을성 있게 기다리고 있었어요."
 그날 밤의 광경이 역력히 되살아나는 모양이었다. 사나에는 머리를 흔들며 눈을 감았다.
 기리히토는 그 뺨에 실처럼 한 줄기 눈물이 타 내리는 것을 보았다. 그 모습을 보고 있노라니 점점 사나에의 얼굴이 옛날로 돌아가 아름답게 보이는 것이었다.
 기리히토는 손목시계를 보았다. 새벽 4시였다.
 "잘까요?"
 무심히 그렇게 말하고 보니 기리히토는 갑자기 욕정에 사로잡혔다.

22

사나에는 기리히토를 따라 이층으로 올라갔다. 그리고 정말 졸린 듯이 가벼운 하품을 했다.
"자도 괜찮을지 몰라."
그러면서도 사나에는 벌써 침실로 들어섰다.
기리히토는 바지를 벗고 침대에 누웠다.
"이 정도라면 요코즈나(씨름 챔피언)가 큰 대자로 누워도 편히 잘 수 있다고요."
기리히토는 크게 웃었다. 사나에는 잠시 미소로 답하면서 들고 온 빨간 가방을 열었다. 기리히토는 눈을 감았다. 요즘은 사업 구상 때문에 정신이 없어 여자를 가까이해 본 지가 꽤 오래 된 터였다. 뜻밖에 구면인 여자와 해후해서 이럭저럭 묵계가 이루어진 지금이었다.
기리히토의 건장한 육체는 욕정의 변화를 노골적으로 드러내고 있었다. 옷을 벗고 화장실에 다녀와서도 사나에는 침대에 들어오지 않았다.
기리히토가 그 모습을 찾았다. 사나에는 거울 앞에 있었다. 핑크색 네글리제를 입고 탐스런 검은 머리를 어깨까지 늘어뜨리고 있었다. 미적 감각을 갖추지 못한 기리히토에게도 그 모습이 참으로 이 호화로운 침실에 어울려 보였다.
"역시 호강하며 자란 아가씨는 다르구먼."

기리히토가 중얼거렸다. 사나에는 거울 속에서 기리히토를 건너다보며 물었다.

"뭐라고요?"

"아 아니, 당신은 품위가 있어요. 그렇게 하고 있으니까 꼭 이런 집에 살아야 할 사람으로 보이는데요."

"기리히토 씨. 내가 전후에 어떤 생활을 했는지 상상이 되나요?"

칭찬에 마음이 느긋해졌는지 묻지도 않는 말을 하며 웃었다.

"고생하셨겠지요."

"고생하지 않았어요. 남들 다 하는 고생을 안 한 죄로 천벌을 받아서 요 모양 요 꼴이에요."

"……."

"제가 옛날부터 가난을 싫어했던 건 당신도 알고 있었지요?"

"누구나 가난은 반갑지 않지요."

"난, 검소한 생활은 정말 싫었어요. 호화롭게 자유로운 생활을 하고 싶었죠. 전쟁이 끝나고 모든 것이 엉망이 되면서 개인의 자유만이 소중히 여기게 됐지요. 나같이 가난을 싫어하는 여자가 그 소용돌이 속에서 어떻게 되었을지 대충 짐작이 가지요?"

"사나에 씨는 총명하다고 생각했었는데요."

기리히토는 사나에의 신세 타령을 듣고 싶지 않았다. 빨리 침대에 들어왔으면 싶었다. 하지만 기리히토의 안달은 아랑곳하지 않고 사나에는 시든 살갗을 위로하듯 양손으로 천천히 뺨을 어루만졌다.

"여러 가지 일들이 있었지요……. 남자들은 내 아름다움을 좋아했죠. 돈을 내는 것도 조금도 아끼지 않았어요. 나는 어떻게 하면 남자들의 시선을 끌 수 있을까 하는 것만 생각하며 살았어요. 말하자면 성적 매력을 발산시키는 일에 몰두했었지요. 눈 깜빡할 사이에 서른이 되고 서른다섯이 됐죠……. 정신이 들었을 땐 남은 것이라고는 이런 야위어빠진 얼굴뿐이더군요."

"이제 괜찮겠지요. 오늘 밤만큼은 모두 잊어버려요. 나는 옛날의 사나에 씨밖에 모르니까."

"당신이 옛날의 사나에밖에 모르니까 부끄러운 거예요."

사나에는 거울 앞에서 일어나 침대로 다가왔다. 엷은 네글리제 속에서 비치는 하얀 몸은 날씬해서인지 보기 흉한 구석이 없었다. 사나에는 알몸이었다. 기리히토는 군침을 삼켰다.

"실례할게요."

사나에가 기리히토 옆에 누웠다.

"아아, 기분좋다. 이런 멋진 침대는 처음이에요."

어린아이처럼 두세 번 몸을 퉁겼다.

"당신은 여전히 아름다워요."

사나에는 한동안 천장을 응시했다.

"기리히토 씨, 내가 돼지같이 뚱뚱하고 대머리인 증권 거래상의 첩이라면 어떻게 생각하시겠어요?"

"난 원래가 돼지같이 자란 처지라 남을 경멸해 본 적은 없어요."

"나는 오사카에서 조그마한 바를 하고 있었어요. 하지만 어느 새 남의 명의로 변경된 것도 몰랐을 만큼 둔했어요. 후회해 봤자 소용 없었죠. 결국 가게에 오는 손님 중에서도 가장 저질인 남자의 첩이 되어 버렸어요. 그 증권거래상은 본처도 없고 첩만 4명을 데리고 있지요."

"그만둬요."

기리히토는 누운 채로 사나에한테 다가가서 팔을 길게 뻗치고는 힘껏 끌어안았다. 사나에는 기리히토가 하는 대로 몸을 맡겼다.

"나는 그놈 때문에 온갖 창피스런 짓을 다 하곤 했어요······. 난 그런 여자예요. 그래도 괜찮아요?"

"물론입니다. 경험은 풍부할수록 좋지요."

기리히토의 마음 한 구석에 자기도 그렇게 다루어 보고 싶은 충동이 일어났다. 사나에는 기리히토의 집요한 입맞춤에 겨우 응하는 자세를 취하다 그 욕구가 무서울 정도로 분출하고 있었다.
"안 돼! 아직 안 돼……! 싫어! 아직 싫어!"
기리히토는 그 외침을 들으며 아직껏 경험하지 못한 황홀한 애무의 여운을 음미하며 나른한 몸을 침대에 의지했다. 상쾌감이 잠을 불렀다.
인간은 참으로 간사한 동물이었다. 사나에의 잠든 얼굴이 오욕에 뒤범벅이 되어 30대 여인의 추악함을 그대로 드러내고 있는 것같이 보여서 기리히토는 되도록 멀리 떨어져 돌아누우며 잠을 청했다.
눈을 뜨니 어느덧 오후였다. 곁에 사나에의 모습은 없었다. 일어나서 책상다리를 한 기리히토는 주위를 둘러보았다. 사나에의 소지품이 없었다.
"벌써 가 버리다니."
서운한 생각이 들었다. 아무 할 일도 없는 신세이니 이삼일 묵어가리라 생각했던 것이다.
기리히토가 상의에 넣어둔 지갑이 없어진 것을 깨달은 것은 근처 여관에 식사하러 가려던 때였다. 지갑 대신에 낯선 종이 한 장이 들어 있었다.
"도둑이 될 만큼 타락했습니다."
달랑 한 줄 그렇게 씌어 있었다.
"빌어먹을!"
기리히토는 신음했다. 타락한 여자의 말로를 여실히 드러내 보여준 사나에였다. 기리히토도 헤어질 땐 도와주리라고 생각했던 터였지만, 도와주는 것과 도둑을 맞는 것과는 엄청난 차이였다.
"역시 나오마사님과 미쓰에님은 타락하기 전에 이 세상을 잘 하직하셨어."
기리히토한테 영원한 우상이 된 두 사람이었다. 당분간은 여자 생각이 나지 않을 것 같았다.
고케 골짜기에 광산에서 쓰는 보링 기계가 운반되어 그 곳 사람들을 놀래게 한 것은 그로부터 한 달이 지나서였다. 온천을 파는 데는 허가가 필요했다. 당연히 항의가 들어왔다.

"온천을 파는 게 아니라 증기를 뽑아내는 겁니다. 별도로 허가를 받지 않아도 된다고 생각합니다."

기리히토가 대답했다. 만약 온천이 분출될 경우에는 어쩌겠냐는 질문에 기리히토는 그냥 주마고 약속했다.

하코네 온천조합으로서는 증기를 뽑아내는 것은 상관이 없기 때문에 달리 할 말이 없었다. 지질 조사에는 일급 건축 기사 하나부사 유사쿠의 비상한 열의와 노력이 깃들였다.

일본 지질조사 소장인 K 이학박사, 도쿄국제대학 이학부 Q 이학박사, 수자원 연구소장 S 이학박사 등이 동원되었다. 자기전기(磁氣電氣)를 이용한 물리 탐사는 하나부사 유사쿠가 직접 했다.

가능성이 있는 지점에 망대가 세워지고, 굉장한 음향이 산비탈에 울려 퍼지며, 보링 기계는 힘찬 가동을 시작했다. 그런데 30미터쯤 파들어간 곳에서 솟아난 것은 30℃ 정도의 더운 물이었다.

하나부사 유사쿠는 가차없이 말했다.

"다시 묻어 버려."

온천이란 것은 계류에서 솟아나는 것인데 30~40℃가 되어야 하고, 땅속에서 압축기로 빨아올리는 온천수는 50℃ 이상이어야 했다. 뿐만 아니라 1분에 적어도 두 말 이상의 양을 필요로 했다.

하코네 온천 지대의 한 여관에서는 일 분에 다섯 되의 양을 소비했는데, 이 사용료가 2만 원이었다. 또 용탕(湧湯)의 사용료는 1분간 한 되에 25만 원에서 30만 원이다. 따라서 1분에 세 말 솟아나는 장소라면 약 800만 원의 사용료가 되는 것이다.

20미터를 파서 30℃의 온천수가 나온다면 50미터를 파면 온수 층과 마주칠 가능성이 있다는 계산이 나왔다. 그러나 하나부사 유사쿠는 그런 계산에는 조금도 흥미가 없었다.

"우리들은 증기를 분출시키는 것이 목적이야. 미지근한 물 따위는 필요 없어."

"하지만 이 정도 온천수면 그것만으로 대단한 이익이 아닌가?"
고토 이치타로가 말하자 유사쿠가 완강히 고개를 저었다.
"아무리 뜨거운 물을 빨아올려도 그건 헛일이야. 만약 온천수가 나오면 그냥 주겠다고 조합에 약속해 버렸단 말일세."
"자네가 말인가?"
"아니, 기리히토가."
이치타로는 황당한 시선을 기리히토에게 보냈다.
"정말 그랬나? 사람이 왜 그리 멍청한가."
"……."
기리히토는 머리를 긁적일 뿐 말이 없었다.
하나부사 유사쿠는 즉각 그 자리에서 보링 기계를 다른 장소로 옮겼다. 지질 조사소 직원들이 찾아와서 아깝다고 했지만 유사쿠는 들은 척도 하지 않았다.
그러나 증기는 그리 간단하게 나오지 않았다.
순식간에 반 년이 흘렀다. 여러 사람들이 초조해졌다. 기리히토는 계획이 좌절되는 불안감이 더 함을 느끼며 산을 내려가 오다와라로 갔다.
기리히토의 마음을 아는지 모르는지 고토 노인이 태연히 말했다.
"이제 슬슬 낡은 저택을 무너뜨리고 새 건축 공사에 착수해야 되지 않겠나?"
일이 오리무중 상태인 것을 고토 노인은 알고 있을 터였다. 그럼에도 불구하고 태연하게 그렇게 권했다. 기리히토는 하나부사 유사쿠의 설계가 아직 끝나지 않았다고 말하고 나서,
"증기가 나온 뒤면 늦어."
"그러나 증기를 사용하도록 설계해서 건축한 뒤에 만약 증기가 나오지 않으면 어쩌시려고요?"
노인의 대답은 간단했다.
"나올 때까지 파면 되지 않나."

"그야 그렇지만……."
팔짱을 낀채 고개를 외로 꼬고 있는 기리히토를 노인이 힐끗 쳐다보았다.
"사내가 한번 결심을 했으면 끝까지 관철시켜야지!"
"물론입니다."
"그럼 파요……. 증기는 반드시 나온다!"
"알겠습니다. 반드시 뽑아 올려 보이겠습니다!"
노인의 말 한 마디에 용기가 솟았다.
"그런데……."
노인이 은근하게 물었다.
"자네와 같이 일하는 사람 중에 고토 이치타로라는 사람이 있다지?"
기리히토는 깜짝 놀라서 노인을 다시 보았다.
노인은 시선을 돌렸다.
"어떤 사내지?"
"대단한 사람입니다."
"흠, 그래?"
노인은 두 동강 낸 담배를 조잡한 나무뿌리로 만든 파이프에 꽂았다.
"자네 친구는 온통 잘난 사람들뿐이군."
"사실이 그렇습니다. 고토 이치타로 씨는 천재죠. 제가 융단 회사를 차려 일본 제일이 된 것도 그 사람의 머리를 빌렸기 때문입니다. 정말 뛰어난 사람이에요."
"어떻게 살고 있지?"
기리히토는 이 노인이 모든 사실을 알고 있다고 직감했다.
"아주 청빈한 생활을 하고 있습니다. 천재답게 살고 있어요."
기리히토는 말끝마다 천재를 강조했다.
"본직은 도대체 뭐라던가?"
"상업 디자인이요, 무엇이든 장식에 관한 거라면 천재적입니다."

"그놈의 천재, 천재란 소린 그만 좀 하게."
노인은 머리를 저었다. 그러나 그다지 기분이 나쁜 것 같지는 않았다.
"내일이라도 데리고 올까요?"

23

오카야마의 히가시야마 고개에 있는 구 이세다 가 산장에서는 문자 그대로 10년이 하루 같은 평온 무사한 생활이 계속되다가, 이윽고 한 가지 변화가 일어났다. 마리야가 사내 아이를 낳은 것이다. 마리야의 희망에 따라 기리히토와 이틀간 밤낮을 쉬지 않고 열심히 잠자리를 같이한 성과였다.

옥동자라 하기에는 어쩐지 기리히토와 마리야의 결점을 빼닮아 체면상으로도 귀엽다고 칭찬할 수 없는 아기였다.

마리야는 정직하게 그 취지를 기리히토에게 편지로 썼다. 기리히토는 '우추타'라는 이름을 지어 보냈다.

"우추타? 이름이 좀 이상하구나."

다카는 고개를 갸우뚱했다.

"이 아이가 컸을 때는 우주 여행이 가능하다는 뜻으로 지은 걸까요?"

"인공위성의 조종사라도 만들 생각인가?"

어쨌든 부친이 지은 이름이니까 그대로 부르기로 했다.

우추타는 그 웅대한 이름에 걸맞게 매우 원기가 있었다. 엄마 젖을 너무 잘 먹어 반 년 후에는 보통 갓난아기의 배나 되는 무게를 유지했다. 오카야마 위생 보건소 주최 우량아 선발대회에서 1등을 차지했다. 그러나 신체 발육에 비해서 말하는 것은 매우 느렸다. 아장아장 걸음마를 시작하고 나서도 엄마라는 소리조차 제대로 발음하지 못했다. 광녀의 딸과 마구간에서 태어난 자식이 이틀간 밤낮을 서로 껴안고 만든 아이였다. 아무리 생각해 보아도 심상한 성격의 소유자는 아닐 것 같았다.

그러나 다카는 우추타를 자기 친손자처럼 귀여워했다. 할머니의 마음을 알 듯했다. 우추타는 덩치가 너무 컸고 말도 못하고 동작도 느렸지만, 어딘지 모르게 애교가 있는 아이였다. 늘 웃음을 잃지 않았고, 혼자 내버려 두어도 몇 시간이나 잠자코 놀아 주었고, 좀처럼 우는 일이 없었다.

다카는 자주 아기를 업고 밖으로 나갔지만 남에게서 한 번도 귀여운 아기라는 말을 들은 적이 없었다. 그래도 다른 아기와는 비교할 수 없는 좋은 점을 자랑하고 싶은 마음에 은근히 안달을 하곤 했다. 덴마야 백화점 식당에다 일부러 1시간이나 혼자 있게 하기도 했다. 여점원에게서 한 번도 울지 않았다는 말을 듣고 만족스러운 듯 고개를 끄덕인 적도 있었다. 하긴 우추타를 잠시만 업고 있어도 팔도 허리도 빠져 버릴 것같이 무거웠다.

산장이 낡아지듯 다카도 흰 머리가 성성했고, 얼굴이며 손에 검버섯이 끼었다.

"이제 슬슬 도쿄로 부를 때도 됐는데……."

다카가 그렇게 말할라치면 마리야는 남의 일처럼 대답하곤 했다. 불평이란 것을 모르는 여자였다. 일주일에 한 번씩 자기가 찍은 우추타의 사진을 기리히토에게 보내는 것을 낙으로 삼았다. 기리히토에게 아무런 회답도 없었지만 마리야는 불평 한 마디도 하지 않았다. 오히려 기리히토가 세 달에 한 번쯤 장난감을 보내오는 것으로도 마음이 흐뭇한 모양이었다.

다카는 늘 마음에 걸리던 일을 어느 날 대담하게 물어 보았다.

"밤에 잠자리가 쓸쓸하지는 않니?"

마리야는 잠시 얼굴을 붉히고 있다가 블라우스 소매를 걷어 보였다. 팔뚝에 이빨 자국이 선명했다.

"이렇게 해서라도 참아야죠."

다카는 이 때만큼 마리야를 애처롭게 생각한 적은 없었다. 너무나 싫어 견딜 수 없는 심정으로 나오마사에게 강요당하여 기른 아이였다. 용모도 추했고 머리도 썩 좋지 않았으며, 애교도 없고 오로지 고분고분한 것만이 칭찬할 만한 아이였다.

심기가 불편할 때면 감정에 사로잡히곤 했었다. 그러나 30년이란 세월을 함께 살아오는 동안에 어느 새 떨어져 살 수 없는 끈끈한 모녀의 정이 그녀들을 묶고 있었다.

지금 마리야와 우추타가 도쿄로 가 버린다면 다카는 도저히 쓸쓸해서 견딜 수 없으리라. 기리히토한테서 소식이 없기를 마음 한 구석에서 빌고 있는 다카였다.

어느 날 마리야가 우추타를 업고 멀리 외출하고 다카 혼자 집을 지키고 있을 때 어떤 사람이 찾아왔다.

쉰대여섯쯤 되는 그다지 교양은 없어 보이지만 혈색이 좋고 살이 찐 남자였다. 복장도 훌륭했다. 내민 명함에는 '대일본흥업주식회사 사장 오노다 마사하루'라고 적혀 있었다.

다카는 그 사람의 어깨 너머로 문 옆에 정차시켜 놓은 생전 보지도 못한 고급 차를 보았다. 어려운 방문객을 맞아 이세다 가의 시녀를 지낸 바 있는 다카의 진가는 유감없이 발휘되었다. 한 동작 한 동작 빈틈없이 실로 훌륭한 것이어서 처음에는 업신여기며 노골적으로 오만한 태도를 보였던 오노다 마사하루는 다카의 응대에 당황하는 모습이 역력했다.

다카는 여유가 있으면서도 상대방에게는 빈틈을 주지 않았다. 다짜고짜 용건을 말하려 했던 오노다 마사하루도 막상 다카가 예법을 차리고 정좌해서 양손을 무릎에 가지런히 얹고 냉랭한 어조로 용건을 묻자 목소리가 목에 걸려 두서너 번 헛기침을 했다.

"나는 도쿄와 오사카에서 버스 회사를 하고 있는 사람입니다만……."

"네."

다카는 무표정하게 쳐다보았다. 만약 다카가 신문을 자주 읽었다면 이 고장 출신으로 크게 성공한 오노다 마사하루의 이름을 쉽사리 기억해 냈을 것이다.

오노다 마사하루는 전후에 자수 성가한 사람들 중에서도 전형적인 인물이었다. 이 히가시야마 건너 마을에 소작인의 아들로 태어난 그의 소년시절은 형편없었다. 14살 때에 나카지마 유곽을 출입했고, 3일 동안이나 들어박혀 있었다는 일화가 전해졌다.

중일전쟁 때까지 군대에 가서 3년 동안 대륙을 전전한 다음, 제대하고 나서 고베에서 자동차 부속품 판매 회사를 차린 것이 절호의 기회가 되었다. 당시 자금은 500원이었다고 한다.

태평양전쟁이 일어나자 오노다는 교묘히 손을 써서 전국 각지로부터 중고 부속품을 사 모아 그것으로 10배, 20배를 수월하게 벌었다. 그리고 판매망을 전국으로 넓혔을 때 종전을 맞이했다.

그 때 이미 그의 자산은 2천만 원이 넘었다. 화폐 개혁 전에 이 돈을 부동산으로 바꾼 것이 오노다가 성공할 수 있었던 첫째 요인이었다. 그리고 새 화폐로 바뀌자 다시 그 부동산을 현금화해서 꽤 많은 돈을 번 다음에 교통 사업에 손을 댔다.

도쿄와 요코하마를 달리는 도아 급행이 노사 간의 심한 마찰로 엉망이 되었다는 말을 듣고 거기에 비집고 들어가서 도아 급행 소유인 하코네에 있는 여관을 1천만 원에 매수했다.

연이어 도아 급행 산하에 있는 '도아 합승 자동차 주식회사'의 버스 30대를 양도받아 새로운 버스 회사를 설립했다. 도아 합승은 이케 부쿠로·아카바네·우라와·오미야에 운행 노선을 갖고 있었다. 전후 외곽에 거주하는 통근 인구가 급속히 늘어나면서 이 버스 사업은 엄청난 흑자를 기록했다. 그 기세를 몰아 교토·오사카·나라를 잇는 버스 노선을 증설했고, 또 루코·교토·하코네·아타미·야마나카호에 호텔을 신축하여 사업 종목을 넓히고, 모두 성공했다.

물론 위기를 만난 적도 있었다. 야마나카호 호텔에 미군용 가솔린을 숨겨 둔 것이 발각되어 6개월 동안 감옥 신세를 졌다. 그 동안에 국세청 사찰로 탈세한 것이 드러나 1억 2천만 원의 추징금을 징수당했다.

회사 간부들이 당황하여 호텔을 매각해서 벌금과 추징금을 지불하려 했지만, 오노다는 미군에 감금되어 있는 동안은 일본 법률의 적용을 받지 않는다고 끝내 팔지 않았다. 그 때 팔았다면 오늘날의 융성은 없었을 것이다.

감옥에 있는 동안에 한 미군 장교와 친분을 맺었고, 석방되자 곧 그 장교를 통해서 통산성의 허가를 얻어 하와이로부터 중고차 300대를 수입해서 쉽게 수억 원을 벌었다. 또한 미군과 특약을 맺어 겁을 먹고 뒷걸음만 치고 있던 전세 버스를 배짱 좋게 운행했다. 미군이 철수할 경우 대량으로 대여한 버스가 공중에 떠 버리게 되므로 업계에서는 우물쭈물 망설이고 있었던 터였다. 오노다는 미군의 일본 철수는 불가능하다고 판단했다. 어쨌든 오노다의 자산은 수백억에 달한다는 소문이었다.

하지만 다카가 그런 인물을 알 리 없었다.

"나는 이 산 너머 S마을 출신이지요."

"그렇습니까."

"기억하고 계시는지요······. 꼭 30년 전에 우리 마을에 있었던 피병사가 불타 버린 일이 있었는데······, 그 때 그 피병사에는 갓난아기를 가진 미친 여자가 있었지요. 기억나지 않습니까?"

다카가 잊을 리 없었다. 그 덕택에 다카는 그 갓난아기를 기르는 처지가 되지 않았던가. 나오마사가 자기 아이라고 거짓말을 하면서까지 다카에게 강제로 맡긴 아이, 마리야였다.

"기억하고 있습니다."

여전히 무표정하고 냉정한 말투였다.

"그 애를 이세다 도련님이 기르고 있다는 소문을 들었습니다만, 그 뒤로 바쁜 통에 소식을 몰라……."
　실체를 알 수 없는 막연한 불안감이 밀려왔다.
　"그런데 바로 며칠 전 고향에 돌아왔을 때, 이세다 도련님은 돌아가셨지만 유모였던 분이, 그러니까 댁이 그 애를 훌륭히 키워 그 때 구출한 소년과 부부의 연을 맺게 되었다고 들었습니다."
　"……."
　"아니, 실은……."
　오노다는 다카의 움직임 없는 그 눈동자를 눈부신 듯 바라보다가 시선을 돌렸다.
　"부끄러운 얘기지만, 당시 나는 마을에서 제일 가는 불량배였었죠……. 청년회 모임이 있었을 때 이상한 내기를 했었지요. 말하자면 저……, 그 불타 죽은 미치광이 사아창이 있는 곳에 몰래 숨어드는 내기를 했었지요……. 1원이 갖고 싶어서 나는 그렇게 했고요."
　오노다는 그렇게 고백하고 겸연쩍은지 머리를 쓰다듬었다.
　"덕분에 그 뒤에도 사아창이 따라다니는 바람에 질렸었지만 여자라면 마다 않는 혈기 왕성할 때였으니까요. 사아창이 그렇게 따라다니는 동안에도 가끔 관계를 하게 되었지요……. 그러던 중에 사아창의 배가 불러 오기 시작했습니다."
　"……."
　"아니, 사아창이 나와만 관계를 했다고는 생각지 않습니다. 다른 패거리들도 몰래 손을 댔음에 틀림없다고 나 자신에게 변명하고 있었지만 어쨌든 내가 건드렸을 때 처녀였던 것은 사실이니까 나는 그 불러오는 배를 볼 때마다 괴로웠습니다."
　"……."
　"30년이 지난 지금에서야 어쩌면 내 딸이 아닐까 하고 찾아오는 것이 정말 염치 없는 짓입니다만……, 실은 병을 앓아 그 뭡니까…… 씨가 없어져 아직껏 자식이 없거든요. 역시 이 나이가 되고 보니까 친자식을 보고 싶은 것이 인지상정인가 봅니다."

 아마 오노다 마사하루가 이처럼 몸을 움츠리고 황송해하기는 처음이었으리라. 기특하게 가지런한 무릎에 양손을 얹고 처분을 기다리듯 목을 늘어뜨리고 있었다.

 "어떻습니까, 아주머니께서 기르신 처녀와 나와 어디 닮은 곳은 없습니까?"

 그렇게 물으며 진지한 눈빛으로 다카를 쳐다보았다.

 닮았다고 생각하면 닮은 것 같기도 했다. 그러나 닮지 않았다고 생각하면 또 그런 것도 같았다. 즉, 마리야의 얼굴 생김새 중에 현저한 특징이라고 할 수 있는 눈과 눈 사이가 유난히 넓은 것 같았다면, 그건 맨 처음 대하는 순간에 확실히 눈에 띄었을 것이다. 하지만 그런 특징은 닮지 않았다. 다만 코가 낮은 점이라든가, 얼굴이 둥글다든가, 입술이 두껍다든가 하는 그런 막연한 공통점이 있을 뿐이었다. 그러나 그것만으로는 굳이 닮았다고 할 수 없다. 하물며 같은 핏줄이라는 증명은 되지 않는 것이다.

 "죄송합니다만 닮았는지 어쩐지는 알 수 없군요."

24

"그렇습니까, 전혀 닮지 않았나요?"
오노다 마사하루는 팔짱을 끼고 고개를 갸우뚱했다.
"아니오, 닮지 않았다고는 하지 않았습니다."
"그러시다면?"
"닮았는지 어쩐지 나로서는 알기 어렵다는 겁니다."
"그럼 친자라는 희망은 아직 있는 셈이군요."
"글쎄요······."
"어쨌든 죄송합니다. 갑자기 찾아와 느닷없이 이런 말을 끄집어내니 어리둥절하는 것도 무리는 아니지요. 허허허······."
 오노다는 웃었다. 좀처럼 웃지 않는 사람이었다. 실은 오노다는 다카가 명함을 보고 당연히 자기의 내력을 알리라 생각했다. 자산 수백억을 소유하는 일본 제일 가는 운수업자라는 것을 알면서도 태연할 뿐 아니라, 딸과 닮았느냐는 물음에 닮았다고도 말할 수 없다며, 거절하는 다카에게 오노다는 호감을 느꼈다.
 상식적으로 이런 큰 부자가 아버지라는 것을 알았다면 호들갑스러운 반응을 보여야 마땅했다. 오노다도 아마 그럴 거라고 상상하면서 방문한 참이었다. 그런데 아무런 반응도 없었다. 그것은 도리어 오노다에게는 고마운 일이었다. 어쩌면 남의 아이일지도 모르는 일이었다.

"저……."

다카는 가만히 오노다를 응시하면서 말했다.

"만약 마리야가, 제 딸아이는 마리야라고 합니다만, 선생님의 아이라면 어쩌실 생각이신가요?"

"어떻게 하다니오?"

"마리야는 이제 처녀가 아니고 도다 기리히토라는 사람의 아내입니다. 아이도 있습니다."

"들어서 알고 있습니다."

"그러니까……, 친자라는 것이 확실해졌다고 해도 새삼 댁으로 보내 드릴 수는 없습니다. 물론 이 때까지의 양육비 따위는 한 푼도 받을 생각은 없습니다……. 다만, 부녀지간이라는 것을 서로가 인정하는 것으로 …… 그것만으로 족한 거지요?"

그 말은 더욱더 오노다의 마음에 들었다.

"그렇고말고요! 그야 물론입니다……. 아니, 이것만은 저의 조건으로 받아 주셨으면 하는데요?"

조건이란 말을 듣고 다카는 정색을 했다. 어떤 조건도 받아들일 수 없다는 기색을 노골적으로 보였다.

"사례라고 하면 뭐 합니다만, 얼마 안 되지만 아주머니와 딸아이에게 성의 표시를 하고 싶습니다."

다카는 비로소 안도의 숨을 내쉬었다.

"받고 싶다는 말은 않겠습니다. 하지만 그렇게 해야 댁에서 직성이 풀리신다면……."

다카는 심중으로 고작해야 20~30만원 쯤 줄 거라고 생각했다.

그 때 밖에서 마리야의 높은 목소리가 들렸다.

"이것 봐요, 우추타! 비행기야, 멋있지? 여기에 날개를 달면 우추타가 타고 달나라에 가는 비행기가 되지."

"아, 돌아왔군요."

다카는 재빨리 일어나서 나갔다. 그리고 현관에서 마리야에게 눈짓을 보내 부엌으로 돌아가도록 명령했다. 그리고 하녀 방으로 데리고 들어왔다.
"네 아버지일지도 모른다고 자칭하는 사람이 찾아왔다."
다카는 무슨 일이든 숨김없이 털어놓으며 마리야를 길러왔다. 물론 미치광이의 아이라는 것도 그대로 말했었다.
"어떤 사람인데?"
"그런 대로 착실한 생활을 하고 있는 신사 같더구나. 어쨌든 솔직하게 옛날 얘기를 하니 냉정하게 대할 수도 없고 해서……. 버스 회사를 운영한다고 하더라만."
다카는 소맷자락 안을 더듬어 그가 준 명함을 꺼내서 마리야에게 건네 주었다. 그것을 들여다본 마리야가 깜짝 놀랐다.
"어머나!"
어떻게 해서든지 남편 기리히토가 다시 억만 장자가 될 수 있도록 밤낮으로 고심하고 있는 마리야였다. 맨손으로 일어나서 성공의 열매를 맺은 사람들에 대해서 무관심할 리가 없었다. 오카야마 현 제일의 사업가 오노다 마사하루에 관한 일은 신문이나 잡지에서 읽어 잘 알고 있던 마리야다. 이런 엄청난 부자가 자기 아버지라고 나서다니! 아무래도 실감이 나질 않았다.
"그 사람에 대해서 알고 있니?"
"얼마나 유명한 사람인데요."
"유명해?"
"그렇다니까요."
"……."
"그 사람은 일본에서 버스를 제일 많이 갖고 있는 사람인데요, 몇 백억이나 된대요."
"허!"
다카는 말문이 막혔다. 어디를 보아도 기품이라고는 눈꼽만큼도 없는 인물, 젊었을 때는 내놓은 불량배였고 미친 여자를 범하기까지 했던 자가 그런 큰 부자라니 다카의 상식으로는 생각할 수 없는 일이었다.

마리야는 새로 끓인 차와 과자를 들고 객실로 들어갔다. 가슴이 두근거렸다.

"어서오세요."

공손하게 인사를 하고 나서 얼굴을 들었다. 오노다도 역시 태연할 수 없었던지 굳은 표정으로 마주보았다.

"자네로군?"

"네."

"음!"

오노다는 흥분을 억누르기 위하여 코로 큰 숨을 토했다.

"자네에게 물어도 될지 모르겠네만, 내가 자네와 어디 닮은 점이 있는 것 같은가?"

"모르겠는데요."

마리야는 고개를 저었다.

"선생님은 아시겠습니까?"

마리야가 되물었다.

"글쎄."

그렇게 고개를 저으며 오노다는 이런 기묘한 문답이 갑자기 우스워졌는지 너털웃음을 웃었다.

"아주머니께서도 말씀드렸겠지만, 저는 결혼해서 아기까지 있으니 달리 원하는 것이 없습니다. 저처럼 하찮은 사람이 선생님의 딸이라면 도리어 폐가 되겠지요. 없었던 일로 해 주세요."

"내 입장에서는 그게 아니네. 자네가 친자식이라면 이대로 남남으로 있을 수는 없지……. 어쨌든 그 사람을 불러 주지 않겠나? 두 사람이 나란히 앉아 차분하게 한번 비교해 보세."

마리야가 다카를 부르러 갔다.

　오노다는 눈을 감고 사아창의 얼굴을 떠올리려고 애썼지만 유감스럽게도 어미의 얼굴이 전혀 떠오르지 않았다.
　마리야가 다카를 데리고 들어왔다.
　"이리 와서 나와 나란히 앉아요."
　오노다가 부탁하자 마리야는 거북한 표정을 짓더니 곧 그 옆자리에 앉았다.
　"자 그럼, 다시 한 번 비교해 보시죠."
　오노다는 다카에게 미소를 지어 보였다.
　다카는 무서우리만큼 진지한 표정으로 두 얼굴을 번갈아 보았다. 다카의 눈빛이 어찌나 엄했던지 오노다도 마리야도 얼굴의 근육이 굳어졌다. 이윽고 다카가 돌연 눈을 빛냈다.
　"아!"
　"……!"

"……?"

오노다와 마리야는 약속이라도 한 듯 서로의 얼굴을 마주보았다. 다카는 한 가지 중요한 것을 발견한 기쁨과 안도감에 크게 숨을 몰아쉬었다.

"무조건 얼굴 생김새만 비교하는 바람에……."

하고 말했다.

"그렇다면 어디가 닮았는지요?"

오노다가 물었다.

"귀입니다……. 귀가 꼭 닮았어요. 별난 귀니까 그것이 꼭 닮았다는 것은 친자식이라는 증거지요. 훌륭한 증거입니다!"

그 말을 듣고 오노다와 마리야는 상대방의 귀를 보았다.

그리고 서로 고개를 끄덕였다. 빈약한 귓불이지만 거의 닮아 보였다.

"아이고! 이거 정말 수고하셨습니다. 찾아온 보람이 있군요. 고마워요, 고마워."

오노다는 새삼스럽게 마리야를 보았다. 눈빛이 따뜻했다.

"이제 확실히 내가 자네 애빌세……. 이렇게 사과하겠네."

오노다가 머리를 숙였다.

마리야는 답례하기나 난처해서 잠자코 아래를 보고 있었다. 특별한 감동 같은 것은 일지 않았다. 일이 이상하게 되었다는 일종의 당혹감이 앞설 뿐이었다.

오노다는 돌아갈 때 미리 준비해 온 듯한 봉투를 다카에게 주었다.

"우선 사례와 사과의 표시입니다."

수표가 들어 있었다. 다카와 마리야는 깜짝 놀랐다. 1천만 원! 엄청난 금액이었다.

이 엄청난 일은 어김없이 기리히토에게 전해졌다.

"오노다 마사하루가 마리야의 아버지라고!"

아사다노미야 별장을 부수고 새로 건축하기 시작한 고케 골짜기 현장에서 이 편지를 받은 기리히토는 신음했다. 아무래도 도무지 실감이 나질 않았다.

'아이가 없는 것이 이렇게도 쓸쓸할까?'

기리히토로서는 이해할 수 없는 마음이었다. 지금의 기리히토에게는 우추타 같은 아이는 아무래도 좋은 존재였다. 어쨌든 오노다 마사하루가 아내의 친아버지라니 크게 득을 볼 수 있겠다는 생각이 문득 들었지만 곧 고개를 저었다. 그는 고토 코노신의 후원을 받는 처지였다. 또 그의 후원으로 성공하고 싶었다.

편지를 바지 뒷주머니에 넣고 일어섰을 때 하나부사 유사쿠가 다가왔다. 입을 꾹 다문 것이 기분이 언짢아 보였다.

"증기 대신에 또 온천수가 나왔어."

"또요, 온도는?"

"80도."

"그 정도면 괜찮잖아요. 80도면 대단한데요!"

기리히토가 소리치자 유사쿠는 힐끗 노려보았다.

"80도건 90도건 온천수는 온천수라고…… 증기가 아니란 말일세."

"하지만 온천수 쪽이."

"온천수의 양은 무한이 아니거든, 한도가 있어……. 천 명이 여유 있게 들어갈 수 있는 큰 욕탕은 만들 수 없잖나. 여관 전체의 난방을 할 수도 없고. 수만 마리를 사육할 수 있는 양계장도 만들 수 없다고."

"그야 그렇지만."

"이 호텔은 보통 온천 여관에 불과해……. 가망 없어!"

유사쿠는 냉랭하게 말했다. 그가 그린 웅장한 호텔 구상이 무참히 무너진 것이다.

'꽤나 융통성 없는 천재로군.'

기리히토는 아쉬움을 삼켰다. 그날 밤 기리히토는 유사쿠와 술을 마시면서 계획을 바꿔 온천 여관으로 만들면 어떻겠느냐고 의향을 물었다.

유사쿠는 기리히토의 말을 건성으로 흘리면서 생각에 잠겨 있더니 갑자기 고개를 들었다. 날카로운 눈이 이글이글 타고 있었다.
"이보게, 오시마의 사막 한가운데에 호텔을 만들지 않겠나?"
"사막 한가운데?"
"오시마는 지금도 폭발하고 있네. 사막 밑에는 굉장한 지열이 있어. 온천도 있고, 물도 있어, 틀림없다고……! 그렇지, 사막 한가운데를 파는 거야!"
"너무 무모해요."
"해 보세. 아니 절대로 해야 돼. 이봐 기리히토, 성공한다면 역사에 남게 되네!"

유사쿠의 눈빛은 광기로 번뜩였다. 기리히토는 망설여졌다. 너무나 몽상적이고 무모하게 생각되었다.

25

"오시마 사막을 판다?"
기리히토와 하나부사의 갑작스러운 방문을 받은 고토 코노신은 그 무모한 계획에 과연 깜짝 놀랐다.
"고케 계곡의 호텔은 어떡하고?"
"이쪽은 극히 평범한 온천 호텔이지요."
하나부사는 아무렇지도 않게 대답했다.
"자네는 80도의 온천수가 나와도 불만인 것 같군."
고토 노인이 웃으며 말했다.
"비프스테이크가 먹고 싶은데 새우튀김이 나오면 재미없잖아요."
"그 튀김이 맛이 있다면 그것으로 족하지 않나?"
"글쎄요."
유사쿠는 고개를 저었다.
"자네 꽤나 고생하는군."
"이건 융통성이 문제가 아니라고 생각합니다. 고토 씨, 이건 일본에서 처음 시도하는 거대한 사업이에요. 온천은 온천수가 나오지 않으면 성립이 안 된다는 상식을 무시하고 계획한 사업이니까요. 여기서 나오지 않으면 말이 안 됩니다."
전인미답(前人未踏)의 계획 아래에 정열을 기울이고 전력을 집중했다고 말하고 싶은 참이었다. 천재가 천재된 연유였다.

"어쨌든 공사를 도중에 중지시킬 수는 없네. 온천수를 사용하도록 설계를 조금 변경하더라도 완성시켜 주게나."

"아닙니다. 증기가 나오지 않는다면 전면적으로 설계를 다시 해야 합니다."

"어쩔 수가 없겠지."

"고토 씨. 설계를 다시 하는 대신 오시마 쪽을 모쪼록 부탁드립니다."

유사쿠는 머리를 숙였다.

고토 노인은 기리히토를 보았다.

"자네는 어떻게 생각하나?"

기리히토는 끼고 있던 팔을 풀고는 천천히 입을 열었다.

"오시마 사막을 판다는 것은 엄청난 모험입니다. 상당 액수의 헛돈을 버릴 각오가 있어야만 가능한 일입니다."

"얼마쯤 든다고 생각하나"

"대충 3억 원 정도면 되겠지요."

기리히토는 일부러 아무렇지도 않게 가볍게 말했다.

"흠."

고토 노인은 반응이 없었다.

"오시마를 몽땅 사야 한다는 계산이구먼."

"그렇습니다! 오시마를 다 사는 겁니다!"

유사쿠가 외쳤다. 그리고 이 기발한 착상에 대해서 신들린 것처럼 지껄이기 시작했다.

오시마는 도쿄에서 기선으로 약 일곱 시간 걸리는 거리에 있다. 동백나무와 섬 아가씨, 마하라 산이 유명했다. 이 섬에 사는 사람들의 최대의 고민은 물이다. 비는 도쿄의 두배 가량 내리지만 사막이 고스란히 빨아들여 논도 만들 수 없었다. 강도 없다. 이 섬의 주민들에게는 나무통에 받아 둔 빗물만이 유일한 식수원이었다.

사랑의 노래 273

그러기에 가뭄을 두려워했고, 방사능에 떨어야 했다. 일인당 하루에 사용하는 물은 겨우 6분의 1톤이었다. 쌀뜨물로 세탁하고, 그 물을 돼지에게 먹일 정도로 귀중하게 취급했다.

"……그러니까요, 이 오시마에서 물이 솟아나게 하면 그것은 일대 개혁이 일어나는 것입니다."

"그야 그렇지."

고토 노인은 쓴웃음을 지었다.

"결단코 일으켜 보이겠어요. 마하라 산 중턱의 사막, 그 밑바닥에 반드시 물이 있을 겁니다. 그 모래땅 밑에 어머어마한 저수조(물이 갇혀 있는 곳)가 있다고 확신합니다."

"그저 희망 사항 아닌가?"

"당치도 않아요. 마하라 산 주변에는 4천 년 전의 주거 유적이 있습니다. 물이 솟아나기 때문에 인간이 살고 있었던 것입니다. 그게 폭발로 메워져 수로가 막힌 것이 틀림없습니다."

"좋아. 만약 물이 나온다면 자네의 구상은?"

유사쿠는 기다렸다는 듯이 빙그레 웃었다.

"오시마는 3천만 평에 달합니다. 이것을 도쿄의 정원으로 만드는 거지요."

"정원?"

"그렇습니다. 정원이오……. 물과 온천수와 증기를 이용해 해안 지대에 온천가를 만드는 겁니다. 해발 200미터의 고원에는 과수원과 꽃밭을 만들고 낙농도 할 수 있습니다. 더 높은 지역에는 식수림……, 그리고 사막 지대는……."

잠깐 고개를 갸우뚱거렸다.

"그렇지, 묘지를 만듭니다."

"묘지?"

"도쿄 시내의 묘지를 전부 오시마에 옮기는 겁니다. 땅이 부족해 몸살을 앓는 도쿄 아닙니까. 시내 백만 개 분의 묘지를 오시마에 옮기면 백만 평의 주택지가 생긴다는 계산이 나오지 않습니까?"

"훌륭해! 아주 좋은 계획입니다!"

기리히토가 찬성했다.

"그렇게 되면 성묘 올 때만 해도 한 가족 5인 기준으로 5백만 명이 오시마로 건너온다는 계산이 되는군요. 관광 호텔을 얼마든지 세워도 모자랄 정도네요."

그러나 고토 노인은 가타부타 말을 않고 잠자코 일어서서 화장실로 갔다. 갑자기 변소에서 무언가 부딪치는 소리가 났다.

하녀가 허겁지겁 달려갔다가 놀라 자빠질 듯 비명을 질렀다.

기리히토와 유사쿠가 달려가 보니 노인은 타일 바닥에 엎드려 손발에 경련을 일으키고 있었다.

유사쿠가 안아 일으키려 했다.

"건드리지 말아요."

기리히토는 의사를 부르러 뛰어나갔다. 맨발로 달리고 있는 것도 의식하지 못했다. 고토 노인이 죽으면 모든 일이 수포로 돌아가 버린다는 공포로 기리히토는 머릿속이 써늘해지는 것을 느끼고 있었다.

고토 이치타로는 그날 아주 사소한 일로 화가 치밀어서 차코를 올라타고 주먹질을 했다. 차코는 자지러들게 비명을 지르면서도 고집스럽게 사과하려 들지 않았다. 오히려 이치타로가 때리다 지쳐서 헉헉대고 있었다. 다다미 위에 뒹굴고 있던 차코가 꿈틀꿈틀 몸을 일으켰다.

"아아, 배고파."

그녀가 중얼거렸다.

"뭐라고?"

"당신 배고프지 않아요?"

"허! 기가 막히는구먼."

차코가 배시시 웃었다.
"도대체 넌 내 어디가 좋아서 이 집에서 이러고 있는 거야?"
이치타로는 사흘이 멀다 하고 차코를 때렸다.
"글쎄, 어디가 좋은지 모르겠네요."
남의 일처럼 말하며 차코는 피가 나는 손목을 혀로 핥았다.
"모아 두었던 돈을 다 써버린 거 아니야?"
"아직 7만 원 정도 남았어요."
"한심하구먼, 부지런히 일해 모은 돈을 쓸데없이 다 써 버리니……."
"나는 내 식으로 살 뿐이라고요."
"7만 원이 떨어지면 어쩔려고?"
"또 일하죠."
"그 때 이 집에서 나갈 거야?"
"또 모아서 돌아올게요."
"제발 가서 다시는 오지 마라."
차코는 이치타로를 마주 쳐다보고 있다가 갑자기 열띤 표정이 되어 무릎걸음으로 다가왔다.
"내가 싫어요?"
"귀찮아!"
"싫지는 않군요, 네! 말해 봐요. 내가 싫지는 않죠?"
"그렇다고 좋아하지도 않아. 너같이 여러 남자와 관계한 여자를 쉽사리 좋아할 수 있겠어?"
"하지만 그건 하는 수 없잖아요. 여자가 혼자서 살다 보면 서너 번은 넘어지기 마련이에요."
"서너 번이라……, 넌 적어도 다섯 명도 넘는 남자를 알고 있어."
갑자기 차코의 안색이 밝아졌다.
"당신, 질투하고 계시는군요?"
"말 같잖은 소리!"

"아니에요, 질투하고 있는 거죠? 아이, 좋아라!"

차코가 갑자기 이치타로를 붙잡고 늘어졌다.

"저리 비켜! 땀내 나서 견딜 수 없어!"

이치타로는 밀어내려 했지만 차코의 힘은 뜻밖에 세어서 오히려 밀려 넘어졌다. 이렇게 힘이 세면서도 어째서 잠자코 두들겨 맞고만 있었는지 이해할 수 없었다.

이번에는 차코가 이치타로를 올라탄 꼴이 됐다.

"나는 당신을 죽도록 사랑하고 있다고요!"

이치타로의 양팔을 누르면서 차코가 말했다. 이치타로는 발버둥이치는 것조차도 할 수 없었다.

"쓸데없는 소리 좀 하지 마!"

여전히 큰소리였다.

"정말이에요! 당신이 좋아요. 이젠 죽어도 떠날 수 없어!"

"아파! 팔 좀 놔!"

"못 놔요. 내 사랑을 인정해 주지 않으면 놓지 않겠어요!"

차코는 차츰 손아귀에 힘을 더 했다. 이치타로의 양손이 저려왔다. 배 위에 올라탄 차코의 엉덩이가 바위처럼 묵직했다.

"인정해요!"

"……으!"

"자, 어서 인정하라고요!"

"인정해."

"정말이죠?"

이 때 느닷없이 문이 요란스럽게 열렸다.

"뭘 하고 있는 겁니까?"

기리히토의 목소리였다.

차코가 깜짝 놀라서 부엌으로 내뺐다.

이치타로는 거북한 기색도 없이 느릿느릿 일어나서 책상다리를 하고 앉았다.
"일은 잘 진행되고 있나?"
이치타로가 물으며 기리히토의 안색을 살폈다. 기리히토의 표정이 평소와는 달리 어두워 보였기 때문이었다.
"증기 대신에 80도나 되는 온천수가 나왔는데 하나부사 유사쿠는 막무가내예요. 하코네는 가망 없으니까 오시마에 있는 사막을 파자는 겁니다."
"흠. 오시마 사막이라, 그거 재미있을 것 같군."
"그게, 아무래도 재미없게 생겼어요."
"……."
이치타로는 미간을 찌푸렸다.
부엌에서 엿듣고 있었던지 차코가 뛰어 들어왔다.
"할아버지가 돌아가시면 유산은 어떻게 되나요? 50억은 된다면서요."
"경망스럽긴. 어서 물러가 있어!"
"하지만 할아버지는 당신 외에는 자식이 없잖아요? 그렇다면 당신이 그 재산을……."
"시끄러!"
이치타로가 차코의 따귀를 철썩 올려붙였다.
차코는 누그러지지 않았다.
"그렇잖아요, 도다 씨. 유산은 어떻게 되나요?"
이번에는 기리히토에게 시선을 돌렸다.
"그게 문제지요. 전재산을 기부할지도 모르겠고……, 그렇게 되면 우리 일도 끝나는 거지."
"말도 안 돼요. 도다 씨, 할아버지께 잘 말씀드려서 그러지 못하게 해주세요!"
"내가 말할 수는 없잖아요……. 어쨌든 이렇게 됐으니 부자 대면을 하지 않으면 일을 그르칠 것 같아서 찾아왔습니다."

"거절하겠네!"

이치타로는 큰 소리로 거절했다.

"고도 씨."

기리히토는 이치타로가 거절할 것을 예상했는지 당황하는 기색도 없었다.

"영감님이 고토 씨에 대한 일을 알고 있는 모양이던데요."

"알 리가 없겠지."

"아니, 틀림없이 알고 있었어요. 내게 고토 이치타로가 어떤 사람인지 물으신 적이 있습니다. 천재라고 대답했죠……. 데리고 올지를 물었더니 대답은 없었지만 만나보고 싶어하는 기색이 역력했어요."

"……."

"어때요, 한번 만나보시는 게?"

"유산이 탐나서 찾아왔다고 생각하겠지, 생각만 해도 불쾌해."

"주겠다고 해도 거절하시면 되잖아요."

"바보 같은 소리하지 말아요!"

곁에서 차코가 금속성의 소리로 외쳤다.

"어쨌든 만나 주셔야 하겠습니다……. 50억을 고스란히 기부해도 어쩔 수 없지만 고토 씨 힘을 빌려 오시마를 도쿄의 정원으로 만드는 일만은 실현시키고 싶습니다. 물론 유산이 몽땅 돌아온다면 이 일에 투자하시겠지만요."

"……."

이치타로는 쉽게 승낙할 낌새를 보이지 않았다.

차코는 몇 번이나 입을 때려다가 다시 다물곤 했다.

기리히토는 이치타로가 승낙할 때까지는 이 집에서 움직이지 않을 결심이었다.

26

 고토 이치타로가 마지못해 오다와라로 간 것은 나흘이 지나서였다. 기리히토 때문이 아니라 차코의 노력 때문이었다. 덕분에 차코는 셀 수 없을 만큼 두들겨 맞았다. 그러나 한 번도 저항하지 않았다. 이치타로는 그 무저항이 도리어 겁이 났다. 쌓이고 쌓인 히스테리가 한꺼번에 폭발할 것만 같았다.
 그렇게 4일 동안 차코와 실랑이를 하면서 이치타로는 남자란 막상 중대한 국면을 만나게 되면 절대로 여자에게 당할 수 없다는 것을 절감했다.
 기리히토와 함께 신주쿠 역에서 오다 행 급행 로맨스 카(시설이 특수하게 된 차의 일종)에 몸을 실은 이치타로는 심란한 얼굴을 하고 있었다.
 기리히토는 동행인으로서는 아주 안성맞춤이었다. 상대의 기분이 언짢거나 침울하거나 전혀 관심이 없었기 때문이었다. 저 혼자서 지껄이고, 맥

주며 과일을 사서 부지런히 이치타로에게 권하면서 자기도 쉴 세 없이 먹고 마셨다. 그러는 동안에 이치타로도 차츰 기리히토의 페이스에 말려 들어 꾹 다물고 있던 입을 열었다.
"잘도 마시는군. 그 술, 벌써 세 병째야."
"하코네 산에 혼자 들어앉아 있을 때는 10시간을 계속 마셨죠. 이튿날 아침에 세어 보았더니 스물여덟 병이더군요."
"어이없는 사람이군."
"제 생각에는 인간은 먹고 싶은 걸 먹고, 마시고 싶은 만큼 마시지 않으면 손해 보는 것 같아요."
"누구나 그렇지."
"아니죠. 아무리 돈이 있어도 일일이 자기를 속박하여 답답하게 살고 있는 사람도 있잖아요……. 담배를 피우면 폐암이 걸린다, 과음하면 위암이 된다. 쌀도 안 좋다, 단 것도 안 된다. 맛있는 건 모조리 안 된다. 그래서 채소만 먹고, 마누라가 무서워 술집에 가서도 시간에만 신경을 쓰고, 또 돈을 벌 줄만 알았지 쓸 줄 모르고……."
"자네가 보면 모든 인간이 다 그렇지는 않겠지. 자네는 하고 싶은 것은 다 하고 사니까."
"나 같은 출신 성분이 천한 교양 없고 뻔뻔스런 녀석이 제일 덕을 보는 셈이군요."
기리히토는 소리 내어 웃었다.
그 때 저편 좌석에서 한 남자가 일어서서 다가왔다.
"실례지만 도다 기리히토 씨 아닙니까?"
"그렇습니다만……. 누구십니까?"
"오노다 마사하루입니다."
"네에?"
기리히토는 깜짝 놀라서 자리에서 일어섰다.
"지난 달 오카야마에서 마리야를 만났을 때 댁의 사진을 봤소. 흔한 얼굴이 아니라고 생각했죠."
 오노다 마사하루는 미소를 띠며 그렇게 말했다. 오노다 마사하루는 기리히토에게 자기의 동행과 자리를 바꾸고 오다와라에 도착할 때까지 잠시 얘기하지 않겠느냐고 제의했다.
 기리히토는 승낙하고 오노다를 따라갔다.
 오노다의 동행은 아주 아름다운 기모노 차림을 한 여성이었다. 애써 여염집 여자같이 꾸몄지만 살고 있는 환경은 숨길 수 없었다.
 '이런 미인과 자리를 같이하면 고토 씨도 좋아하겠는데.'
 기리히토는 그렇게 생각하며 일부러 여인을 이치타로가 있는 곳까지 데리고 갔다. 이치타로는 여인을 힐끗 쳐다보더니 곧 시선을 창밖으로 옮겼다. 기리히토는 이치타로의 매정함을 죄스럽게 생각하면서 오노다의 옆자리에 앉았다. 여인이 남긴 달콤한 내음이 아련히 풍겨왔다.
 "하대를 해도 되겠소?"
 기리히토가 고개를 끄덕였다.
 "……실은 자네를 만나려고 이렇게 하코네로 가던 참이었네. 쉽게 차 안에서 만나 이거 정말 다행일세."
 기리히토는 일본 제일 가는 운수업자의 옆얼굴을 찬찬히 바라보았다. 살만 많이 쪘지 어딘가 궁상맞아 보였다. 그리고 나서 다카가 마리야와 부녀간이란 것을 확인했다는 그 귀를 보았다.
 마리야의 귀가 어떻게 생겼는지 전혀 생각나지 않았지만 오노다의 귀는 보기에도 모양이 좋지 않았고 빈약했다. 도저히 수백억을 소유한 인물의 귀라고는 생각할 수 없었다.
 '이런 보잘것없는 귀로 수백억을 벌었다면 내 귀는 수천억을 벌겠다.'
 "자네도 소식을 들었을 걸세."
 "네, 알고 있습니다. 아직도 잘 믿어지지 않지만요……, 그 천만 원 말입니다. 헛돈을 쓰셨더군요."
 "호……, 어째서지?"

"아무리 친딸이지만 만나자마자 곧 애정이 솟아나지는 않을 텐데요."
"글쎄……, 뭐 그럴 수도 있겠지만……, 난 자식이 없어서 말이야."
"오노다 씨만큼의 큰 부자가 되면 역시 그 재산의 향방이 걱정이신가요?"
"그런 것은 아니지만……, 어쨌든 내 피를 받은 자식이 이 세상에 있다는 것을 확인하고 싶은 것은 인지상정 아닌가?"
"그야 그렇겠지만……, 마리야가 기뻐하던가요?"
"아니, 그게 더 마음에 들었네. 그보다도 처자를 오카야마에 팽개쳐놓고 한 번도 불러들이지 않는 모양인데 그걸 불평 하나 없이 꾹 참고 있다는 말을 듣고는 눈시울이 뜨거워졌네. 빨리 불러와야 하지 않겠는가?"
오노다는 아버지다운 말투로 부탁했다.
"제 아내와 자식을 도쿄에 데리고 오는 것은 성을 지은 다음 일입니다."
"성?"
"그래요……. 철이 들고 나서 매일 오성을 바라보면서 큰 성을 짓는 것을 평생의 목표로 정했죠."
"그것 참 재미있구먼……. 아주 좋아. 나도 좀 도울 수 있겠나?"
"아니, 고맙지만 고토 코노신 씨라는 후원자가 있습니다. 거절하겠습니다."
"어째서인가?"
"고토 씨는 오노다 씨와 20년 넘는 원수라고 하던데요."
"그렇네."
오노다가 고개를 끄덕였다.
"하지만 고토 씨는 중풍으로 쓰러졌다던데 그렇게 되면 자네들 계획은 어찌 되는 건가?"
오노다는 기리히토의 일을 빈틈없이 조사한 모양이었다.
"염려 없습니다! 고토 씨는 우리들을 위해서 10억 원을 준비해 두었습니다."

기리히토는 허세를 부려 보았다.

오노다는 엷게 웃었다. 기리히토의 속마음을 알고 있는 듯했다. 오노다는 여인을 데리고 자기가 경영하고 있는 고라의 하코네 관광 호텔로 가는 모양이었다.

기리히토가 만들고 있는 맘모스 여관이 완성되면 당연히 하코네 관광 호텔은 상당한 타격을 입을 형편이었다. 적어도 하코네와 불꽃 튀기는 경쟁을 피하기 어려웠다.

기리히토로서는 고토의 자본으로 운영하는 한 오노다를 당연한 적으로 하여 싸우지 않을 수 없었다. 이제 와서 장인이라며 도움을 준다 해도 사내 대장부의 체면상 동전 한 푼이라도 원조받을 수는 없었다. 마리야에게 멋대로 1천만 원을 준 것과는 경우가 달랐다.

오노다와 헤어져서 오다와라 역에 내리자 다시 오노다의 옆자리로 돌아간 미인을 바라보면서 이치타로가 물었다.

"오노다 마사하루로부터 별도로 인사를 받을 만큼 거물이 되었나?"

"제 장인 어른입니다."

기리히토는 간단하게 대답했다.

"뭐라고? 이봐, 정말이야? 그런 얘기는 처음 듣는데."

"나도 남에게 얘기하는 건 처음이에요."

"도대체 무슨 소린가? 오노다 마사하루가 장인이라면 하필 그 경쟁자인 고토 코노신에게 머리를 숙일 필요는 없지 않은가?"

"그게, 장인이란 것을 알게 된 건 바로 지난달이었어요."

기리히토는 역을 나가면서 그 사정을 설명했다.

"우습잖아요. 고토 씨는 일본 제일 가는 고리대금업자의 아들이었고, 내 마누라는 일본 제일 가는 버스왕의 딸이고요, 재미있는 세상이죠."

"하긴 그래. 그러면서도 그 아들도 그 딸도 한 번도 풍족한 생활을 한 적이 없으니까 재미있군."

그렇게 이치타로는 스스로를 비웃었다.
이윽고 썩어가는 대나무 울타리에 둘러싸인 낡고 작은 단층집 앞에 온 이치타로는, 얘기는 듣고 있었지만 막상 그 검소한 생활상을 자기 눈으로 확인하고는 놀라는 얼굴을 숨기지 못했다.
"이봐. 수전노도 보통 수전노가 아니군."
기리히토에게 그렇게 속삭였다.
"그렇게는 생각하지 않습니다."
기리히토는 짐짓 시치미를 떼며 대답했다.
"난 일본 제일 가는 노랭이라고 생각해!"
이치타로는 친아버지를 만나러 온 멋쩍음을 얼버무리기 위해 갑자기 큰 소리를 질렀다.
안내를 청하자 영락없이 여우상을 한 하녀가 나왔다. 매우 긴장된 표정이었다.
"용태는 어때요?"
나직하게 묻자 하녀는 퉁명스럽게 말했다.
"방금 도라이 병원의 코즈키 박사가 진찰하러 오셨어요."
기리히토와 이치타로는 현관 앞에 딸린 작은방에서 얌전히 기다렸다. 스즈키 박사가 진찰이 끝나는 기척에 기리히토는 서둘러 복도로 나갔다.
"어떠신지요?"
기리히토의 물음에 박사는 습관처럼 차가운 시선을 보내며 물었다.
"친척되십니까?"
"네. 그렇습니다. 솔직하게 말씀해 주시죠."
잠시 침묵이 흘렀다.
"안됐습니다만."
"틀렸습니까?"
"기적을 바라신다면 모르겠지만 우리들의 눈으로 볼 때 거의 절망적입니다."

"……."

기리히토는 발 밑이 요란한 소리를 내며 무너져 내리는 것 같았다. 박사가 떠나자 기리히토는 이치타로를 병실로 안내했다. 간호원의 간호를 받으며 노인은 깊은 잠에 빠져 있었다.

쓰러지고 나서 오늘까지 단지 두 번 의식을 회복해서 뜻을 알아들을 수 없는 말을 두서너 마디 중얼거렸을 뿐이었다.

"……무의미한 부자 상봉이었군."

저녁때 밖으로 나오자 이치타로가 나직이 중얼거렸다.

기리히토는 말이 없었다.

고토 노인이 숨을 거둔 것은 5일 후 새벽녘이었다. 아니 어쩌면 한밤중이었을지도 몰랐다. 새벽에 간호원이 주사를 놓으려고 일어나 보니까 이미 숨져 있었다.

기리히토와 하나부사 유사쿠가 한 시간 뒤에 하코네에서 달려왔고, 정오경에 도다이 쿠보에 있는 첩의 집에서 오타메가 달려왔다. 밤이 되어 이치타로가 도착했다. 밤샘하는 사람이라곤 그뿐이었다.

장례는 간단하게 집안끼리 치르라는 유언이었지만, 일본 제일 가는 고리대금업자의 죽음이고 보면 그럴 수도 없었다. 밀장을 지낸 후, 다시 유골을 도쿄로 옮겨 야오야마 장례식장에서 성대한 장의가 거행되었다.

정계·재계의 거물들의 화환이 장내를 메우고 분향객이 줄을 이었다. 고문 변호사가 유언장을 개봉한 것은 그날 밤이었다. 자리에 앉은 사람들을 놀라게 하기에 충분한 유언이었다. 노인은 벳푸·운젠·교토·나라·아타미, 그리고 홋카이도의 노보리베쓰에 일류 호텔을 소유하고 있었다. 호텔과 이제부터 하코네에 만들 맘모스 여관을 모두 무료 노인정으로 한다는 내용이었다.

무료 노인정의 경영은 시가 30억의 주를 배당해서 충당하고 기타 토지·산림 등의 부동산은 전부 매각해서 이것으로 다마가와에 있는 2천 평 부지에 최신 설비를 한 유원지를 만들어야 했다.

덕분에 하나부사 유사쿠와 기리히토가 매달렸던 오시마의 사막을 도쿄의 정원으로 만드는 계획은 물거품이 되었지만, 일곱 개의 호텔을 노인정으로 만드는 일과 유원지를 만드는 사업이 주어진 셈이었다.

이치타로에게는 동전 한 푼의 배당도 없었다. 이치타로도 좀 섭섭한 눈치였으나 단 한 마디도 하지 않았다. 100만 원을 물려받게 된 하녀는 희희낙락했다.

27

터지기 직전까지 한껏 부풀었던 풍선이 갑자기 쑥 공기가 빠지고 쭈그러져 버렸다. 고토 코노신의 장례가 끝난 뒤의 기리히토와 유사쿠의 심경이 바로 그랬다.

전국에 흩어져 있는 일류 호텔을 노인정으로 개조하는 사업이 눈앞에 닥쳤지만, 두 사람 다 어쩐지 바보스럽게도 시작할 생각을 하지 않았다. 그것은 진실로 뜻있는 사업이었다. 이미 매스컴이 고토 노인의 유언을 냄새 맡고 야단스럽게 선전하기 시작하였다.

한 개인의 유언으로 이루어지는 이만한 규모의 복지 사업은 지금까지 일본에서는 없던 일이었기에 매스컴에서도 광고하는 보람을 느꼈다.

기리히토와 유사쿠는 고토 코노신이 죽은 오다와라 집에서 하릴없이 빈들빈들 술만 축내고 있었다. 하녀는 유산을 상속받아 기분이 좋은지 평소답지 않게 친절했지만, 빈둥거리는 이들에게 한 마디 하는 것을 잊지 않았다.

"도대체 왜 이러고 계세요?"

방에서 뒹굴고 있던 기리히토와 유사쿠는 같은 눈초리로 하녀를 바라보았다.

"그럼 어쩌란 말이오?"

기리히토는 쌀쌀맞게 대답했다.

"그럼 언제까지 이렇게 누워 뒹굴 작정이지요?"
"언제까지 뒹굴면 되는지 가르쳐 주면 좋겠네요."
유사쿠가 말했다.
"어이가 없군요. 나리님은 당신에게 할 일을 충분히 남기고 가시지 않았습니까?"
갑자기 기리히토가 벌떡 일어났다.
"아이가 없죠?"
"물론이지요. 한 번도 결혼한 적이 없으니까요."
40년 넘게 노인을 섬겨 온 하녀였다.
"그럼 60이 넘으면 어떻게 할 작정이오?"
"아직 10년은 남아 있어요."
"까짓 10년 눈 깜빡할 사이에 지나갈 텐데……. 아주머니도 양로원에 들어갈 생각이오?"
"천만에요, 나리님한테 이 집도 얻었으니 평안하게 혼자 살 생각이에요."
"혼자 사는 돈 있는 할머니는 강도가 노릴 염려가 있는데."
"재수 없는 소리 그만해요."
하녀는 잔뜩 화를 내며 나가 버렸다.
기리히토는 다시 털썩 누웠다.
이번에는 유사쿠가 일어났다.
"자본가란 놈은……. 결국 자기가 하고 싶은 대로밖에 안 하는 거지. 죽은 뒤의 일까지 자기가 하고 싶은 대로 일일이 정해 놓고 있잖나. 우리들이야 어떻게 되든 상관없는 거라고……. 당장 봐, 단 하나밖에 없는 자식인 이치타로에게 동전 한 푼 남기지 않았잖아. 정말 자본가란 놈은 무서운 이기주의자야."
"그렇게 말하는 하라부사 씨도 마찬가지 아닙니까."
"어쨌든 정신없이 열심히 일했지만 아무것도 이루어지지 않았지…….

만약 영감이 살아 있었다면 우리들을 적당한 시점에서 팽개쳐 버렸을 걸세."
"푸념은 그만두세요."
"푸념이라니! 이쯤에서 우리들도 생각을 고쳐먹어야 한다 이 말이네. 자본가에서 먹히느냐 자본가를 잡아먹느냐, 그저 돈만 열심히 내게 해서는 결국 마지막에는 보기 좋게 당한다고. 사정없이 혹사시키고 필요 없게 되면 헌신짝처럼 버리지. 이제 그런 쓰라림은 절대로 당하지 않겠네!"
"내가 자본가가 되어도 역시 그렇게 할 겁니다."
기리히토는 천장을 쳐다보면서 중얼거렸다.

기리히토가 고케 골짜기 공사 현장을 둘러보고 돌아온 날이었다. 유사쿠가 편지를 불쑥 내밀었다. 오노다 마사하루에게서 온 것이었다. 모레, 가와나 호텔에서 만나자는 내용이었다.
"이봐, 오노다 마사하루가 자네 장인이라지? 이치타로에게 들었네."
"그렇다면 그렇고 아니라면 아닙니다."
기리히토는 냉담한 어조로 대답했다.
"그건 또 무슨 소린가?"
기리히토는 정직하게 얘기의 전말을 설명했다. 열심히 듣고 있던 유사쿠가 큰 소리를 질렀다.
"이봐! 오노다 마사하루에게 돈을 대게 해 보게. 오시마 사막을 파는 걸세."
"……"
잠깐 생각하고 있다가 기리히토는 고개를 저었다.
"싫습니다."
"어째서? 왜 싫어졌나?"
유사쿠는 물고 늘어졌다.

"오노다 마사하루가 장인이 된 것은 우연입니다. 난 그 우연에 기댈 생각은 없어요."
"기대는 게 아니지. 당당하게 이쪽 소신을 밝히고 오시마 사막을 파는 것이 얼마나 큰 돈벌이가 되는지를 잘 인식시켜야지. 사나이와 사나이의 대결일세. 오노다 마사하루도 자네가 사위라 할지라도 수판이 안 맞는 사업이라면 처음부터 거절하겠지……. 한번 부딪쳐 보라고."
"아무래도 맘이 내키질 않습니다."
"이런! 왜 이리 마음이 약해졌나! 오노다 마사하루 외에 달리 자금을 댈 사람이 어디 있냐고!"
"……"
기리히토는 팔짱을 낀 채 대답하지 않았다.

28

 하루가 다르게 기온이 오르면서 오카야마 역을 왕래하는 사람들의 복장도 흰빛을 띠어갔다.
 막 전차에서내린 마리야도 흰 옷에 흰 구두를 신었다. 그러나 아이를 낳고부터 뚱뚱해지기 시작해서 그 행색은 아주 엉망이었다. 굵어진 다리가 묵직한 엉덩이와 함께 안정감을 주었다. 큰 트렁크를 양손에 들고 내린 다카는 대조적으로 바싹 말라서 더욱 늙어 보였다. 우추타의 무게를 못 이겨 마른 뼈가 삐걱삐걱 소리를 내고 있는 것 같았다.
 어제 갑자기 기리히토한테서 전보가 온 것이다. 곧 이토가와 호텔로 오라는 짤막한 내용이었다. 그 전문을 읽고 다카와 마리야는 머리를 맞대고 의아해 했었다.
 "신혼 여행을 못 했으니 느지막이 즐길 생각일까?"
 다카는 세도가의 시녀 노릇을 했던만큼 가와나 호텔이 어떤 호텔인지 잘 알고 있었기에 그런 상상을 해 보았다.
 "그렇게 생각이 세심한 사람이 아니에요……. 게다가 고토 코노신 씨가 돌아가시는 바람에 일이 제대로 진행되지 않는 모양인데, 그렇게 즐길 여유는 없으리라 생각합니다만……."
 마리야 쪽은 역시 남편의 성격과 현재 사업의 진행 상태를 잘 파악하고 있었다.

"그럼 어째서 가와나 호텔 같은 데로 오라는 거지? 설마 자포 자기한 상태는 아니겠지?"

"그분은 무슨 일이 있어도 그러지는 않을 거예요."

말은 그렇게 했지만 내심으로는 좀 불안했다.

'사업에 실패, 가와나 호텔에서 일가 동반 자살.'

그런 신문 기사가 얼핏 뇌리를 스쳐서 황망히 떨쳐 버렸다. 어쨌든 우추타를 데리고 가기로 했다. 다카는 만일의 위험을 염려해서 은행의 정기예금 증서를 전부 지참하도록 권했다. 마리야는 그럴 필요는 없다며 머리를 저었지만 요전에 오노다 마사하루한테서 1천만 원을 받았노라고 편지에 대해 힐난조의 답신이 온 것이 생각나서 어쩐지 불안하여 가지고 가기로 했다.

설혹 오노다 마사하루가 장인이 틀림없다고 해도 동전 한 푼이라도 원조를 받지 않겠다는 그런 기개를 갖고 있는 남편을 정말 믿음직스럽게 생각했었는데, 이렇게 묘한 불안감이 들자 그 외고집이 두렵다는 생각이 들었다.

역 구내에 들어가자 마리야는 다카를 기다리게 해 놓고 차표를 사러 갔다. 마리야가 사온 것은 빨간 차표(3등)였다.

"밤차인데⋯⋯."

다카가 미간을 찌푸리자 마리야는 웃으며 미안한 듯 말했다.

"왠지 전 3등칸이 좋아요."

하카다 발 급행 열차는 꽤 붐볐다. 마리야는 겨우 자리를 찾았다. 창문 밖에서 들여다보고 있던 다카는 문득 이젠 다시 만날 수 없을 것 같은 예감이 들어서 눈물이 났다. 당황해서 뒤돌아 손수건으로 눈물을 닦으며 당치도 않는 생각이라고 자기를 꾸짖었다.

열차가 움직이자 우추타가 갑자기 다카 쪽으로 양손을 뻗치며 울기 시작했다. 드물게 우추타의 우는 것을 본 다카의 눈에서 또다시 눈물이 흘렀다. 초조감에 쫓기며 다카는 저도 모르게 외쳤다.

"죽으면 안 돼!"

교토를 지나기가 무섭게 해가 저물었다.

우추타를 무릎에 앉히고 멍하니 창밖으로 눈길을 둔 채 마리야는 2년 전에 상경한 때의 일들을 떠올리고 있었다. 그 때는 다른 불안감이 있었다. 도쿄 한복판에서 큰돈을 마음먹은 대로 움직였던 남편에게는 많은 여자들이 있을 것이라 생각했었다.

우추타를 낳기 위해 아파트에서 이틀 밤을 계속 안고 누웠었던 광경이 되살아났다. 남편은 방사가 끝날 때마다 수척해진 얼굴로 발가벗은 자기의 몸 위에서 일어나 주방으로 날계란을 먹으러 갔었다. 그 덕분에 이렇게 토실토실 살찐 아들을 안을 수 있게 된 것이다. 마리야는 행복감과 함께 이 번에는 딸을 하나 더 낳고 싶다는 욕심이 생겼다.

호텔에 도착하자 마리야는 호화로운 침대에서 발가벗은 채 남편에게 안기는 광경을 뇌리에 떠올렸다. 마리야는 갑자기 양 무릎을 힘주어 붙이면서 눈을 감았다. 잠이 쏟아졌다.

꿈 속에서 우추타가 감쪽같이 사라졌다. 깜짝 놀라 잠을 깨 보니 무릎에 있어야 할 우추타가 정말로 없었다.

"앗!"

너무나 놀란 마리야가 두리번거리자 통로 저편 좌석에서 누군가 소리쳤다.

"허허허, ……여깁니다, 여기."

머리를 아주 짧게 깎은 나이 지긋한 덩치 큰 남자였다. 우추타는 그 사람 무릎에 고양이 새끼처럼 웅크린 채 잠들어 있었다.

"어머나, 이거 정말 죄송합니다. 그만 깜빡 잠이 드는 통에 폐를 끼쳤습니다."

마리야는 당황하여 아이를 안으며 말했다.

그러자 남자가 고개를 저었다.

"아무래도 내 무릎이 편한 모양이니까 뭐 당분간 이대로 두지요."

"아니에요, 그래도 그건 너무……."
"아니, 이렇게 안고 있으니 기분이 좋아지는데요. 아직 한 번도 아버지가 된 경험이 없어서 말이오. 이런 기분은 처음이오. 정말 포근하고 근사해."
"정말 괜찮습니까?"
마리야는 황송했다.
사나이는 즐거운 듯이 웃음을 띤 얼굴로 물었다.
"이름이 뭐지요?"
"우추타라고 합니다."
그 이름을 듣자 사나이는 몹시 놀란 표정을 지으며 다시 잠든 얼굴을 내려다보았다.
"우추타! 음!"
남자가 마리야에게 시선을 돌렸다.
"실례지만 혹시 도다 기리히토 군의 부인이 아니십니까?"
이번에는 마리야가 깜짝 놀랐다.
"네, 그런데요."
"그렇습니까, 이거 우연도 이런 우연이 있나. 난 미타무라 소우키치라고 합니다."
이 사람에 대해서는 기리히토로부터 두세 번 들은 바 있었다.
"부인. 언젠가 기리히토 군에게서 만약 아이가 생겼을 때 어떤 이름을 지으면 훌륭해질까 하고 질문을 받은 적이 있습니다. 나는 즉석에서 우추타로 지으라고 했지요……. 기리히토 군이 잊지 않고 그 이름을 지은 게로군요."
"어머나, 그랬었군요!"
"허허허, 아주 기분이 좋습니다. 이 아이가 나를 따르는 게 당연하지. 내가 대부거든요."
미타무라 소우키치는 천황 영화 제작에 실패하고 기리히토와 헤어져

사랑의 노래 295

오사카에 돌아가서 여러 가지 사업에 손을 댔으나 모조리 실패로 돌아갔다. 실로 이 미타무라의 생애는 어지러울 정도로 파란만장하였다.
　무슨 사업을 하든 소우키치는 상대방에게 배신당했다. 소우키치를 배신하지 않은 사람은 오직 기리히토 한 사람뿐이었다.
　그러나 다시 한 번 오사카에서 한몫 잡을 희망을 버리지 못하고 새로이 시작했으나 결국 눈덩이 불어나듯이 빚만 늘어나게 된 것이다. 말하자면 이렇게 도쿄 행 열차에 몸을 실은 것은 문자 그대로 야반 도주였다. 그 차 안에서 마침 자기가 대부가 되어 준 아이와 마주친 것이다.
　미타무라 소우키치는 깊은 감개에 빠져들었다. 기리히토를 생각하며 무릎 위에 천진스럽게 잠든 얼굴을 내려다보았다.
　"귀여운 녀석이군요. 천사 같아요. 아이들의 얼굴엔 늘 하나님이 존재하죠."
　그답지 않게 퍽이나 감상적인 말이었다. 마리야는 그 옆모습을 바라보면서 기리히토를 떠올렸다. 어딘지 모르게 두 사람이 비슷하다고 생각했다.
　벌써 1시가 지나고 있었다. 열차는 도쿄를 바라보며 질주하고 있었다.

29

 같은 날 이토 역에서 택시를 잡아타고 가와나 호텔로 달려온 기리히토는 화가 머리끝까지 올라 있었다. 정작 만나자고 연락했던 오노다 마사하루는 없었던 것이다.
 프런트에 사정을 말하자 지배인이 이미 무슨 얘기가 있었던 듯이 방 열쇠를 건네주었다. 보이가 빈틈없이 기리히토의 가방을 들고 뒤에서 기다리고 있었다. 기리히토는 별로 내키지 않았지만 하룻밤 편히 쉬는 것도 괜찮을 거라고 마음을 고쳐먹었다.
 기리히토는 일류 호텔의 답답한 에티켓이 질색이라 좀처럼 묵는 일이 없었다. 이 가와나 호텔은 처음이었다. 이 호텔은 골프를 즐기는 사람이 아니면 찾아와도 전혀 재미가 없었다.
 '미인이라도 유혹해서 데리고 올 걸 그랬군.'
 막상 그런 미인은 자기 근처엔 없었지만, 넓은 바다가 바라다 보이는 호화로운 방으로 안내되어 두 개의 침대가 가지런히 놓인 것을 바라본 기리히토는 요즘 자기 신변의 삭막함에 생각이 미친 것이다. 기리히토로서는 정말 드물게 지난 반 년 동안 하룻밤도 여자와 잠자리를 같이하지 않았다. 하나부사 유사쿠의 광기어린 열의에 말려들어서 미처 여자 생각을 할 틈이 없었다.
 하나부사 유사쿠는 술을 마시지만 여자는 전혀 가까이하지 않았다. 아내도 없었다.

언젠가 기리히토가 물었다.

"성욕이 일면 어떻게 합니까?"

"성욕? 별로 느껴본 적 없네."

"그럴 리가요. 남자라면 다 느끼는 걸 텐데. 부인도 없으니 한둘 정도는 있어도 괜찮잖아요?"

"남의 일을 부질없이 걱정하지 말게나……. 어쨌든 나는 여자에게는 흥미가 없어."

"흠! 하지만 성욕이란 놈은."

"귀찮게 구네."

유사쿠는 고개를 저었다.

"성욕이 일어나면 이거지, 뭐."

오른손을 내밀어 뭔가를 잡는 모양을 하고는 훑는 시늉을 해 보였다.

"그건 싱겁잖아요."

"여자와 해도 싱겁잖아. 차라리 혼자 하는 편이 시원스러워 좋아. 여자란 건 애정이니 돈이니 결혼·임신 등 귀찮기 짝이 없으니까."

그 때는 그런 유사쿠가 존경스러웠다. 그러나 이렇게 두 개의 침대가 나란히 있는 호화로운 방에 들어오니 여자 생각이 무럭무럭 솟아났다.

보이가 유카다를 가지고 왔다.

"오노다 씨는 코스를 돌고 있나?"

눈을 깜빡이던 보이가 되물었다.

"오노다 씨라면 오노다 마사하루 씨 말씀입니까?"

"그래."

"오노다 씨는 어제 재무부장관인 후지모토 아유지로 씨와 오시마 방면으로 나가셨습니다만……"

"뭐야?"

기리히토는 눈을 부라렸다.

"그런 멍청한 일이 있나!"

'일부러 사람을 이 곳으로 불러들여 놓고 사라지다니, 세상에 이런 모욕은 없어.'

"빌어먹을! 오는 게 아니었어! 이봐, 여기 밥을 갖다 줘. 식사 후에 나가겠다."

무서운 기세에 보이는 겁을 먹고 물러갔다.

야금야금 소리를 내며 스테이크를 먹고 맥주 세 병을 비운 후 샤워를 마치고 몸을 식힌 기리히토가 슬슬 일어서려는 참에 프런트에서 전화가 걸려왔다.

"손님이 오셨습니다."

오노다 마사하루가 온 거라고 생각했다.

"이쪽으로 안내해 줘."

약속한 사람이 왔으니 나갈 필요는 없다고 생각했다.

이윽고 문이 열리고 가방을 든 보이 뒤에서 손님이 들어왔다. 기리히토는 어안이 벙벙했다. 오노다 마사하루가 아니었다.

"뭐야, 너?"

저도 모르게 기리히토는 큰 소리를 질렀다.

"네?"

마리야 쪽도 멍청한 얼굴이었다.

"여긴 어떻게 왔어?"

기리히토는 마리야의 촌스러운 모습이 역겨웠다.

"무슨 말씀이세요?"

마리야의 표정이 더욱 멍청해졌다.

"당신이 부르셨으니까 온 거잖아요?"

"뭐야? 내가 왜 널 불러?"

"그렇지만 전보가……."

마리야는 급히 핸드백 속에서 전보를 꺼내 남편에게 건네주었다.

"음!"
기리히토는 신음했다.
'오노다 마사하루의 짓거리군!'
"당신이 한 게 아니라면 누가 전볼 쳤을까요?"
마리야는 불안한 듯이 남편을 보았다.
"누군지 알겠어."
기분이 언짢은 듯이 대답하고 나서 기리히토는 창가에 매달려 바다를 구경하고 있는 아들에게 눈길을 주었다.
"건강하게 잘 컸군."
"네, 당신 덕분에……."
마리야는 겨우 한시름 놓은 듯했다.
"우추타, 이리 온."
마리야가 불렀다.
"얘야, 이분이 네 아버지란다. 알았지, 좀 안겨 보렴."
우추타는 순순히 양손을 내밀었다. 침대 모서리에 걸터앉은 기리히토는 우추타를 들어올려 무릎에 앉혔다.
"이놈이 내 아들인가!"
자식의 보드라운 살결이 느껴지자 묘한 감정의 파문이 일었다.
"그렇답니다. 당신이 만들어 주신 거지요."
마리야가 넉넉하게 웃었다.
엄마의 웃는 얼굴을 보고 우추타도 방실방실 웃었다.
기리히토는 콧등이 찡하는 감동으로 황급히 우추타를 방바닥에 내려놓았다.
"너는 나를 **빼닮았어**. 못난 것만."
"아버지보다는 인물이 나을 거예요."
"바보 같은 소리……. 어쨌든 여자 아이가 아니라서 다행이야."
"처음 얼마 동안은 머리가 좀 나쁜 것 같아 걱정했지만 요즘 들어 아버지보다도 틀이 커서, 말하자면 대기만성형이란 걸 알게 되었죠."
"나보다도 그릇이 크다니, 이유라도 있는가?"
기리히토는 다시 한 번 우추타를 안아 올렸다.
"우추타, 내가 아빠다. 어때 안긴 기분은……?"
그 발그레한 뺨을 손가락으로 가볍게 찔러 보았다.
기리히토가 아내를 돌아보았다.
"우리를 여기서 만나게 한 것은 장인 영감이야."
"네, 그랬었군요."
마리야는 이 화려한 방이 마음에 들지 않는지 한 바퀴 둘러보았다.
"일부러 이러지 않으셔도 되는데."
"내가 너희들을 불러들일 기색이 전혀 없기 때문에 이런 일을 꾸민 거겠지. 그게 어버이의 마음인가……."
말을 마치고 마리야를 바라보았다. 꽤 오랫동안 헤어져 있었건만 어제까지 함께 살아온 기분이 들었다.
그날 밤 처음으로 부부는 따로따로 침대에 누웠다. 견디다 못 한 기리히토가 말했다.
"뭘 하고 있어. 빨리 이쪽으로 오지 않고."
"이런 훌륭한 방에서는 부끄러워서……."
마리야는 곁으로 들어오면서 그렇게 말했다.
"부끄러울 것이 있나, 한바탕 벌면 이런 호텔 두서너 개는 금방 만들어."
그렇게 말하면서 기리히토는 풍만한 아내의 몸을 더듬었다.
마리야는 호텔에서 주는 유카다 외에는 아무것도 입고 있지 않았다.
기리히토는 따뜻하고 커다란 가슴의 융기를, 피둥피둥하게 기름진 복부를, 그리고 무성한 검은 수초 부분을 천천히 쓸어 올렸다 내렸다 했다.
"그 굶주림을 잘도 참고 견뎌냈구나, 마리야."
기리히토가 속삭였다.

그러자 마리야가 갑자기 말없이 기리히토에게 거칠게 달라붙으며 힘껏 밀어댔다. 입 밖에 내지는 않았지만 기리히토는 비로소 아내에 대한 애정이 분수처럼 솟아오르는 것을 느꼈다.

오노다 마사하루의 대리인이 가와나 호텔에 찾아온 것은 그 이튿날 아침이었다. 호텔 로비에서 기다린다고 프런트로부터의 연락이 왔다.
'도요 관광흥업주식회사 사장'이라는 명함을 내민 구와바라 슈이치라는 인물은 유순한 인상이었다.
"용건만 간단히 말씀드리겠습니다. 오노다 씨가 보내신 선물이 있는데 받아 주시죠."
"뭔데요?"
"저는 올해로 정년 퇴직을 하게 됩니다. 그 자리를 도다 씨가 맡아 주셨으면 합니다."
"……."
기리히토는 즉시 대답을 하지 않았다.
"이건 오노다 씨의 희망이십니다. 원래 도요 관광흥업은 제가 만든 회사입니다만, 파산지경에 이른 것을 오노다 씨께서 구해 주셨지요. 말하자면 명목상 사장은 접니다만 실세로는 오노다 씨의 것입니다. 언젠가는 오노다 씨 직계인 어느 분에게 사장 자리를 물려주리라 생각하고 있었습니다. 다행히 도다 씨가 오노다 씨의 사위이니 안심하고 물려줄 수 있게 됐습니다."
"하지만 저는 관광 버스라든가 유람선이라든가 그런 사업은 전혀 문외한입니다."
"아니, 사업에 대한 것이라면 따로 전문가가 있으니 도다 씨는 오직 한 가지 일만 해 주시면 됩니다."
"한 가지 일이라뇨?"
"오시마의 사막을 파서 물과 지열을 찾아내는 사업이지요."

"그걸 어떻게 아셨습니까?"

"하하하……, 뱀의 길은 뱀이 안다고 하지 않던가요?"

"……."

기리히토는 어쩌면 자기도 모르게 하나부사 유사쿠가 오노다 마사하루를 만났을지 모른다고 상상했다. 어쨌든 대단한 선물이었다.

"오노다 씨는 엊그제 이틀 동안 오시마를 샅샅이 조사하셨습니다. 그러곤 저를 이리로 보내신 거죠. 도다 씨가 맡아 주시지 않으면 전 도쿄로 돌아갈 수 없습니다."

"……."

"오노다 씨는 돈이 아무리 들어도 좋다고 하셨습니다. 한번 마음껏 해보세요."

구와바라 슈이치와 헤어져서 마리야와 우추타가 기다리는 방으로 돌아가면서 기리히토는 일망무제 끝없는 사막 한가운데에 거대한 성이 웅장하게 솟아 있는 광경을 그리고 있었다.

"해 볼까, 한바탕!"

그가 큰 소리로 외쳤다. 그 목소리가 유난히 힘차게 느껴졌다.

30

 이 오랜 이야기도 일단 여기서 끝을 맺어야겠다. 그렇다고 주인공 도다 기리히토의 생애가 끝난 것은 아니다. 그뿐 아니라 기리히토는 현재 그 생애의 전성기를 맞은 것처럼 열심히 일하고 있다.
 실은 저자가 기리히토의 눈부신 활약을 그려낼 능력이 없어졌다는 것이 정직한 고백이다.
 기리히토는 하나부사 유사쿠와 함께 오노다 마사하루의 자본을 이용하여 오시마 개발 5개년 계획인 대사업에 착수했다. 각계의 전문가를 동원해서 '오시마 지질조사 위원회'를 만들어 면밀히 조사한 결과, 마하라 산 주변에서 4천 년 전에 인간이 주거했던 유적이 발견되었고, 또 물리 탐사에 의하여 수맥 지대임이 판명되었다. 그리고 마침내 용암과 사막의 한가운데에 일곱 개의 보링용 망대를 세워서 상온 70℃(지하 약 300m)인 온천수를 분출시키는 데에 성공하고, 이어서 하루 250톤에서 300톤의 지하수를 끌어올릴 수 있었다. 물만 충분하다면 사막을 녹지대로 바꾸는 것은 그다지 어려운 일이 아니었다. 농경지·화원·초대형 호텔, 모두 만들 수 있었다.
 "하자!"
 기리히토는 그 꿈을 실현시키기 위해 다시 막대한 자금을 오노다 마사하루에게 신청했다.

오노다 마사하루는 이를 승낙했다.

기리히토가 돌연 나(시바타 렌자부로)에게 전화를 걸어온 것은 마침 그즈음이었다.

"도다? 기억이 없는데."

"나는 군대에 있을 때 함께 있었던 도다 기리히토인데요. 당신에게 간장을 먹여서 제대시키려 했던……."

"아아, 그 때의 기리히토!"

저절로 입가에 웃음이 떠올랐다.

지금 곧 찾아가도 좋은가를 묻는 말에 나는 잠깐 망설였다. 옛날의 지기(知己), 하물며 군대 시절의 지기를 만나는 일이 썩 내키지 않았다. 예외 없이 내가 받아들이기 힘든 용건을 갖고 오기 때문이었다.

도다 기리히토가 어떤 사업을 하고 있는지 그 때까지 전혀 소문을 듣지 못했던 나는 그렇게 뻔뻔스러웠던 녀석이니 틀림없이 변변한 노릇을 못했을 거라고 순간적으로 억측했다.

내가 애매하게 대답을 망설이고 있자, 기리히토는 지금 곧 찾아오겠다고 말하고는 얼른 전화를 끊어 버렸다.

집으로 찾아온 기리히토의 생김새는 10년 전과 그다지 다르지 않았지만 훌륭한 복장에 메추리알만한 진주 넥타이핀을 가슴에 번쩍이고 있었다. 나는 무척이나 놀랐다.

"야아!"

기리히토는 벙글벙글 웃으며 악수를 청했다.

"당신도 유명해지셨더군요. 요전에 《문예춘추》라는 잡지를 우연히 봤는데, 거기에 당신이 군대 시절 때 얘기를 쓴 걸 보고 어찌나 반갑던지 갑자기 만나고 싶어졌어요……. 회사 직원에게 물어보니 나는 새도 떨어뜨릴 만큼 인기 작가라 하시더군요. 저야 워낙 소설에 취미가 없다 보니 알 턱이 있어야지요. 어쨌든 축하합니다. 당신과 내가 일본으로 간신히 돌아왔을 때는 거지였으니까요."

지껄여대는 기리히토의 얼굴을 쳐다보고 있자니 그간 어떻게 지냈는지 궁금했다.

"여러 가지 했었지요. 얘기하면 길어지니까 그만두겠습니다만……, 어쨌든 지금은 엄청난 계획을 세우고 있는데요. 너무 황당한 일 같아서 믿지 않을는지 모르겠습니다만……."

한 마디로 말하면 기리히토는 일본 전체의 1만 분의 1에 해당하는 800만 평의 토지를 관광지로 만들 구상을 하고 있었다. 현재는 오시마에 300만 평, 하코네에 130만 평, 고토에 5만 평을 갖고 있는데, 이제부터 그것을 배로 늘릴 계획이었다.

물론 그것은 기리히토 자신이 갖고 있는 것은 아니었다. 오노다 마사하루를 회장으로 하는 도요 관광흥업주식회사의 소유였다. 기리히토 개인의 자격으로는 일본 안에 한 평의 땅도 갖고 있지 않았다.

"우선 가장 먼저 할 일은 오시마를 도쿄의 정원으로 만드는 일과 교토의 니조성 앞에 있는 옛날 미쓰이 별장을 지상 15층의 관광 호텔로 만드는 일, 그리고 후지 산록과 아사마 고원의 개발이지요."

아무렇지도 않은 말투로 기리히토는 말했다.

지금 곧 하코네 고케 계곡 호텔로 초대하고 싶다는 그의 제안에 나는 흔쾌히 응했다. 아주 좋은 소설의 모델이 될 거라고 생각했기 때문이다.

대강 준비를 하고 현관을 나서자 번들거리는 검은색 대형 외제 자동차가 대기하여 있었고, 조수석에는 눈이 번쩍 뜨일 만큼 아름다운 기모노 차림의 미인이 앉아 있었다.

운전수가 공손하게 문을 열어주어 뒷좌석에 기리히토와 나란히 앉았지만 앞의 미인은 마치 인형처럼 움직이지 않았다. 기모노 차림의 미인에게 신경을 빼앗긴 나는 기리히토가 신나게 지껄여대는 것도 듣는 둥 마는 둥 마음이 쓰여서 견딜 수 없었다.

그러다가 나는 문득 생각난 것이 있었다.

"자네의 목적은 오카야마에 오성보다도 훨씬 더 큰 성을 짓는 일이 아니었던가?"

"그럼요. 기필코 만듭니다."

"언제?"

"내가 60이 되었을 때지요."

"어째서 그 때까지는 만들지 않나?"

"일본 토지의 1만 분의 1을 입수할 때까지는 만들지 않을 생각입니다."

"흠."

"800만 평이라 해도 옛날의 큰 영주, 예를 들면 오카야마의 이세다 영주님이 소유했던 토지에 비하면 적잖아요. 그렇잖습니까?"

"그야 그렇지만……."

"그렇다면 800만 평도 안 되는 땅에 성만 만들어서 영주입네 해 보았자 별 수 없잖아요. 어쨌든 내 생각은 그렇습니다."

"이상이 커서 좋구먼. 나 같으면 상상도 못 할 만한 넓이야."

내가 갑자기 초라하게 느껴지는 건 어쩔 수 없었다.

차가 요코하마의 신작로를 질주하고 있을 즈음 나는 과감히 기리히토에게 물었다.

"이분은 자네의?"

나는 턱짓으로 앞자리의 미인을 가리켰다.

"뭐 그런 건데요……. 시바타 씨, 갖고 싶으면 오늘밤 빌려 드릴까요? 아니, 그럴 생각이지요."

거침없는 말에 나는 어울리지 않게 당황했다.

"자네 물건이 아니잖은가."

"미인이란 것은 물건 비슷한 것이지요……. 이 여자는 너무 미인으로 태어나서 평범한 월급쟁이와 결혼할 수가 없습니다. 미인이기에 남의 시선을 끌고, 그러니까 더욱더 아름다워져야 하고 멋을 부려야 하죠. 그러자니 돈이 있어야 하고, 하는 수 없으니까 나 같은 사내의 신세를 지는 그런 결과가 되지요. 그러니까 나를 서방으로 생각하고 만족할 리 없을 거 아닙니까, 가끔씩 바람도 피워보고 싶을 테니 문단을 주름잡는 인기 작가라면 알맞을 것이라 생각해서 데리고 온 거지요."

"말이 너무 지나치구먼."

나는 거북해졌다.

"저라는 사람이 원래 그렇지 않습니까? 화술을 몰라요······. 이봐 마리코, 이분이라면 하룻밤 안겨도 괜찮겠지?"

기리히토가 말하자 여인은 앞을 본 채 대답했다.

"싫어요!"

그다지 화가 난 것 같지는 않았다.

"하하하······, 시바타 씨는 내게는 둘도 없는 전우이시다. 내가 살아남을 수 있었던 것도 다 이분 덕이야. 그러니 오늘밤은 봉사를 해야겠다. 그 대신 요전부터 갖고 싶어하던 에메랄드 반지를 사주마, 그게 얼마였지?"

"480만 원!"

여인은 간단히 말했다.

"좋아, 좀 비싼 화대지만 하는 수 없지."

"이 사람아. 난 별로 생각이 없네."

"사양하지 말아요. 차린 상을 먹지 않는 것도 수칩니다."

기리히토는 내 어깨를 툭 쳤다.

도다 기리히토가 매스컴에 클로즈업된 것은 그리고 나서 얼마 지나지 않아서였다. 나와는 별로 연관이 없는 세계에서 사는 인물이라 그 후 만날 일은 없었지만 그의 성공을 멀리서 빌고 있었다.

그런데 운수성(교통부) 내에 '독직 사건'이 일어나면서 돌연 도요 관광 흥업 주식회사가 수색을 당하고 사장 도다 기리히토가 구속되었다. 나는 신문에 실린 기리히토의 얼굴을 착잡한 심정으로 바라보았다.

하코네로 대동했던 미인의 모습도 떠올렸다. 미모를 유일한 밑천으로 해서 거액의 수당을 받고 살고 있는 그 같은 여성이 그 후 어떤 삶을 살고 있는지 무척 흥미로웠다. 나는 기리히토보다도 그녀를 다시 한 번 더 만나고 싶다고 생각했다.

　기리히토가 경시청에서 석방됐다는 보도가 신문에 난 것은 바로 며칠 전이다.

　걸려서 넘어졌다가 다시 일어나고, 또다시 넘어져 네 발로 기면서도 기리히토라는 사나이는 머지않아 60세가 되면 틀림없이 수려하고 웅장한 성을 쌓을 것이라고 나는 믿어 의심치 않았다.

작품 해설

　시바타 렌자부로의 장편 소설《뻔뻔스런 녀석》은 1960년 1월에서 1961년 6월까지 잡지《주간 메이세이》에 연재되었다. 그리고 연재 중에 단행본으로 차례차례 간행되었다. 그만큼 당시 시바타 렌자부로, 즉 시바렌은 일본의 대표적인 작가이며,《뻔뻔스런 녀석》도 엄청난 인기를 누려 순식간에 베스트 셀러가 되었다.
　원래 당시의 압도적인 시바렌 붐은《주간 신쵸》에 연재된〈강코오시로 무라이코오(眼狂四郞 無賴控)〉를 중심으로 허무하고 통쾌한 검사(劍士)를 창출한 독특한 검호(검술에 통달한 호걸) 소설 때문이었다. 마르고 야무지고 사나이다우면서도 미남인 시바렌의 이미지가 독자들에게는〈강코오시로〉의 이미지와 겹쳐지며 받아들여졌다.
　검호 작가 시바타 렌자부로라는 이미지를 스스로 벗고, 도다 기리히토라는 인물을 주인공으로 한 최초의 현대 소설이 이《뻔뻔스런 녀석》이다. 작가는〈강코오시로〉의 세계에서는 충분히 표현할 수 없었던 현대 일본에 대한 비평을 현대 소설의 형식을 빌려 쓰고 있다. 그것도 밑바닥에서부터 뻗어오른 기상 천외한 사나이를 주인공으로 삼아서 말이다.
　시바타 렌자부로는 원래 일본에서 가장 까다로운 비평가적 지식인이며, 한학(漢學)에 교양이 깊고 순수문학을 지향하는 기백이 날카로운 문학자이다. 그는 1917년에 마사무네 하쿠초(正宗白鳥)·지카마쓰아끼에(近松秋江)의 두 자연주의 문호를 낳은 오카야마 화기 군에 있는 비전정(備前町)에서 한학에 조예가 깊었던 일본 화가 시바타 도모탸의 3남으로 태어났다.

어릴 때부터 한서(漢書)를 좋아하여 현립 2중(二中)을 나와 게이오기주쿠 대학(慶應義熟大學) 문학부 중국문학과에 진학했다. 재학 중 스물한 살 때부터 《미타분가쿠(三田文學)》에 〈만가(晩哥)〉, 〈여래(如來)의 집〉, 〈거리의 둥지〉, 〈화가(畵家)의 여인〉 등 소설을 발표했다.

그러나 1942년 육군에 소집되어 남방전선 등을 전전하였고, 바시 해협에서 수송선이 격침되어 7시간 동안 표류한 후 기적적으로 구조되기도 했다. 어쩌면 이 전쟁 체험이 작가로 하여금 근본적으로 허무주의에 빠지게 했는지도 모른다.

제대 후에는 《일본독서신문》의 편집장으로 있으면서 1951년 〈데드마스크〉, 〈예수의 후예〉를 《미타분가쿠》에 발표했다. 〈데드마스크〉는 아쿠다가와상(芥川賞) 후보에 올랐고, 〈예수의 후예〉는 나오키문학상(直木文學賞)을 수상했다. 순수문학상인 아쿠다가와상이 아니고, 생각지도 않았던 대중문학상인 나오키문학상을 받은 것이 그의 아이러니한 체험과 겹쳐서 시바렌이라는 순수문학을 지향하던 작가를 변화시킨 것인지도 모른다.

1955년의 이시하라 신타로(石原愼太郞)의 〈태양의 계절〉이 아쿠다가와상을 수상한 것으로도 상징되듯, 당시 일본 사회는 급속히 대중 사회로 변모하고 있었다. 텔레비전이 보급되고, 주간지가 새로운 매체로서 시민의 생활에 침투했다. 이제 문학은 매스컴의 절대적인 힘과 분리해서는 존재할 수 없게 되었다.

황태자 성혼(成婚)으로 비롯한 결혼 붐. 마스모토 기요하루(松本淸張) 등에 의한 사회파 추리소설 붐. 이와 같은 시대의 상황을 날카로운 눈길로 재빨리 통찰한 작가가 바로 시바렌이다.

 그의 순수문학 추구는 자포 자기적이고 슬프고 외로운 개척자의 길에 불과했다. 순수문학을 지향했던 시바렌은 이런 풍조를 야유하듯 대중 소설에 눈을 돌렸다. 그것이 검호 소설이었다.

 순수문학 출판사가 대중사회화 현상에 대응하기 위해 간행한 주간지 《주간 신죠》에 작가의 인식이나 감정을 그대로 이입할 수 있고, 더구나 현대인의 얄팍한 근성을 비판할 수 있는 '강코오시로'라는 검사를 만들어 연재하기 시작했다. 자포 자기에서 출발했던 것이 맞아떨어졌다.

 이 소설을 매주 매회 완결되는 형태로 연재하자, 교외에서 통근하는 셀러리맨의 시대 감각과도 딱 맞아 공전의 붐을 일으켰다.

 전쟁 중에 발표된 요시카와 에이지(吉川英治)의 〈미야모토 무사시(宮本武藏)〉 등의 체제적·권위주의적·교양주의적인 감성에 가까운 검호 소설과 사뭇 달랐다.

 시바렌의 〈강코오시로〉와 고미코히로시(五味康祐)의 〈이또오사이(一刀劑)〉는 반권력적·반도덕적인 허무주의가 짙게 깔려 있다.

 그것은 옛날 나카자토 스케야마(中里介山)와 같은 장대한 로망은 전개할 수 없었다. 나아가서는 전후에 부를 축적해 가는 일본인의 들뜬 마음을 보다 못 해 전쟁 전의 하층민들의 검소한 생활과 심정을, 그리고 귀한 사람의 근성을 직접 다루어 보고 싶다는 욕구를 느꼈을 것이다.

 진보적인 문화인·지식인, 관청이나 대기업의 엘리트와는 다른, 잡초처럼 밟혀도 다시 돋는 생명력을 지니고, 배운 것은 보잘것없지만 남다른 삶의 지혜를 갖고, 반권력적이지만 권위를 이용할 줄도 아는 야비하면서도 정력적이고 횡포하며, 부도덕하지만 한편으로는 아름다움을 소중히 여기고, 거룩한 심정을 존경하며, 때에 따라서는 예의바르게 진정을 토로하는 주인공 '도다 기리히토'를 설정함으로써 시바렌은 그 꿈을 이루어내고 있다.

 그것이 이 《뻔뻔스런 녀석》이다. '뻔뻔스런 녀석'이라고 이름 지으면서도 작가는 본질적으로 이 주인공을 '뻔뻔스런 녀석'이라고 생각지 않는다. 거짓 권위 속에서 살고 있는 사람들에게는 '뻔뻔스런 녀석'은 차라리 사랑스런 주인공이다.

작가가 이 소설을 쓰기 시작한 1960년대는 안보 투쟁으로 온 일본이 들끓던 해다. 그만큼 일본인, 특히 도시 일반 시민을 혁명 전야의 상황처럼 흥분시킨 60년대 안보 소동은 도대체 무엇이었는지 나는 아직까지 모른다. 다만 오늘날에 와서 생각할 수 있는 것은 전후 민주주의의 환영에 대한 극단적인 치기어린 행동이면서도 다른 한편, 미국의 식민지는 이젠 싫다는 민주주의 욕구가 좌익적인 형태로써 폭발했다가 덧없이 좌절된 시민운동이라고도 생각한다.

그 시기에 이 《뻔뻔스런 녀석》이 씌어진 것은 얼핏 안보 소동에 무관한 것 같으면서, 그 밑바닥에서 이어져 있다. 즉, 전쟁 전 일본인의 세계를 향한 욕구의 부활이며, 전후 일본인의 어리광에 대한 비판이었다. 그것은 이 시기로부터 시작되는 고도 성장과 경제 대국으로 향하는 상황에 대한 암시적 조짐을 내포하고 있다.

또한 작가는 전후 무절제한 민주주의를 엄격히 비판하는 입장에 서서, 고도 성장을 향해 치닫는 일본의 불행을 예감하고 있다. 즉, 일본이 독립적이고 싶다는 이 시대의 풍조에 공감하면서도, 일반 지식인·문화인, 부화뇌동하는 시민들을 소설에 등장시킨 것도 이 때문이었다.

도다 기리히토는 67세의 도자기공 아버지와, 그 조카딸인 19세 소녀인 어머니 사이에서 태어났다. 그것은 오카야마를 떠들썩하게 만들 수 있는 스캔들이었다. 그러나 평생 무능한 도공으로 세상이 인정하지 않던 기리히토의 아버지는 실로 천재적인 도예가였다. 작가는 기리히토의 비참한 출생에도 불구하고, 그 핏속에 예술가적 기질이 흐르고 있음을 강조한다. 초등학교 시절 모든 이들로부터 멍청이로 취급받고 혹사당하면서도 그것을 당연한 것으로 받아들이는 아이였다.

이세다 나오마사가 기리히토에게 돈을 미끼로 똥을 핥게 한 대목은 내

취미에 맞지 않는다. 아무리 좌익 운동으로 검거되어 칩거한 몸이며 폐결핵을 앓고 있어도, 이런 나오마사의 태도를 나는 싫어한다. 그러나 작가는 이 같은 가혹한 변태적인 허무주의자를 좋아하는 모양이다. 그것은 '강코오시로'와도 유사하다.

하지만 이런 사나이를 만났기에 기리히토 같은 우직하고 학대받은 사나이가 빛이 나는지도 모른다.

거꾸로 말하면 '이세다 나오마사' 같은 사내가 진실로 두려워하고 감탄하며 어쩔 수 없이 끌리어 동료로 삼지 않을 수 없었던 대범한 사나이가 '도다 기리히토'라고 할 수 있다. 그러나 오성보다 나은 성을 짓고 싶다고 염원하던 기리히토는 나오마사의 그 굴절된 삶과 감정에 개의치 않고 이세다의 이름을 이용해서 도쿄에 입성한다.

이후 전쟁에 참가하고 많은 우여곡절을 겪으며 오성보다 큰 성을 쌓으려는 야망을 실현시키기 위해 노력한다.

그런데 나는 이 작품에서 전후의 고리대금업자의 아들인 이치타로의 허무주의적인 모습 등은 재미있게 보았지만, 기리히토가 정신 이상 여인의 딸인 '마리야'와의 결혼, 거기서 '우추타'라는 아들의 탄생이라는 이단적인 계보와 함께 마리야가 전후의 대사업가인 오노다의 딸이었다는 것 등은 다소 작위적인 냄새가 짙어 식상케 했다.

하지만 나는 스캔들 속에서, 마구간에서 태어난 천한 '도다 기리히토'가 전쟁 전, 전쟁 중, 전쟁 후를 학문이 아닌 지혜와 불굴의 정신, 모든 기회를 잘 이용하고, 결단력·실행력으로 일을 추진하면서도 한 번도 기성 권위를 인정하지 않은 채 주관대로 살아가는 입지전으로서 이《뻔뻔스런 녀석》을 또다시 읽고 싶다.

당시의 상황에서 이《뻔뻔스런 녀석》은 선구적인 반역성을 들어내는 작품으로서 그 의의를 갖는다. 따라서 그리스도란 이름을 가진 '도다 기리히토'가 끝내 성공한 인물로 끝나지 않은 것은 '도다 기리히토'적인 삶에 대한 진보적 지식인인 비평가들의 반발이 강해서였으리라.

그러나 그러한 반발에 굴할 작가는 아니다. 그렇다면 작가 자신이 기리히토적인 삶의 한도를 인식하고 있기 때문은 아닐까? 이 소설은 한편 '이세다 나오마사'라는, 대영주 집안에 태어났으면서도 좌익이 되어 좌절하며, 허무함을 가지면서도 마지막까지 민중 속으로라는 집념은 버리지 않았던 비극적 인간의 이야기이기도 하다. 특히 이 작가는 '이세다 나오마사'를 하늘을 뒤흔들 만한 성공적인 입신 출세담의 주인공으로는 만들지 않았던 것이다.

그 때문에 나는 이 소설에 지식인 시바렌의 인식의 확실함을 느끼는 것이다. 즉, 큰소리치는 야심가인 기리히토의 꿈의 저변에는, 나오마사라는 허무주의자이긴 하나 여전히 귀족이라는 관념적 존재가 있기 때문에 그가 오성보다 더 큰 성을 만든다는 발상을 할 수 있고, 결국 니힐리즘(nihilism ; 허무주의)으로 표현하고 있는 것이다. 그래서 나는 이 소설에서 지식인 시바렌의 인식의 확실함을 느끼는 것이다. 또한, 오노다라는 록히드 사건과도 관련될 듯한 정상배(정치가와 결탁하여 사사로운 이익을 꾀하는 무리)를 등장시켜서 '도다 기리히토'와 서로 만나게 한다.

쉽게 말해 이 작품은 1961년에서부터 1970년 때까지의 일본 정·재계를 예견하고 있다. 작가는 국가나 정부라는 것이 본질적으로 상층 구조인 이상, 하층에서 기어오른 '뻔뻔스런 녀석'들에게 그것을 이용하게 하는 것은 당연하다고 생각한다.

그러기에 오늘날도 도덕자연하는 사람들에게 빈축을 살 만한 주인공을 솔직하게 긍정하며 사랑하고 있다. 이 점이 작가 시바렌의 위대함이며, 또한 그의 허무주의의 원천이기도 하다.

평론가 오쿠노 다케오(奧野建男)

뻔뻔스런 녀석 ②

1판 1쇄 인쇄 2004년 9월 20일
1판 1쇄 발행 2004년 9월 30일

지은이 / 시바타 렌자부로
옮긴이 / 김 병한
펴낸이 / 김영길
편집1 팀장 / 김범석
펴낸곳 / 도서출판 선영사
서울시 마포구 성산동 254-10 2층
TEL (02)338-8231, (02)338-8232 FAX (02)338-8233
E-MALE sunyoungsa@hanmail.net
WEB SITE http://sunyoung.co.kr
표지·재킷 선영 디자인(SUNYOUNG DESIGN)·이 용인
등록 1983년 6월 29일 제 카1-51호

ⓒ Korea Sun-Young Publishing Co., 2004

ISBN 89-7558-015-6 03830

·잘못된 책은 바꾸어 드립니다.
·홈페이지를 이용하시면 선영출판사에 관한 모든 정보를 보실 수 있습니다.

대북 테러 부대 침투조 출신의 작가가 쓴 실화소설

OHC 북파공작원

"아픈 역사의 한 조각을 찾았다."

35년간 베일에 가려져 있던
북파 공작원의 실체
전격 대공개!!!

강평원 지음 / 상(288면), 하(303면) 값 8,000원

이 책은 그 어떠한 기록이나 내용 보다도 진실 그 차제이다!!!

룸접대 왜! 필요 악인가?

윤대리의 술나라

윤대리의 밤비즈니스 전략

- 술집에도 등급이 있다는 것을 기억하라.
- 술집 문패를 확인하라.
- 초저녁 손님이 되라.
- VIP손님이 되라.
- 예약손님이 되라.

MBC! PD 수첩
"접대 공화국"
저자 출연 인터뷰!!!
각 사회단체, 언론방송, 기업, 대학
CEO경영 전략 강의중!

윤민호 지음/신국판 368면/값 10,000

노무현 대통령과 권양숙 여사의 시대적 아픈 상처

지리산 킬링필드
KILLNG FIELDS

"전쟁이 나은 우리민족 최대의 비극사 양민학살!!!
그들 생존자의 증언과 양민학살의 참여한 군인들의
진실한 고백을 담았다."

강평원 지음 /397면/ 값 13,000원

미공개 사진 양민학살 사진 수록